Cinnamon

Du même auteur
aux Éditions J'ai lu

Ma douce Audrina (1578)

Fleurs captives :
Fleurs captives (1165), Pétales au vent (1237), Bouquet d'épines (1350), Les racines du passé (1818), Le jardin des ombres (2526)

La saga de Heaven :
Les enfants des collines (2727), L'ange de la nuit (2870), Cœurs maudits (2971), Un visage du paradis (3119), Le labyrinthe des songes (3234)

Aurore :
Aurore (3464), Les secrets de l'aube (3580), L'enfant du crépuscule (3723), Les démons de la nuit (3772), Avant l'aurore (3899)

La famille Landry :
Ruby (4253), Perle (4332), D'or et de lumière (4542), Tel un joyau caché (4627), D'or et de cendres (4808)

Les orphelines :
Janet (5180), Crystal (5181), Brenda (5182), Rebecca (5183), En fuite! (5184)

La famille Logan :
Melody (5516), Le chant du cœur (5616), Symphonie inachevée (5772), Petite musique de nuit (5967), Olivia (6053)

La famille Hudson :
Rain (6079), Au cœur de l'orage (6079), L'œil du cylone (6286), Au-delà de l'arc-en-ciel (6371)

Les fleurs sauvages :
Misty (6466), Star (6524), Jade (6645), Cat (6716), Au fond du jardin (6766)

La famille De Beers :
Willow (6829), La forêt des maléfices (6922), Les racines vénéneuses (7295), Au fond des bois (7374)

Virginia C. Andrews ®

Cinnamon

Traduit de l'américain
par Iawa Tate Giuliani

J'AI LU

Titre original :
CINNAMON
Pocket Books, New York.

Prologue

— Cinnamon Carlson !

Ma surprise ne fut pas moindre que celle des autres lorsque Miss Hamilton prononça mon nom. Edith Booth, élève désignée pour assurer la fonction de surveillante de l'étage, candidate à l'unanimité pour le titre annuel de Miss Sainte-Nitouche, venait d'interrompre notre cours de littérature. Après avoir ouvert la porte et fait résonner le plancher de ses petits pas menus, maintien irréprochable, épaules rejetées en arrière – à se demander si une Bible invisible n'était pas juchée en permanence sur l'horrible touffe de cheveux ternes qui lui tenait lieu de chignon. Sa mère, personne ne l'ignorait, était sa coiffeuse attitrée et coupait à la va-vite, en zigzag, sur les épaules et derrière les oreilles.

À peine la demoiselle entrée, sans hésitation, son regard s'était braqué sur moi. Elle avait tendu à notre professeur la convocation issue du bureau du proviseur, comme s'il s'était agi d'une contravention pour excès de vitesse ou d'un avis d'expulsion du territoire national. Pour ma part je n'avais qu'un désir, celui d'écrabouiller un œuf pourri sur ce sourire à la condescendance fielleuse qui, l'espace d'une microseconde, s'était épanoui sur le visage de ce parangon de vertu.

Miss Hamilton, si sensible, rougissait sous l'effet de la contrariété. L'intrusion, en effet, s'était produite à un moment crucial, alors que Desdémone, sur le point d'être étouffée sous un oreiller, allait proclamer son innocence à la face d'Othello en une longue tirade pathétique. Même les plus nuls de la classe, les zombies, comme nous les désignions volontiers, Clarence et moi, ne pouvaient demeurer insensibles à la grandeur de Shakespeare, à ce moment précis de la pièce, et restaient suspendus aux lèvres de la récitante. Comment s'en étonner ? *Othello,* nous l'avions vu représenté, de nos yeux, dans l'auditorium du lycée. Pour la plupart des élèves, ces spectacles annuels demeuraient une expérience théâtrale unique.

Après avoir suivi des cours d'art dramatique dans l'espoir de faire une carrière de comédienne, Miss Hamilton s'était rendue à l'évidence. Efforts voués à l'échec, elle n'avait pas l'étoffe. Elle s'était rabattue sur l'enseignement, avec l'enthousiasme d'une skieuse rêvant de compétition internationale qui se retrouve assise sur ses spatules en train de glisser vers un abîme de médiocrité. Ainsi s'étaient écoulées ses dernières années de jeunesse, à contempler, dévorée d'admiration et d'amertume, les virtuoses dont les prouesses la ravalaient à son insignifiance. Aujourd'hui, dans son rôle de professeur de littérature et d'art dramatique, elle en était réduite à des rêves de gloire « par procuration ». Ah, devenir le guide, l'inspiratrice, de la future Meryl Streep, de la Jodie Foster de demain !

Ces derniers temps, son intérêt s'était porté sur moi. On me pressait de m'inscrire au cours d'art dramatique. Ma mère, en ce qui la concernait, n'y voyait pas d'inconvénient, au contraire. Le grenier de la maison avait si souvent servi de répétitions à nos envolées dilettantes.

— Tu es douée, Cinnamon, assurait-elle. Tu pourrais devenir une grande actrice. Question de travail, de volonté.

Pour ma part, je ne sais qu'une chose. Il faut avoir un sacré talent de comédien pour survivre dans le monde tel qu'il est devenu. Ceux ou celles qui sont incapables de contrôler en toutes circonstances leur voix, l'expression de leur visage, leur comportement, n'ont aucune chance de s'en sortir. On vous surveille, on vous interroge ? Pratiquez l'esquive, l'hypocrisie, premiers réflexes d'autodéfense, j'en suis convaincue chaque jour davantage. Plutôt se promener à travers les rues dans le plus simple appareil que de faire preuve de sincérité, d'aller au-devant des gens, la vérité à la bouche.

Quand la porte s'était ouverte, interrompant Miss Hamilton au plus fort de son élan desdémoniaque, j'avais levé les yeux, tenus jusqu'à présent rivés sur le bord de mon pupitre afin d'éviter le spectacle affligeant offert par les mimiques emphatiques, les facéties d'histrion que notre professeur se croyait obligée d'adopter. Il se trouve que j'aime *Othello.* Assister aux pitreries de Miss Hamilton, c'était comme de voir un gargotier massacrer une excellente recette de crème brûlée. Pour qui n'aurait jamais dégusté ce dessert si délicat, le salmigondis proposé le dégoûterait à jamais de renouveler l'expérience. Autour de moi, heureusement, on n'y voyait que du feu.

Il n'était pas concevable, me soufflait mon instinct, que Desdémone fût convaincue des intentions meurtrières de son époux. Sa voix vibrante devait exprimer l'incrédulité, l'innocence, une foi indéfectible. Miss Hamilton l'ignorait-elle ? Le sachant, pourquoi sa voix demeurait-elle incapable de traduire ces émotions ?

Combien de fois Shakespeare s'était-il retourné dans sa tombe ?

Miss Hamilton est sans doute, et de loin, mon professeur préféré. Il n'empêche, l'indulgence n'est pas mon fort. Le clinquant me dégoûte. J'ai un faible pour la face obscure des choses.

— Votre grand-mère vous attend dans le bureau de M. Kaplan, annonça Miss Hamilton après avoir lu le billet.

Je considérai Clarence du regard, le seul élève de mon âge avec lequel j'entretiens des relations plus ou moins normales. Mon petit ami ? J'hésiterais à employer ce terme. Cette frontière entre nous n'est pas encore franchie, si elle doit jamais l'être. Non qu'il me déplaise : son visage ne manque pas d'intérêt, ses traits fins sont accessibles à l'intelligence, à la sensibilité. Il refuse de discipliner sa crinière, ses boucles châtaines, sans doute pour se donner un faux air de Beethoven. Sans pour autant se destiner à une carrière de compositeur, Clarence aime la musique classique, il est vrai. Il en sait plus long sur ce sujet que toutes les autres personnes de ma connaissance.

Très mince, un peu trop pour sa haute taille. Qu'importe, j'apprécie la mâchoire anguleuse, la perfection du profil aquilin, la bouche large et pulpeuse. Plus d'une fois, j'ai surpris, le concernant, des commentaires d'autres filles. Tous allaient à peu près dans le même sens. Plutôt sexy, dommage qu'il soit disjoncté.

Sa réputation de barjot était alimentée avec soin. Clarence reconnaissait lui-même son besoin de sacrifier à certains « rituels », selon sa propre expression. Il reconnaissait volontiers qu'il était affligé de manies, sans se soucier le moins du monde de sa réputation d'excentrique. Ainsi, le fait de s'asseoir toujours à la même place, quels que soient la salle ou le cours, au dernier siège de la première rangée. Dans la mesure du possible. Ainsi, ne jamais sortir d'un bâtiment après un nombre impair de foulées. Il comptait ses pas en direction de la sortie, par mesure de sûreté. En cas d'erreur, maintes fois, je l'avais vu s'arrêter net, rebrousser chemin afin d'être certain de franchir le seuil sur un chiffre favorable. De même attaquait-il les aliments contenus dans son assiette en partant de la gauche, invariablement. Clarence mangeait de gauche à droite, *même* les nouilles, tout en étant droitier. J'avais cessé de l'interroger sur ces bizarreries. Ses répliques, toujours identiques, tournaient autour de l'ordre et du bien-être qu'elles lui procuraient. « C'est beaucoup mieux comme ça », disait-il.

Quand il ne haussait pas les épaules tout en maugréant : « Pourquoi ? Je n'en sais rien, Cinnamon. C'est ainsi, voilà tout. »

Pour répondre à mon regard, il haussa ses sourcils fournis en point d'interrogation. Non, je ne savais rien et cette convocation ne me disait rien qui vaille. Le souffle un peu court, je secouai la tête. Non, je n'avais pas la moindre idée de la raison pour laquelle ma grand-mère venait ainsi me chercher. Je n'en éprouvais pas moins un certain trouble et beaucoup d'appréhension.

Deux jours auparavant, ma mère avait fait une fausse couche, pour la seconde fois de son existence. Après la précédente, huit ans auparavant, mes parents semblaient avoir abandonné tout espoir de pouvoir un jour agrandir la famille. À l'époque, le soupçon m'était même venu qu'ils avaient cessé d'entretenir des rapports sexuels. Aucun élan ne les poussait plus l'un vers l'autre. Cette relation d'indifférence s'aggrava lorsque Grand-maman Beverly vint s'installer à la maison, après le décès de Grand-Papa Carlson. Un baiser rapide sur le coin de la lèvre, une étreinte sitôt rompue, au mieux le geste machinal d'une main ébouriffant les cheveux du conjoint, voilà ce dont j'étais le témoin attentif et navré. N'allez pas imaginer que j'espionnais mes parents, que je passais mon temps à les surveiller du coin de l'œil. Loin de là. Je me contentais d'observer une évolution sensible, un changement intervenu dans leur vie intime et dont les conséquences pesaient sur nous tous, un froid insidieux semblable à ces méchants crachins dont on ne voit jamais la fin.

Six mois auparavant, au cours du dîner, ma mère avait annoncé la grande nouvelle. Ma grand-mère et moi étions tombées des nues.

Maman émiettait une tranche de pain lorsqu'un profond soupir lui échappa.

— Je suis de nouveau enceinte.

La fourchette de Grand-maman Beverly était tombée dans son assiette avec un bruit retentissant. Foudroyant mon père du regard, comme s'il avait rompu quelque promesse secrète, quelque serment scellé dans le sang, elle s'était exclamée :

— Enceinte, à son âge ? Un second enfant, après tant d'années ?

Son attention, alors, s'était portée sur ma mère. Celle-ci avait la faculté d'ignorer sa belle-mère à volonté. Quand l'envie l'en prenait, elle cessait tout simplement de la voir et de l'entendre, même si l'autre se trouvait assise en face d'elle, comme c'était justement le cas. Dans ces circonstances, Maman se transformait en statue de sel. Rien ne pouvait l'atteindre. Cette attitude, on s'en doute, n'était pas faite pour calmer l'ire de l'aïeule.

— À quarante-deux ans, Amber ? Avez-vous perdu la tête ? avait-elle enchaîné sur le ton d'autorité inflexible que lui conféraient les années et l'affection scrupuleuse de son fils.

Forte tête, personnalité affirmée, ma grand-mère n'avait jamais hésité à faire connaître haut et fort son opinion sur un sujet délicat quand elle en avait une, et c'était invariablement le cas. À l'opposé de son défunt mari, homme débonnaire au tempérament effacé. Tout au plus se contentait-il, quand survenait un différend avec son épouse, de secouer la tête deux fois de suite, de droite à gauche, toujours de droite à gauche. Il poussait parfois la résistance jusqu'à hausser les épaules et à quitter la pièce. Dans ces conditions, jamais de disputes entre eux, de coups de gueule, jamais un mot plus haut que l'autre. Un jour que Clarence me demandait à quoi il ressemblait, après un silence perplexe, une comparaison m'était venue à l'esprit : « Grand-Père ? Imagine la Pologne après l'invasion de Hitler. »

Autant reconnaître que Grand-mère tenait dans leur ménage un rôle de dictateur sans foi ni loi.

Maman avait répliqué sans élever la voix.

— J'ai l'intention de mettre au monde un enfant en excellente santé. De nos jours, il n'est pas rare de voir une femme de plus de quarante ans enceinte. Pas plus tard qu'hier, je lisais dans la presse qu'une quinquagénaire avait accouché dans d'excellentes conditions. Il ne s'agissait pas d'une mère porteuse, avait-elle précisé aussitôt. Il s'agissait d'une femme très ordinaire, éprouvant le besoin de donner à nouveau la vie et de s'occuper d'un enfant. Quoi de plus normal ?

Les yeux de Grand-mère s'étaient assombris sous l'effet de la colère. Se saisissant de la fourchette qu'elle avait laissée choir avec un fracas spectaculaire, elle avait repris sa mastication lente et méthodique, non sans gratifier de coups d'œil furibonds mon père silencieux, très occupé à découper son steak.

Après cet incident, le silence s'était abattu sur la table familiale, aussi assourdissant que le premier mouvement de la Cinquième de Ludwig van Beethoven.

Grand-mère pouvait se taire sans pour autant s'avouer vaincue. Au cours des semaines suivantes, elle avait saisi toutes les occasions de confirmer son hostilité farouche. La grossesse de ma mère s'était ainsi déroulée dans ces pénibles conditions, en butte à d'innombrables vexations, à des insinuations sournoises, semblables aux aboiements d'un roquet. Quand son ventre s'était arrondi, les reproches avaient adopté une tournure plus précise.

— Une femme de votre âge qui se balade en vêtements de grossesse, quel spectacle ! Vos cheveux sont déjà striés de gris ici et là, et je vous conseille de suivre un régime.

À quarante ans passés, une femme enceinte prend du poids sans même s'en apercevoir. Vous finirez comme ma sœur Lucille, qui fabriquait les mouflets à la chaîne, une vraie lapine. Sur le tard, elle ressemblait plutôt à un éléphant. Une obèse, un monstre ! Des hanches inhumaines... Un jour, elles sont restées coincées dans un fauteuil. Impossible de l'en dégager !

Comme ma mère restait de glace, l'aïeule me prit à témoin, comme un possible porte-parole de son indignation.

— Tante Lucille n'a jamais eu que trois enfants, n'est-ce pas ? répliquai-je.

— C'est déjà beaucoup trop ! trancha Grand-maman, avec tant de spontanéité que ses répliques ressemblaient à celles d'un dialogue répété à l'avance. Les enfants d'aujourd'hui coûtent une fortune. Ils exigent toujours davantage, leurs besoins sont insatiables. Leur expression favorite ? « Je veux ». De mon temps, nous avions d'autres mots à la bouche, tels que « Merci », ou « S'il vous plaît », « Non, monsieur », etc. J'imagine la réaction de mon père, si j'avais eu la prétention de réclamer une nouvelle robe, une voiture, ou quelque fanfreluche d'un prix exorbitant. Que penserait-il s'il revenait et voyait dans les rues ces... de quel nom les affublez-vous ? Ces créatures avec des anneaux dans le nez ou dans le nombril, déambulant dans des pantalons avachis, déchirés avec soin. Le monde court à sa perte, telle serait sa conclusion. Et il n'aurait pas tort.

— Que tu le veuilles ou non, ce foyer abritera deux enfants, ajoutai-je après un silence accablé.

Je regardai ma mère. Elle faisait l'impossible pour conserver un semblant d'indifférence et ne pas perdre son sang-froid. Sa pâleur, ses traits tirés en disaient long sur la lassitude qu'elle ressentait à être la cible des attaques hargneuses de la vieille, muée en une hyène acharnée à épuiser sa proie.

La fausse couche lui porta le coup de grâce. L'hémorragie se déclara au milieu de la nuit, ma mère fut transportée d'urgence à l'hôpital. Elle avait mal, très mal. Je fus réveillée par ses hurlements. Tout de suite, je cédai à l'affolement. Malgré mes supplications, mon père refusa de m'emmener. L'attente fut terrible, des heures d'angoisse au terme desquelles il réapparut, seul, pour annoncer la perte de l'enfant.

Dans ces circonstances dramatiques, Grand-maman Beverly donna toute la dimension de sa cruauté. Sans manifester le moindre signe de remords ou de simple regret, elle interpréta l'événement comme un verdict de la Nature. À sa façon brutale, celle-ci sanctionnait ce qui n'aurait jamais dû avoir lieu. Le mutisme de mon père me parut accablant. Cette nuit-là, pour la première fois, j'aurais voulu pouvoir lui cracher mon mépris à la figure.

À son retour à la maison, le lendemain, ma mère refusa d'adresser la parole à sa belle-mère, ou même de la voir. Du reste, elle ne prêtait attention à rien, comme si le monde avait cessé d'exister. Moi-même, je ne comptais plus. Ses yeux lointains, perdus, m'effleuraient à peine. Pelotonnée dans son chagrin, elle était loin, très loin de nous, dans le noir isolement de ceux qui souffrent.

Deux jours plus tard, la gorge sèche comme si j'avais avalé de la poussière, le cœur serré par un affreux pressentiment en songeant aux raisons pouvant expliquer la venue inopinée de ma grand-mère au lycée où elle n'avait jamais mis les pieds, je me hâtai de fermer mon exemplaire d'*Othello* et mon cahier, et de boucler ma serviette. Tous m'observaient, j'en avais conscience. Ils guettaient chacun de mes gestes. Et alors ? N'en avait-il pas été ainsi presque toute ma vie, tout au moins depuis la fin de mon enfance ? Le regard des autres, fixés sur moi. C'était devenu une habitude, leur attention avait cessé de me gêner, si elle l'avait jamais fait. Non, tout bien considéré, cela ne m'avait jamais troublé, ou pas autant que cela aurait dû. Cette imperméabilité, ce *quatrième mur*, ainsi que l'appelait Miss Hamilton, se dressait toujours entre moi et les autres, chaque fois que j'éprouvais le besoin de m'isoler. Sans doute avais-je hérité ce pouvoir de ma mère, bien que mon père, pour des raisons différentes, fût lui aussi capable de s'enfermer dans le silence et la surdité après avoir entendu une parole ignoble. Grand-maman Beverly en savait quelque chose, depuis le drame. Son fils, en effet, s'était décidé à réagir ; il lui parlait à peine, répondait à ses questions avec réticence. Ainsi tous les membres de ma famille se trouvaient-ils chacun enfermés dans leur solitude.

Certaines personnes, parmi lesquelles plusieurs professeurs et mon aïeule, naturellement, me soupçonnent d'attirer l'attention délibérément en adoptant une apparence, un comportement singulier.

Mes cheveux m'arrivent au milieu du dos, une épaisse crinière auburn, coiffée à la diable. Parfois, des mèches me tombent sur les yeux et restent là, sans que je fasse l'effort de les ramener en arrière. Je contemple le monde, les êtres, professeurs ou camarades, à travers un écran diaphane, teinté de roux. Certains supportent mal cette coquetterie, en particulier Grand-maman Beverly. Quand ses admonestions ne provoquent aucune réaction de ma part, son visage exsangue se crispe de dégoût, le rouge de la colère monte à ses pommettes.

— Si tu ne coupes pas tes cheveux, prends au moins la peine de les brosser. Les gens ne peuvent même pas savoir si tu les regardes quand ils t'adressent la parole.

Chez elle, une critique en appelle souvent une autre. Grand-maman tisse sa toile avec autant de méticulosité qu'une araignée.

— Pourquoi t'affubler de couleurs sinistres ? On jurerait que tu te rends à un enterrement au lieu d'aller à l'école.

J'aime les couleurs sombres, il est vrai, comme ma mère. La plupart du temps, je suis vêtue de noir ou de bleu marine. Mes lèvres sont fardées d'un blanc translucide, mes ongles laqués de noir. Je souligne mes sourcils au crayon noir et je mets trop d'ombre à paupières. Faut-il le préciser ? Le soleil est mon ennemi ; je le fuis non seulement par crainte de rides futures, mais pour sauvegarder mon teint pâle. Toutes les femmes de la famille ont le teint pâle. Je suis le dessin des veines sous la peau presque translucide de mes tempes. J'imagine la circulation du sang à travers ce mince réseau bleu ; il irrigue mon cœur et mon cerveau.

Pour l'instant, mon cœur semblait avoir suspendu ses battements.

Edith Booth m'attendait toujours sur le seuil de la salle de classe. Fidèle à son rôle de surveillante d'étage, elle me servirait d'escorte jusqu'au bureau de M. Kaplan, comme un brave petit soldat. Lèvres pincées comme à son habitude, mâchoires crispées, menton très jugulaire. Elle commit l'erreur de s'effacer pour me céder le passage. Je me retournai vivement et, sans lui laisser le temps de réagir, claquai la porte avec violence.

Un éclat de rire général salua ce modeste exploit. La petite surveillante humiliée, plantée devant la porte close, avait dû perdre un peu de sa fière contenance. Elle sortit en vitesse et courut derrière moi. Ses talons crépitaient sur les dalles du couloir.

— Pas très sympa, murmura-t-elle.

Je lui lançai un regard empoisonné.

Ceux qui nous connaissent suffisamment pour avoir été invités chez nous au moins une fois sont épouvantés par notre demeure qui, affirment-ils, finira par nous rendre mabouls. Une maison hantée, prétendent ces imbéciles, sans même savoir qu'ils ne sont pas loin de la vérité. Ils l'appellent « la maison de la famille Addams[1] ».

Sa façade est très sombre. Notre demeure, personne ne prétend le contraire, est baignée d'une sorte d'aura menaçante. Mon père aurait honte d'y habiter que je n'en serais pas trop étonnée. Grand-maman Beverly ne l'a pas encouragé à l'acheter, certes non. Une fois de plus, ma mère dut livrer bataille. Ce fut une belle victoire. Personne n'aurait pu vaincre sa détermination.

Une grande bâtisse de style victorien, située à quinze kilomètres au nord-ouest de Tarrytown, dans l'État de New York. Le premier propriétaire, officier pendant la guerre civile, avait servi sous les ordres du général Grant. Il se nommait Jonathan Demerest, père de cinq enfants, deux garçons et trois filles. En l'espace de quelques mois, la variole emporta son épouse, Carolyn, et le fils cadet, Abraham. Leurs tombes, ainsi que celle de Jonathan, se trouvent derrière la propriété, sur une éminence d'où, jadis, la vue s'étendait à des lieues à la ronde, dans toutes les directions ; ma mère en est convaincue. Quand nous avons emménagé, dit-elle, la forêt était partout, les arbres beaucoup moins hauts qu'à présent. L'habitat, bien sûr, était encore clairsemé, sinon invisible. Depuis ces dernières années, d'horribles lotissements surgissent de tous côtés comme des champignons, défigurant le paysage.

— Quel lieu paisible pour s'y endormir à jamais, murmurait souvent ma mère. Il conserve son charme, pour l'essentiel. Peut-être devrais-je m'y faire enterrer, moi aussi.

---

1. Célèbre famille de monstres dessinée par Charles Addams dans les années 1940 et 1950. Cette série fut adaptée au cinéma par Parry Sonnenfeld avec Raoul Julia dans le rôle du père et Angelica Huston dans celui de l'exquise Cruella, la mère. *(N.d.T.)*

La première fois qu'elle prononça ces paroles, je fondis en larmes. J'avais neuf ans. Il m'était intolérable d'envisager la disparition de ma propre mère.

— Nous y passerons tous, Cinnamon. Tôt ou tard, ajouta-t-elle, de cette voix de lys et de rose qui avait le don de chasser tous les démons.

Ses mains me caressaient la joue, plus soyeuses que la brise. Un doux sourire ensoleillait son visage.

— Quand notre heure est venue, le passage n'est pas si pénible, assurait-elle. On se retrouve ailleurs, voilà tout. Ce disant, elle regardait le sol, comme si elle avait déjà un pied dans la tombe. Dans un ailleurs plus paisible.

J'ouvrais de grands yeux.

— Plus paisible que l'endroit où nous sommes ? m'étonnai-je.

— Plus paisible à l'intérieur de soi.

Sur le moment, je ne compris pas. Il me fallut des années pour pénétrer le sens de ces paroles. Aujourd'hui, c'est fait. Plus paisible à l'intérieur de moi.

Ma mère avait eu le coup de foudre pour la maison avant de rencontrer son futur mari. Ils avaient convolé depuis un an quand il s'était laissé convaincre d'en faire l'acquisition.

Construite au sommet de la colline, la maison Demerest domine les routes et les bâtiments alentour. Cette situation élevée la fait paraître plus vaste qu'elle n'est en réalité. Elle a trois étages, coiffés d'une coupole, planque idéale pour un fantôme. Les gamins doivent s'imaginer que je grimpe là-haut tous les soirs pour lancer des malédictions, jeter des anathèmes sur les imprudents promeneurs nocturnes. Quand ces ragots me parviennent, je secoue mes cheveux et, dans un éclat de rire, me remémore la réplique de Katharine Hepburn : « Racontez ce qu'il vous plaira, je m'en fous, du moment que c'est faux. » Je tiens l'anecdote de ma mère.

La plupart des gens ne pigent pas. Ils interprètent ma réaction comme une preuve supplémentaire de ma loufoquerie. Que l'on puisse s'offusquer d'une intrusion au plus profond de sa vie privée, d'un viol de son intimité, exposée au grand jour, les crétins ne l'acceptent pas. Ces idées dont le secret nous importe contribuent à façonner le respect de soi. Cette part secrète est pour nous vitale. C'est pourquoi nous gardons nos portes closes, nos fenêtres fermées, nos stores baissés. Chez moi, surtout.

Quant à l'aversion que mon domicile éveille chez le plus grand nombre, peu m'importe. Comme ma mère, j'aime cette demeure d'un autre âge. Ses bâtiments de style victorien sont dotés d'un toit mansardé à deux pentes superposées, celle du bas plus raide que celle du haut. La maison est carrée, la corniche supérieure rehaussée d'une dentelle de ferronnerie. Une volée de marches en pierre conduit à un porche qu'abrite une marquise. La partie inférieure de la porte est en bois de chêne, le reste en vitrail. Les fenêtres sont disposées de façon symétrique. Au rez-de-chaussée, un auvent les garantit de la pluie.

Ma mère est toujours disposée à disserter sur sa maison, à donner des leçons d'architecture victorienne à ceux que cela semble intéresser.

Grand-maman Beverly considère ce lieu comme l'antichambre de l'enfer. Répugnance qui ne l'a pas empêché d'y débarquer avec armes et bagages et de s'y incruster. Ma mère soutient qu'elle a pris cette décision de sa propre initiative. Pourtant, j'ai maintes fois entendu mon père prétendre qu'il l'avait invitée au lendemain de son veuvage. Pour quelle raison une femme de son âge continuerait-elle à vivre seule alors que ses enfants disposent de tant d'espace ?

— Une excellente raison, grommelait Maman. Qu'elle nous laisse vivre en paix.

Quoi qu'il en soit, sous prétexte que j'habite dans une vieille bicoque probablement hantée, les autres me considèrent comme une malade mentale en puissance, capable d'attenter à ses jours, ou pire. Sait-on jamais ? Même les adultes, les professeurs (à l'exception de Miss Hamilton), gardent leurs distances face à moi. Ils n'osent pas s'approcher, comme ils le font volontiers avec mes camarades. Il me suffit parfois de dévisager quelqu'un avec le même regard fixe que je posai sur Edith Booth pour sentir chez mon interlocuteur un trouble diffus, vite transformé en malaise. Ce manège me procure un certain plaisir, depuis quelque temps. J'éprouve un sentiment de puissance inconnu jusqu'alors.

Donc, je la regardai.

— Tu me cherches ?

Elle recula d'un pas.

— Moi ? Je m'en fous. Le proviseur te réclame. Il a dit de faire vite, je n'en sais pas plus.

— Dans ce cas, cesse de me retarder avec tes idioties.

Je la gratifiai d'un dernier coup d'œil à donner la chair de poule. Étais-je si effrayante à voir ? Elle pâlit visiblement.

Pendant toute la durée du trajet, Edith Booth me suivit en prenant soin de laisser entre nous une distance « de sécurité ». Grand-maman Beverly était assise sur le siège étroit réservé aux visiteurs, en simili cuir. Elle frottait les doigts contre sa paume, comme pour en effacer des callosités imaginaires. C'était chez elle le signe d'une grande nervosité.

À l'instant où j'entrai dans le bureau, elle se dressa de toute la hauteur de son mètre soixante-cinq. Malgré son bon mètre quatre-vingt-cinq, Grand-Papa Carlson avait toujours donné l'impression d'être tassé en sa présence. Il en est de même pour mon père pourtant plus grand que lui de quelques centimètres.

— La taille n'est pas seulement affaire de mètre étalon, me confia un jour ma mère, alors que nous parlions de Grand-maman. Selon ton attitude, l'assurance qui se dégage de toi, tu paraîtras plus ou moins grand. Rendons-lui cette justice de l'avoir compris. Elle en tire tout le parti possible.

Ma mère est la seule personne de ma connaissance à ne pas subir l'ascendant de la vieille. Elle ne se laisse pas impressionner le moins du monde. Par contre, elle n'a pas l'énergie, la force physique nécessaire pour être sans cesse sur le pied de guerre, livrer une bataille permanente contre sa belle-mère et celui que j'en suis venue à considérer comme un cheval de Troie introduit dans nos murs : Papa lui-même. Dans la vie en général, cet homme ne manque ni de courage, ni de volonté, mais ces belles qualités s'évanouissent en face de sa mère. Il redevient le galopin obéissant qu'il avait dû être jadis.

Prenons un exemple. Pas plus qu'elle ne supporte l'aspect extérieur de notre maison, Grand-maman n'en apprécie la décoration intérieure, le mobilier. Ces goûts, dans ce domaine comme dans les autres, vont à l'encontre de ceux de ma mère. Rien ne trouve grâce à ses yeux, pas même l'éclairage tamisé ou les étagères mauves de la salle de bains. Ses valises à peine posées, elle avait pris la résolution d'opérer un bouleversement progressif. Son regard vétilleux enregistrait le moindre détail. Un commencement d'usure sur le dossier d'une chaise, un tapis un peu élimé ? Elle exigeait de son fils le remplacement immédiat de ces « antiquailles ». Une fois qu'il avait cédé, sans demander l'avis de sa belle-fille, elle choisissait un nouveau siège, un nouveau tapis.

Ma mère, alors, faisait observer combien cette acquisition récente détonnait dans notre environnement. Papa plaidait mollement la cause de sa mère, puis jurait que c'était la dernière fois, qu'on ne l'y prendrait plus. Il mentait, bien sûr. Il y aurait toujours d'autres fauteuils, d'autres rideaux à « rajeunir » et peu à peu le charme insolite de notre intérieur se diluait sous l'influence des horreurs introduites subrepticement par l'aïeule.

On comprend mieux à présent comment j'ai pu être amenée à comparer le cheminement de Grand-maman Beverly dans notre vie à l'invasion des troupes du Reich en Pologne. Papa, quant à lui, tenait l'humble rôle de Chamberlain. « La paix », proclamait-il, fût-ce au prix d'un autre compromis. À cette seule petite condition, nous serions à nouveau une famille exemplaire.

Il se trompait. Savait-il à quel point ?

Moi-même, je n'avais pas mesuré l'ampleur de la catastrophe avant ce fameux jour, tandis que je rentrais à la maison en compagnie de Grand-mère.

1

INTÉRIEUR NUIT

— Que se passe-t-il ? demandai-je aussitôt. Pourquoi es-tu venue me chercher ? Qu'est-il arrivé ?

Dès mon arrivée, après un hochement de tête en guise d'adieu, Grand-maman avait quitté le bureau du proviseur et, sans un mot, fait résonner les couloirs de son pas conquérant, bien différent de celui d'Edith Booth. Moi, j'étais censée la suivre, docile comme un toutou.

Sans tenir compte de mes appels anxieux, elle prit la direction de la sortie. Cette vieille dame se fixait un objectif avec l'assurance infaillible d'un missile téléguidé. Impossible de la détourner de sa destination sans découvrir les codes de rappel connus de son seul démon intérieur et que celui-ci répugnait à divulguer. Unique solution, en passer par ses quatre volontés et prendre mon mal en patience. Ma grand-mère s'y entendait pour diffuser sur ses ennemis le poison de la frustration. De ce point de vue, elle aspergeait avec autant d'efficacité qu'une arroseuse municipale.

Cette fois, pourtant, les circonstances exigeaient une réaction de ma part. Pour la première fois de notre vie en commun, elle n'avait pas hésité à prendre le chemin du lycée, quitte à m'arracher à mes chères études. Mille hypothèses atroces se bousculaient dans ma tête et celle-ci allait bientôt éclater sous la pression. Je m'arrêtai net.

— Grand-mère ?

— Sortons d'ici, lança-t-elle par-dessus son épaule, sans m'accorder un regard. Un ton plus bas, elle ajouta : Cela ne regarde personne. Je ne veux pas qu'ils apprennent, dans la mesure du possible.

Mon cœur battait à se rompre, au rythme impétueux de la colère.

— Ton père, ce nigaud, marmonna-t-elle encore. Cent fois, je l'ai mis en garde. Personne ne pourra dire le contraire.

La porte une fois franchie, nous nous dirigeâmes vers le parking où se trouvait sa Mercedes, un modèle qui devait déjà être ancien le jour de sa naissance. L'engin roulait, c'était l'essentiel.

À nouveau, je fis halte. Cette fois, nous étions hors de portée des oreilles indiscrètes.

— Grand-maman, je ne bougerai pas d'ici tant que tu ne m'auras pas mise au courant de la situation.

Ma voix contenait une nuance menaçante, elle dut s'en rendre compte. L'aïeule consentit à faire volte-face. Elle me considéra, ses petites épaules remontées, et je ne pus m'empêcher de songer au cobra, ramassé sur lui-même, le cou dilaté, avant de bondir sur la poulette fascinée.

— Ta mère est devenue folle. Tu es la seule personne susceptible de la ramener à la raison. Je n'ai aucune influence sur elle, cela va de soi, et je ne sais comment joindre ton père. Il n'est pas question d'attendre son retour. Si nous pouvions éviter d'appeler une ambulance et d'alerter le voisinage, ce serait la meilleure solution. C'est pourquoi je me suis résignée à venir ; je compte sur toi pour la calmer.

Je restai stupéfaite.

— Une ambulance ? Pourquoi faudrait-il appeler une ambulance ?

— Tu sais comme les langues se délient lorsqu'il s'agit de dire du mal de son prochain. Les commentaires vont bon train, on a vite fait d'en venir aux pires conclusions. Notre famille se prête déjà à trop de bavardages indélicats, il n'est pas question d'apporter de l'eau au moulin des colporteurs de ragots. Peut-être pourras-tu l'amener à cesser ses extravagances.

— De quoi parles-tu ?

Ma grand-mère secoua la tête avec énergie, comme elle l'aurait fait pour égoutter ses cheveux trempés.

— Ne me demande pas de décrire ce qu'elle fait, je m'y refuse. Rentrons au plus vite.

Ayant déverrouillé la portière, elle se glissa derrière le volant.

Je m'installai à côté d'elle. Ses propos évasifs avaient aiguisé ma curiosité et fait grimper le niveau de mon inquiétude. Je n'avais qu'une hâte désormais, rentrer à la maison et retrouver ma mère.

Ma nuque roula contre l'appui-tête, le sang battait à mes tempes à coups précipités. J'avais peur. Grand-maman Beverly avait obtenu le résultat escompté.

Elle mit le contact et, vivement, manœuvra pour rejoindre la route.

— En toute franchise, je n'ai jamais douté que ta mère souffrît de troubles psychiques, reprit-elle soudain. Dès notre première rencontre, j'ai su qu'il s'agissait d'un être imprévisible dont l'équilibre mental était menacé. Taylor venait présenter à ses parents la femme qu'il avait l'intention d'épouser. J'étais contre, je lui ai dit ma façon de penser. Cette personne nous rendait visite pour la première fois. Pas l'ombre d'un maquillage. Pour tout vêtement, elle était enveloppée dans une sorte de drap noir noué sur la nuque. Quant à ses cheveux, encore plus longs que les tiens, ils lui frôlaient les hanches. Elle avait déjà ces yeux d'eau morte et de vase capables d'embobiner une demi-douzaine de croque-morts. Elle aurait fait un tabac en qualité d'accompagnatrice de cortèges funèbres. Combien de fois, ce jour-là, ai-je vu s'éclairer son visage ? J'aurais pu compter ses sourires sur les doigts d'une main, si les grimaces hallucinées qu'elle m'adressait parfois méritaient le nom de sourires. Ses yeux luisaient comme des lames de couteau, le frémissement de ses lèvres ressemblait à celui de vermisseaux en proie à d'intolérables souffrances. Comment mon fils avait-il pu tomber sous le charme de cette Mélisande de pacotille, me suis-je demandé cent fois.

Son discours, je le connaissais par cœur.

— Peut-être était-il amoureux, tout simplement ? As-tu envisagé cette hypothèse terrifiante, Grand-mère ?

Il lui vint un ricanement narquois. L'amour et Grand-maman Beverly n'avaient jamais fait bon ménage, le mot laissait dans sa bouche un arrière-goût d'amertume.

— Amoureux ? D'une intrigante déguisée en spectre ?

Elle me jeta un coup d'œil de côté, puis ramena son attention sur la route. Excellente conductrice, pour une femme de plus de soixante-dix ans. Ce compliment en appelait un autre : la vieille n'entreprenait rien qu'elle ne fût certaine de réussir. L'échec n'entrait pas dans ses catégories mentales.

— Belle, ta mère ne l'a jamais été, au sens où je l'entends. Des traits fins, un visage séduisant, une agréable silhouette, une chevelure abondante, certainement, bien qu'elle ne fasse rien pour mettre ces atouts en valeur. Au contraire, elle semble prendre un malin plaisir à nuire aux avantages concédés par la nature. Comme tu le fais, avec ce maquillage ridicule. Sa personnalité funèbre n'arrange rien, cela va sans dire, poursuivit ma grand-mère, résolue à vider son sac une fois de plus. Comment avoir les yeux vifs, le visage rayonnant, quand on a l'air de porter le deuil en permanence ? Elle n'a aucune amie, ce n'est pas étonnant. Qui aurait envie d'écouter la musique sinistre dont elle nous rebat les oreilles ou de partager son goût pour cette poésie toujours en quête de souffrance, d'expiation, de châtiment ? Elle ne possède aucune grâce sociale, le charme de la civilité dont ton père aurait eu tant besoin pour soigner ses rapports avec de nouveaux associés. Les toilettes, les bijoux, les parfums, elle n'en a cure. D'ailleurs, a-t-elle fait mine de s'intéresser une seule fois au métier qu'exerce son mari ? A-t-elle proposé de lui faciliter la tâche, de l'étayer, de quelque façon que ce soit ?

— À ton avis, Grand-mère, pourquoi ton fils l'a-t-il épousée ? Maman lui a jeté un sort ?

Elle branla du chef, comme si je venais de poser une question raisonnable à laquelle elle avait longuement réfléchi.

— Tu te crois spirituelle, sans doute. Laisse-moi te dire une vérité que tu sembles ignorer, petite. Toute femme est capable d'ensorceler un homme de mille manières.

Après un silence, elle livra sa version des faits.

— Ta mère fut probablement sa première expérience sexuelle. Les hommes, de moins en moins romanesques, confondent souvent l'amour et le plaisir sexuel. Le sexe, sache-le, c'est comme la bonne cuisine. On peut le consommer avec n'importe qui. Tâche de t'en souvenir, Cinnamon, cela t'évitera bien des déconvenues.

— Et l'amour ?

— Rien à voir. L'amour, c'est l'engagement mutuel, le sens des responsabilités, le dévouement, la disponibilité aux besoins de l'autre. L'amour ne trouve sa véritable force que dans la maturité.

— Une liste de corvées, c'est ça? L'ennui total en somme, marmonnai-je. Si l'amour est exclusivement synonyme de devoir, merci bien, je préfère la cuisine exotique.

Grand-maman s'attendait à un commentaire de ce type. Sans élever la voix, elle se contenta d'un avertissement.

— Tu es si malléable, encore. Prends garde que tes paroles ne trahissent le fond de ta pensée. La folie est parfois héréditaire. Qui sait si les gènes paternels seront assez puissants pour te protéger ?

J'aurais voulu pouvoir lui rire au nez. Je n'en fis rien, toute à la crainte de ce qui m'attendait à la maison et qui risquait de lui fournir l'occasion d'un nouveau triomphe.

Quand on l'abordait depuis la route, notre maison, tout au moins ses occupants demeuraient une énigme, surtout à cette heure. La façade est orientée à l'est, de sorte que les vitres, sur lesquelles se reflète le soleil, deviennent un scintillement impénétrable aux regards. Si les jardiniers n'intervenaient pas, on pouvait presque croire l'endroit inhabité. Un certain sentiment d'abandon se dégageait de l'ensemble. Les voitures demeuraient invisibles, garées à mi-colline, à l'arrière du bâtiment.

À l'angle nord-est, les ombres de deux saules pleureurs s'allongent sur les murs. Ce détail s'ajoute à l'aspect général qui évoque un décor désert dans l'attente d'une action à venir.

Sur le flanc gauche, un érable marquait l'emplacement où nous devions prendre notre virage pour atteindre l'esplanade. Je ne pus m'empêcher de sourire en le voyant osciller d'avant en arrière, comme s'il avait reçu la visite d'un fantôme. Une des filles Demerest, peut-être ? Je l'imaginai installée dans les frondaisons. Elle salue ainsi mon retour, pensai-je. Toute idée, même la plus fantasque, était la bienvenue si elle contribuait à chasser mon angoisse.

L'automne avait adopté un rythme plus agressif. Un vent froid fouaillait le paysage. Sous son toucher magique, le vert virait à l'orange et au brun. L'herbe, en revanche, se portait à merveille. Jamais elle n'avait semblé plus drue, encore gorgée de rosée matinale. De son vert profond, tondu depuis peu, s'exhalait un arôme exquis. Je humais cette fraîcheur revigorante, j'emplissais mes poumons de cette pureté afin qu'elle imprègne mon cerveau, le débarrasse des vilaines araignées tapies dans les coins les plus sombres. « Ces sales bêtes te veulent, elles t'auront », c'était ainsi que je voyais l'avenir, quand tout allait mal.

Tout allait mal, très mal.

La Mercedes s'engagea dans l'allée abrupte. Alors seulement, Grand-maman Beverly en arriva aux détails de la situation.

— Je me trouvais dans le salon, en train de regarder un excellent film avec Cary Grant. Du vestibule s'éleva un vrombissement étrange. Que fabrique-t-elle donc au rez-de-chaussée ? me demandai-je aussitôt. Le médecin ne lui a-t-il pas recommandé de garder le lit pendant quelques jours, le temps de reprendre des forces, physiques et morales ? Une fausse couche est une épreuve difficile, crois-moi. Cela vous secoue de fond en comble. Je ne suis pas un monstre, nom d'une pipe, je peux comprendre ça. N'ai-je pas proposé de lui servir d'infirmière et de gravir ces fichus escaliers pour lui servir ses repas ? Ta mère, hélas, reste sourde aux conseils avisés. Elle choisit ce qu'elle veut entendre et se moque du reste. Elle ne prête attention qu'à ces voix mystérieuses, le chuchotement des ténèbres, comme elle les nomme.

Bien. J'ouvre la porte donnant sur le hall d'entrée. Tout d'abord, je ne la vis pas. Puis je l'entendis. Elle parlait à ses plantes.

Le ricanement de la vieille m'était insupportable. Un froid polaire me pénétra jusqu'aux os. Maman avait l'habitude de s'adresser à ses plantes, elle leur disait des mots tendres, comme aux enfants dont elle s'était vu priver. Les plantes, m'avait-elle révélé, vivaient en symbiose avec son humeur. Quand elle se sentait mélancolique – le plus souvent – les feuilles se flétrissaient et piquaient du nez. Dès que la bonne humeur lui revenait, on les voyait se redresser, craquantes et verdoyantes.

Pour ma part, je n'en pensais pas grand-chose.

— Maman aime les végétaux, fleurs ou plantes. Quantité de gens bichonnent leur petit jardin, ils leur parlent comme à des êtres vivants.

— Se croient-ils obligés de se mettre à poil, pour se livrer à leur activité de jardinier ?

— Maman était nue ?

Grand-mère confirma d'un hochement de tête énergique.

— Debout dans le vestibule, aussi nue qu'Ève en train de croquer la pomme, ta mère arrosait ses plantes avec son bassin de lit.

La voix de Grand-maman avait monté jusqu'à une espèce de diapason hilare. Que contenait le bassin en question ? Je ne jurerais pas que c'était de l'eau.

Le sang avait reflué de mon visage. Nous venions de contourner la maison. Je la regardai avec plus de perplexité que je ne l'avais jamais fait auparavant. Allait-elle m'inspirer de la frayeur, à moi aussi ?

— J'en arrive au plus horrible de l'histoire, poursuivit ma grand-mère. Attends-toi à recevoir un choc, Cinnamon. « Amber, que fais-tu là, sans un fil sur le dos ? » lui lançai-je depuis le seuil. Tu vas prendre froid. Elle se tourna lentement. Souriante, pour une fois. Quel sourire, mon Dieu ! Dément, il n'y a pas d'autre mot.

L'aïeule arrêta l'auto. Avant de couper le contact, elle pivota vers moi.

— Sur son ventre, à l'aide d'un tube de rouge à lèvres, j'imagine, elle avait dessiné la silhouette d'un bébé, le contour d'un fœtus !

Je plaquai la main sur ma bouche pour étouffer un cri.

— Doux Jésus ! m'exclamai-je. Je dus me cramponner à la porte de peur de m'évanouir. Ta mère me gratifia d'un nouveau sourire. Elle reprit son arrosage, sans cesser de fredonner.

Il fallait agir. Plutôt que d'appeler l'hôpital, je décidai d'aller te chercher.

J'avais la gorge nouée, j'étouffais. Même l'odeur enivrante de l'herbe coupée ne pouvait me délivrer de cette oppression. J'attendis quelques instants, respirai à fond avant d'ouvrir la portière. Dans mon esprit se déroulait la scène de la folie d'Ophélie, dans *Hamlet*, vers la fin de l'acte IV. Tête baissée, je me précipitai vers l'entrée de service, aussi vite que le permettaient mes jambes, soudain prises de faiblesse. Je traversai la cuisine, m'élançai dans le couloir, non sans ouvrir les portes au passage pour m'assurer que Maman n'était plus au rez-de-chaussée. Je grimpai l'escalier quatre à quatre. Parvenue à l'étage, je me figeai. Je l'entendais chantonner, et sa voix provenait de la nursery, la pièce destinée à accueillir le futur bébé. Je m'en approchai en tapinois, dans l'idée de jeter un coup d'œil à l'intérieur avant d'intervenir.

Tout était tel que l'avait décrit Grand-mère. Ma mère était nue, la grossière silhouette d'un fœtus tracée sur le ventre au rouge à lèvres d'une couleur printanière.

Elle bordait et débordait la couverture pastel du berceau.

— Maman ?

— Cinnamon, tu es de retour ? Tant mieux. Ce matin, j'ai ressenti les premières douleurs. Le terme approche.

— Les premières douleurs, Maman, tu en es sûre ?

— Elles sont inévitables, je le sais. Elles n'en sont pas moins très pénibles. Cinnamon, certains phénomènes merveilleux s'accompagnent de souffrances. Elles valent la peine d'être supportées.

Elle m'adressa un sourire rayonnant. « Dément », aurait dit la vieille.

Comment pouvait-elle avoir oublié si vite l'avortement subi ? Une expérience traumatisante, une véritable tragédie pour ma mère. C'était la raison de son amnésie, bien sûr. Sa mémoire, sa raison se refusaient à assimiler l'événement. Tout son être se rebellait contre la perte de l'enfant tant attendu, une fillette. Cette maison avait souvent servi de décor à nos fantasmagories. Entre ses murs, il lui était facile de fuir une réalité intolérable.

— Maman, tu devrais retourner dans ta chambre.

— Dès que j'aurais mis tout en ordre dans cette pièce. Tout doit être prêt pour l'arrivée de notre petite Sacha.

Son regard tendre, attentif, inspecta les lieux. Très doucement, je la pris par les épaules.

— Viens. Il est temps de regagner ton lit. Viens.

Souriante, elle lissa les draps du berceau.

— Ma grande fille, mon aînée. Tu prends soin de moi, ton aide me sera précieuse avec Sacha, je le sais. J'aurai grand besoin de toi. Quand je pense à elle, j'imagine la joie qu'elle sera pour nous tous, pour toi autant que pour nous, ses parents.

Sur le ton de la confidence, elle enchaîna :

— Quand j'avais ton âge, je rêvais d'avoir une sœur cadette, te l'ai-je jamais dit ? Quelqu'un qui me demanderait conseil et qui m'aimerait. Tu seras son idéal, Cinnamon. Sacha voudra t'imiter en tout, j'en suis sûre. Tâche de faire preuve de patience avec elle, tâche d'être bienveillante.

L'inquiétude se peignit sur son visage. Les sourcils froncés, elle ajouta :

— N'oublie jamais qu'il s'agit d'une enfant à qui tu devras tout apprendre. Une petite fille. Il faudra lui expliquer la vie et, surtout, ne rien lui cacher. N'ayez jamais de secret l'une pour l'autre et vous serez les meilleures amies du monde. Peut-être y aura-t-il entre vous plus de complicité qu'il n'en existe entre toi et moi. Elle se laissa entraîner sans hâte, et sans cesser de parler.

— Si vous devenez des amies intimes, jamais je n'en prendrai ombrage. Ma colombe, il n'y aura pas chez moi l'ombre d'un sentiment de jalousie. Par la force des choses, tu auras plus de points communs avec ta sœur qu'avec ta mère, je m'en rends compte. Ne te fais aucun souci, votre affection fera de moi la plus heureuse des mères.

Nous avions franchi le seuil de la chambre conjugale. Je la guidai vers le lit.

— Couche-toi, Maman, je t'en prie.

Un lit gigantesque, en bois de merisier, quatre piliers, une tête immense sur laquelle étaient gravées deux roses aux tiges enlacées. Le même motif était reproduit sur l'édredon et les taies d'oreillers. Des roses écarlates. Lorsque mes parents étaient plus jeunes et plus épris, ce lit était pour moi un palais enchanté dont les occupants, après avoir connu l'amour fou, sombraient dans un sommeil peuplé de rêves de bonheur et de volupté, protégés par les quatre piliers, sentinelles chargées de chasser les mauvais esprits.

J'ouvris le lit, ma mère se glissa entre les draps. Avec une infinie lenteur, elle ramena ses jambes, sa tête s'affaissa sur l'oreiller. Son sourire ne vacillait pas ; elle semblait heureuse.

— Je tiens à ce que tu prennes soin d'elle le plus tôt possible, insista-t-elle. Tu tiendras le rôle de seconde mère, comme Agatha Demerest l'a fait pour ses jeunes frères et sœurs. Tu te souviens ?

Ma mère faisait allusion à une fable inventée par nous deux, à l'occasion de nos premières visites dans le grenier.

Je venais d'avoir quatorze ans. Elle décida qu'il était temps pour moi d'explorer la maison. Elle-même, bien sûr, avait déjà passé de longues heures dans les combles où elle avait découvert un coffre en noyer rempli de trésors vieux de plus d'un siècle, qui fleuraient le vagabondage et l'aventure. Les gonds usés s'étaient brisés lorsqu'elle avait soulevé le couvercle. Les photographies de la famille Demerest, surtout, avaient retenu son attention. Si jaunes et si pâles que, pour la plupart, les visages étaient presque effacés. D'autres avaient mieux supporté le passage du temps.

Mon père ne travaille pas pour rien dans une officine de Wall Street. Il est capable, au premier coup d'œil, d'évaluer la valeur de n'importe quoi. Aussi ne fut-il pas long à faire son choix parmi le contenu du coffre. Deux uniformes de l'Armée fédérale, des piles de vieux journaux, une paire d'éperons, des étuis de pistolets, furent emmenés à New York, estimés et placés en dépôt chez un antiquaire. Les photos, décréta Maman, resteraient ici.

— Ces portraits familiaux n'ont pas leur place dans les vitrines de boutiques anonymes, exposées à la vue de tous, ai-je plaidé auprès de ton père. Ce sont des souvenirs intimes, que des mains étrangères ne devraient pas manipuler. Elles font partie intégrante de cette maison qu'elles ne quitteront jamais.

Tout en regardant ces hommes et ces femmes, nous tentions d'imaginer leur personnalité, leur vie. Étaient-ils gais, sinistres, avaient-ils été heureux, du moins avant la guerre ? Puis, le jeu commençait. Nous choisissions d'incarner tel ou tel de ces fantômes. Mon choix se portait sur les personnages féminins, Maman se réservait le rôle de Jonathan Demerest dont elle imitait la voix autoritaire. L'idée nous vint que l'aînée des filles, Agatha Demerest, avait dû remplacer auprès de ses cadets leur mère décédée de la variole. Maman évoquait à présent ces innocentes facéties comme s'il s'agissait de faits réels.

Ce fut alors qu'elle se tordit dans des souffrances atroces.

— Cinnamon ! hurla-t-elle, alors que j'allais dans la salle de bains chercher de quoi la nettoyer avant de lui enfiler son pyjama. Elles reviennent, les douleurs ! Les mains crispées sur son ventre plat, elle se recroquevilla. Ses yeux s'emplirent de larmes.

— Cinnamon, ma chérie, elles empirent. Seigneur, le travail commence. Appelle la clinique, vite. Appelle une ambulance. Appelle ton père. Ces cris perçants, tellement pitoyables, m'entraient dans le cœur. Ma mère souffrait, je n'en doutais pas un instant.

— Vite !

Que faire ? Je me jetai hors de la chambre. L'aïeule se trouvait déjà sur le palier.

— Que se passe-t-il encore ? Elle étreignait sa poitrine, plus pâle que jamais.

— Maman se croit sur le point d'accoucher ; ce n'est pas une comédie, Grand-mère. Elle a vraiment mal.

— Grand Dieu... Il faut nous résoudre à faire venir une ambulance. Et moi qui comptais sur toi pour la ramener à la raison, prononcer les paroles apaisantes, susceptibles de la calmer.

Les nouvelles lamentations venues de la chambre la poussèrent dans l'escalier qu'elle dégringola à toute vitesse.

Je consultai ma montre. Il était encore tôt, mon père devait être à son bureau. Pourquoi Grand-maman avait-elle déclaré dans la voiture qu'il lui était impossible de joindre son fils ? Rien de plus simple, il suffisait de composer le numéro. Une fois dans ma chambre, je pianotai sur le clavier du téléphone. À l'autre bout du fil, les sonneries se succédèrent interminablement avant que la secrétaire ne décroche pour annoncer le nom de la société. J'avais les nerfs à fleur de peau.

— Je voudrais parler à mon père, tout de suite ! m'exclamai-je.

Les gémissements de ma mère se poursuivaient, de plus en plus forts, dégénéraient en appels surhumains. Sa douleur se répandait dans toute la maison.

— Votre père est absent pour le moment, répondit la secrétaire.

— Comment ça, absent ? La bourse n'est pas encore fermée, que je sache ? Où est-il ?

— Je suis navrée.

— Où est-il ? répétai-je.

— Il n'a pas laissé de numéro.

— Je dois lui parler de toute urgence, c'est très important.

— Son portable répondra peut-être, fit-elle sur un ton radouci. Laissez-moi le temps d'essayer.

Pourquoi ne pas avoir suggéré cette solution sur le champ ? me demandai-je, intriguée. Une nouvelle attente me fit goûter toutes les vicissitudes de l'angoisse. Enfin, cette réponse, comme un couperet :

— Je suis vraiment désolée, pas de réponse.

— Recommencez, je vous en prie. Si vous parvenez à le joindre, dites-lui que ma mère a dû être transportée à l'hôpital. Elle est gravement malade.

— À l'hôpital ? Seigneur… comptez sur moi.

Comme je raccrochais, l'aïeule venait de gravir à nouveau l'escalier, beaucoup moins vite qu'à l'ordinaire. Elle semblait avoir perdu un peu de sa superbe.

— Le docteur nous envoie une ambulance, murmura-t-elle. Après avoir repris son souffle, elle ajouta : Je lui ai décrit la situation. Le mieux, pense-t-il, est de la placer dans le service des aliénés.

— À l'asile ? Tu n'y penses pas !

— Ma petite, il faut regarder la vérité en face. Amber a reçu un choc terrible. Elle est folle à lier. Ta mère a besoin de recevoir des soins appropriés. Veux-tu qu'elle guérisse, oui ou non ?

En l'espace de quelques secondes, Grand-mère semblait avoir repris du poil de la bête. Je surpris dans son regard ce flamboiement de satisfaction dont j'avais appris à me méfier car il présageait toujours une nouvelle victoire pour elle, une nouvelle catastrophe pour nous.

Puis sa figure émaciée se décomposa. De ses mains, elle se boucha les oreilles pour étouffer les hurlements qui venaient de reprendre, après une brève accalmie.

Elle se hâta de redescendre. L'épreuve, espérais-je, serait trop dure pour elle aussi. Assez pour lui donner envie de déguerpir.

Pour ma part, je regagnai la chambre. Il me restait peu de temps pour laver ma mère et l'habiller.

2

RÊVES, MA DÉLIVRANCE !

Si la secrétaire avait tenu parole, le portable de mon père était resté muet. De retour dans la chambre de Maman, je lui serrai la main très fort tandis qu'elle éprouvait les douleurs d'un enfantement imaginaire. Les douleurs, elles, étaient bien réelles. Le médecin, j'en étais certain, ne manquerait pas d'insister sur ce point.

— La malade ressent les souffrances d'origine psychosomatique, expliqua-t-il à mon père lorsque celui-ci fit son apparition dans les couloirs de la clinique. Ces troubles organiques ou fonctionnels sont occasionnés par des facteurs psychiques ; le résultat est le même que s'ils étaient favorisés par des affections physiques. Se tournant vers moi, il précisa : Ne lui en veuillez pas, ne soyez surtout pas fâchée contre elle.

Quel imbécile.

— Je ne suis pas fâchée, répliquai-je avec hargne. Seulement très inquiète.

Effrayée, aurais-je pu ajouter, si son bla-bla ne m'avait pas exaspérée. Je n'avais aucune envie de me confier à cet individu, surtout en présence de mon père.

Plus tard, nous nous installâmes dans la cafétéria de l'établissement. Il n'avait rien mangé de la journée, et son choix se porta sur une pâtisserie viennoise dans laquelle il mordit à belles dents. L'état de son épouse ne lui coupait pas l'appétit.

— Quand j'ai reçu l'appel de ma secrétaire, j'étais déjà sur le chemin du retour. J'ai aussitôt composé le numéro de la maison et ta grand-mère m'a mis au courant de la situation. Je suis rentré dare-dare en taxi. Une chance que Grand-maman se trouvait encore là.

— La chance n'a rien à voir, marmonnai-je, comme si tu ne savais pas. Elle n'a jamais eu l'intention de venir. J'ai conduit la voiture moi-même dans le sillage de l'ambulance. Grand-maman Beverly aurait bien trop peur d'être repérée par l'une de ses amies dans un lieu aussi compromettant qu'une clinique. En outre, elle se moque éperdument des problèmes de santé de sa belle-fille.

— Tu es injuste, Cinnamon. Ta grand-mère n'a jamais supporté les hôpitaux. Il lui suffit de s'en approcher pour avoir un malaise.

— Justement. Quel meilleur endroit qu'un hôpital pour se faire soigner quand on est victime d'un malaise ? rétorquai-je.

Mon père aurait beau faire et, malgré toute mon affection pour lui, il n'obtiendrait jamais de moi une parole de sympathie ou d'indulgence à l'égard de ma grand-mère. Cette femme que je n'avais jamais vue verser une seule larme, pas même à l'enterrement de Grand-papa Carlson ! En revanche, elle fondait en larmes en regardant à la télévision les chefs-d'œuvre de sa jeunesse. Le cinéma contemporain ne leur arrivait pas à la cheville, affirmait-elle, pas plus d'ailleurs que les séries télévisées, la musique, la littérature. Tout était nul. Du toc, des machines tout juste bonnes à décerveler une jeunesse à laquelle on enseignait la violence et la dépravation. Discours archiconnu, elle n'est pas la seule à le tenir.

À l'occasion, assise avec elle dans le salon, je regardais un film des années 1940 ou 1950. Certains sont remarquables, tels que *Rebecca* d'Alfred Hitchcock. Une scène, en particulier, me fascine.

Mme Danvers, l'intendante machiavélique, incite la seconde Mme de Winter, arrivée depuis peu, à mettre fin à ses jours en l'entraînant insensiblement vers une fenêtre. Quand je vis le film pour la première fois, j'étais sûre que la jeune femme allait succomber. Dans la bouche de Mme Danvers, l'invitation devenait irrésistible. Moi-même, j'avais presque envie de me laisser choir. Par la suite, l'identification entre l'intendante et ma grand-mère s'était faite tout naturellement. Sans relâche, tantôt agressive et tantôt insidieuse, comme Mme Danvers savait si bien le faire, elle incitait ma mère à se jeter du haut de la falaise, sinon au sens propre, du moins au figuré, quand elle faisait l'impossible pour l'accabler pendant sa grossesse, dans l'espoir que sa victime franchirait la frontière de la raison pour sombrer dans les ténèbres de l'aliénation mentale.

Et si c'était chose faite ? me demandais-je, horrifiée.

— Cruelle remarque de ta part, gronda mon père. Tu es bouleversée, je le sais. Certaines personnes sont plus délicates que la moyenne. Elles supportent difficilement le malheur des autres, c'est le cas de Grand-maman Beverly. Un hôpital n'a rien d'un camp de vacances.

Je le dévisageai, incrédule.

— Parlerais-tu sérieusement, par hasard ? Elle, une faible femme, prête à s'évanouir à la vue d'un malade ? Allons donc ! Même s'il t'arrivait une tuile, à toi, le fiston adoré, ses yeux resteraient secs. Son cœur de pierre est incapable d'accueillir la moindre émotion, s'il l'a jamais su.

Il battit des paupières, chercha refuge dans les miettes de son ignoble pâtisserie. Je l'observais, partagée entre la colère et la pitié. Un homme si séduisant sous son apparence de golden boy à l'élégance classique. Du charme à revendre. Entouré comme d'un nimbe par une atmosphère de tranquillité, sans doute héritée de son propre père, qui devait inspirer confiance à tous, clients, associés, femmes... Capable de les mettre dans sa poche avec ses yeux noisette d'une luminosité extraordinaire sur lesquels se projetait l'ombre de cils très fournis. Le nez droit, le menton ferme. Pommettes saillantes. Le front juste assez haut, juste assez large pour lui donner l'air intelligent. Le genre d'homme qui va chez le coiffeur une fois par mois et reste fidèle à son eau de toilette.

Ma mère m'avait confié que, de tous les types qui s'étaient jamais retournés sur son passage, celui-ci était le plus sexy. Je la croyais sans peine. Quand elle se remémorait les semaines enchantées suivant leur rencontre, les fiançailles et même leurs premières années de mariage, elle insistait sur la solidité du compagnon qu'elle s'était choisi, son égalité d'humeur, la sensibilité pleine de tact dont il faisait preuve en toutes circonstances.

En ce temps-là, elle s'en remettait à lui, à cet esprit sage et pondéré, pour l'empêcher de divaguer trop loin dans un sens ou dans l'autre. Il était le garant de son propre équilibre. Qu'était-il advenu de ces relations harmonieuses ? Au point où nous en étions, mon père donnait l'impression d'avoir abandonné le navire.

— Ta mère pourrait passer quelque temps dans ce service, dit-il enfin. Une autre solution serait de l'installer dans un établissement plus agréable, où l'on soigne exclusivement les gens atteints de troubles psychiques.

— Un asile pour les dingues ? m'écriai-je.

Plusieurs têtes se tournèrent.

— Une clinique psychiatrique, rectifia-t-il d'un ton froid.

Je détournai les yeux. Il m'arrivait, comme à présent, d'envier l'insensibilité de l'aïeule. Une folle envie de pleurer, ardente, enfantine, m'étreignait la gorge. Dieu sait que je ne suis pas une fontaine, pourtant. Quand cela me prend, je regarde ailleurs, je ferme les yeux très fort pour retenir mes larmes. Je respirai lentement, les poings serrés sous la table.

— Arme-toi de courage, conseilla mon père. Ta mère en aura besoin.

Toujours ce mot pour la désigner, « ta mère ». Avait-il oublié jusqu'à son prénom ? Avait-il oublié qu'elle était une femme encore très séduisante, elle aussi, baptisée Amber, du nom d'une grande héroïne de roman[1] ? Je ramenai mon regard sur lui. Un coup d'œil sur sa montre, un autre en direction de la sortie.

— Je ne suis même pas au courant des dernières cotations, murmura-t-il. Je suis parti si vite...

— Au fait, où étais-tu ? Pourquoi n'étais-tu pas dans ton bureau, où tu es censé te trouver toute la durée pendant l'ouverture du marché, pour alerter tes clients si besoin est ? N'est-ce pas ce que tu as toujours prétendu ?

— Parfois j'ai des rendez-vous à l'extérieur. Le plus souvent, il s'agit d'investisseurs importants que j'espère convaincre de la qualité de nos services. Dans ces cas-là, mon assistant prend le relais au bureau. Il est très efficace, j'ai toute confiance en lui.

— Comment se fait-il que tu sois parti sans même laisser un numéro où l'on aurait pu te joindre en cas d'urgence ?

— Un oubli stupide. J'étais en retard. J'ai filé en coup de vent.

Mentir, c'est tout un art, je le savais depuis longtemps. Mentir avec conviction s'entend, avec tout le naturel requis. Le menteur habile doit réunir sur sa personne les qualités identiques à celles d'un grand acteur : la force de persuasion, sans en avoir l'air, l'agilité mentale, l'humour. Il faut, de plus, avoir assimilé les mêmes

---

1. *For Ever Amber* – traduction française, *Ambre* –, roman de Kathleen Windsor qui connut un immense succès et fut adapté au cinéma par Otto Preminger. *(N.d.T.)*

techniques. Le temps de proférer le mensonge, savoir faire un pas de côté, quitter sa défroque familière pour endosser celle d'un autre – le menteur – sans que votre interlocuteur s'aperçoive de la substitution. S'il flaire la supercherie, le mensonge est un fiasco. Moi, par exemple, j'adore inventer des histoires, modifier les faits un tant soit peu, fabuler, pour le seul plaisir de voir jusqu'où je peux aller sans éveiller les soupçons. La réussite de l'entreprise tient à quelques détails, en apparence. Le maintien de la tête, la fermeté du regard fixé sur l'autre, l'accent de sincérité dont on emballe des bribes de vérité disséminées au cœur de la fantasmagorie.

Pourquoi mon père, hâbleur professionnel, montrait-il tant de maladresse ? L'habitude de baratiner au téléphone, sans doute. Directeur d'une agence de courtage, il avait rarement l'occasion de se trouver en face de ses clients ou futurs clients. L'énumération de statistiques, l'énoncé de généralités rassurantes, la possibilité de se démettre des erreurs commises sur le dos des autres, presse spécialisée, agences de notion, cabinets d'audits... Quand on n'accusait pas tout simplement la conjoncture, ce concours de circonstances malheureuses contre lequel personne ne peut rien. L'ouïe se laisse plus facilement convaincre que l'œil.

Mon père mentait. Pourquoi ? La réponse la plus plausible à cette question ne me vint même pas à l'esprit. Je passais moi-même trop de temps dans mes mondes imaginaires.

— Rentrons, proposa-t-il. Il ne servirait à rien de nous attarder, je ne vois pas ce que nous pourrions faire de plus. Quant à toi, tu as du travail à faire, j'imagine, les sacro-saints devoirs.

— Je retourne la voir une dernière fois et je reviens.

— Est-ce une si bonne idée ? Ta visite risque de la perturber davantage.

Son indifférence m'écœurait. Je n'avais pas l'intention de m'en laisser compter.

— Au contraire. Le fait de revoir sa fille peut l'aider à supporter une situation intolérable, ripostai-je.

Si je le regardais d'une certaine façon, mon père finissait toujours par s'avouer vaincu le premier. Un truc que Maman m'a enseigné. Tout en gardant les yeux braqués sur son vis-à-vis, on s'évade par la pensée, on se concentre sur autre chose.

— Soit. Mais fais vite. Je vais en profiter pour passer quelques coups de fil.

Sur ces mots, il s'éclipsa. Je retournai à l'étage. Maman avait pris des somnifères, pourtant je la trouvai bien réveillée. Elle gémissait, sa tête s'agitait sur l'oreiller.

Je pris sa main dans la mienne. Je lui parlai avec douceur.

— Maman, c'est moi. Est-ce que tu te sens mieux ?

— L'enfant... née avant terme, balbutia-t-elle.

— Où veux-tu en venir, Maman ?

— Notre petite Sacha.

Ses yeux se fixèrent sur les miens. Il lui vint un sourire d'espoir ; elle m'avait reconnue.

— Cinnamon ! Comment va-t-elle ? Que t'ont dit les médecins ?

Je secouai la tête.

Ma mère était à présent convaincue d'avoir donné le jour à un bébé prématuré dont l'avenir restait incertain.

— Elle vivra, j'en suis sûre, reprit-elle, avec une vigueur soudaine. On l'a placée dans une unité de soins intensifs. De nos jours, on met les prématurés dans une couveuse, jusqu'au terme normal de la conception. Ils s'en sortent très bien. Je veux savoir, insista-t-elle. Cinnamon, comment se porte ta petite sœur ?

Lui dire la vérité, en cet instant, c'était la foudroyer. Elle s'effondrerait sous mes yeux, sa main s'étiolerait dans la mienne comme une feuille morte.

— Elle se porte aussi bien que possible, Maman. Elle reprend des forces à vue d'œil.

Son visage s'épanouit. Il rayonnait de joie.

— Je le savais ! Quel bonheur ! Sacha n'est-elle pas ravissante ? Aussi ravissante que toi, le jour de ta naissance. N'ai-je pas raison ?

Ses doits se crispèrent. Le désespoir fit sur son visage une embardée à me couper le souffle.

— N'ai-je pas raison ? cria-t-elle.

— Maman, rassure-toi. Sacha est un adorable bébé.

Aussi promptement qu'il l'avait quitté, le calme lui fut rendu.

— Te voilà nantie d'une petite sœur. C'est merveilleux.

Ses paupières se fermèrent. Son souffle se fit plus régulier. Ma mère connaîtrait au moins quelques heures de répit.

Quelle admirable menteuse tu fais, me congratulai-je *in petto*. Tu peux mener n'importe qui par le bout du nez. N'importe qui, sauf Grand-maman Beverly, qui m'attendait à la maison dont elle aurait vite fait de s'introniser la maîtresse.

Mentir, pour le meilleur, quelques fois. Comme je venais de le faire.

Peut-être, après tout, Maman avait-elle raison. Devant moi, s'ouvrait une belle carrière d'actrice.

Le trajet de retour s'effectua dans un profond silence. Suivant chacun le fil de ses pensées, mon père et moi n'avions rien à nous dire. Pour la première fois de ma vie, j'allais rentrer chez moi et ma mère ne serait pas là pour m'accueillir. Combien de temps durerait son absence ? La peur m'envahissait, une immense houle de peur. Et lui, à quoi songeait-il ? À quelque placement hasardeux qu'il avait effectué pour le compte d'un client important ? Depuis quelque temps, mon père donnait l'impression d'être un étranger sous son propre toit. Si d'aventure son regard se posait sur moi, il exprimait avant tout la surprise. Cette jeune personne serait-elle ma fille ? Tiens, je l'avais oubliée. Impossible, je dois rêver. Sa vie – moi, son épouse, sa demeure – cette partie de sa vie n'était qu'illusion. Il lui suffirait de fermer les yeux de toutes ses forces et de les rouvrir. Nous aurions disparu.

J'espérais parfois qu'il pourrait en être ainsi.

— Où en es-tu au lycée ? demanda-t-il brusquement. Reléguée depuis des mois dans quelque recoin obscur de son esprit, la question venait de remonter à la surface.

— Au lycée ? lui fis-je écho, incertaine d'avoir bien compris.

— Oui. Comment te débrouilles-tu ?

— Pas trop mal. Tous les trimestres, je figure au tableau d'honneur.

— Parfait. Continue sur ta lancée et tu poursuivras tes études dans les mêmes conditions que moi. Tu entreras à la New York University. Le choix de l'établissement est très important. C'est ton avenir qui est en jeu, toute ton existence. Il me jeta un rapide coup d'œil. J'espère que cette situation navrante n'aura pas de conséquences fâcheuses sur tes résultats scolaires. C'est possible, hélas, je m'en rends compte. Sois forte, Cinnamon. Ne perds pas de vue les vraies priorités.

— Jusqu'à nouvel ordre, je n'ai d'autre priorité que de voir Maman se rétablir au plus vite.

Je lui parlais sur un ton glacial, comme il convenait de s'adresser à l'ennemi qu'il était devenu. Aucune importance, il s'en moquait. Cette priorité devrait aussi être la tienne, aurais-je pu ajouter. Je gardais le silence et me mordais les lèvres de peur de laisser s'échapper, malgré moi, l'avalanche de reproches, griefs, récriminations, dont les sédiments s'étaient accumulés depuis des mois, bourdonnant dans mon esprit comme un essaim d'abeilles. Les pensées, les mots, les cris, ma bouche avait peine à les refouler. Je rêvais de l'ouvrir toute grande afin de libérer ces insectes furieux. Ils assailliraient mon père, le larderaient de piqûres aux endroits les plus inaccessibles, là où il est impossible de se gratter.

Réveil brutal de l'homme absent. Absent de la réalité familiale, de notre vie, depuis plus d'un an. Cela correspondait plus ou moins à l'irruption chez nous de Grand-maman Beverly.

Il aurait dû retrouver ses esprits dès les premiers pas dans le vestibule. L'aïeule n'avait pas perdu de temps depuis le départ de l'ambulance. La disparition des deux tableaux préférés de ma mère, achetés à La Nouvelle-Orléans à l'occasion d'un bref séjour effectué dans le Sud avec sa fille et son mari, me sauta aux yeux. Ces aquarelles montraient des panoramas de bayous avec, au premier plan, des arbres enveloppés dans des drapés de mousse. Sur l'un d'eux, une baraque sur pilotis, dans le style de l'habitat traditionnel cajun, exposait des peaux d'animaux en train de sécher sur la balustrade, des crevettes récemment pêchées en train d'égoutter sur une pierre. Assise sur les marches, une jeune femme ravaudait un filet. L'autre toile montrait deux jeunes gens dont le canoë s'évanouissait dans la brume du marais. Deux images allégoriques de la mélancolie d'un mode de vie en voie de disparition. Grand-mère avait pris ces aquarelles en grippe dès le premier jour. L'art, déclarait-elle, étouffait sous tant de tristesse amoncelée.

Des représentations cauchemardesques, ajoutait l'aïeule, sûrement pas destinées à accueillir le visiteur dans une maison convenable.

— Où sont les aquarelles de Maman ? lui demandai-je, aussitôt qu'elle sortit du salon pour saluer le retour de son fils.

Sans daigner me regarder, Grand-mère s'adressa à mon père.

— Comment va-t-elle ?

Il secoua la tête, de l'air le plus pessimiste.

— Pour l'instant, elle est sous somnifère. Elle souffre d'une grave dépression. Les remèdes existent, gardons l'espoir. Toutefois, si son état ne s'améliore pas dans un délai raisonnable, le médecin envisage de la transférer dans une clinique psychiatrique où elle subira un traitement plus intensif.

— Je m'attendais à une catastrophe de ce genre, Taylor. Et toi, tu ne voyais rien venir ? Pouvais-tu être aveugle à ce point ?

Mon père ne dit ni oui ni non. Il gardait la tête baissée, dans l'attitude du gamin contrit recevant les semonces maternelles.

— Où sont les aquarelles de Maman ? répétai-je, un ton au-dessus.

Elle voulut bien me prêter attention. Ses yeux n'exprimaient absolument rien.

— Cette maison a eu son content de malheur. En voilà assez de la sinistrose. J'ai l'intention de donner à notre intérieur une apparence plus pimpante.

— Tu ne profiteras pas de l'absence momentanée de ma mère pour en faire à ta guise et tout chambarder. (Je me tournai vers mon père, figé, muet comme une carpe.) Dis-lui de remettre ces tableaux sur le champ !

— À leur place, nous accrocherons des toiles plus lumineuses, plus gaies, reprit Grand-maman. Cette entrée a besoin de clarté. Des murs blancs, un tapis plus vif pour remplacer cette carpette rongée aux mites. Bon débarras !

— Il n'en est pas question ! m'écriai-je. Papa ? Secoue-toi, réveille-toi, dis-lui que cette maison n'est pas la sienne. Elle n'a aucun droit de changer quoi que ce soit.

— Je suis mort de fatigue, fit-il à mi-voix. L'enfant perdu, ma femme à l'hôpital... tout est arrivé si vite.

À nouveau, il secoua la tête en signe d'impuissance.

— Pauvre Taylor, tu dois être épuisé, ronronna l'aïeule. Une tasse de thé te fera le plus grand bien. J'ai préparé les biscuits que tu aimais tant jadis. Hier, j'ai acheté un pot de vraie confiture. On dirait de la confiture maison.

— Bonne idée, dit-il, alors qu'il venait d'engouffrer l'infâme brioche de la cafétéria. Le regard dont il me gratifia, le premier depuis notre arrivée à la maison, avait quelque chose de plaintif. Le regard le plus dangereux qu'il eût jamais adressé à sa fille.

— Est-ce vraiment le moment de se préoccuper de ces peccadilles ? murmura-t-il.

Maman ne supportait pas de voir sa belle-mère fourrer son vilain nez dans la cuisine. Avant l'accident de la fausse couche, Grand-maman s'était vu dénier le droit de préparer un seul de nos repas malgré ses propositions vertement formulées de préparer les petits plats favoris de son fils, connus d'elle seule. La résistance de ma mère n'avait rien à voir avec les prétentions d'être un cordon-bleu. Elle entendait marquer ainsi son refus irréversible de voir l'aïeule prendre pied dans la place.

— Cette femme ne tolérera jamais d'être reléguée à la seconde place, m'avait expliqué Maman. Si je cède un tant soi peu, en un rien de temps elle prendra tout en main. Elle fera ici la pluie et le beau temps. Il me restera la chambre à coucher, et encore. Après un silence venu de loin, elle avait ajouté : Même de là, ta grand-mère est capable de me déloger.

Sans doute y avait-il là un peu d'exagération de sa part. Tout au moins essayai-je de m'en convaincre, pour chasser des cauchemars d'une autre nature que les glauques émanations venues des bayous. Bien pires.

— Je n'ai pas faim, déclarai-je.

Sur un dernier coup d'œil méprisant pour mon père, je gravis l'escalier au galop. Ma chambre, refuge précaire. Le claquement de la porte ne les fit même pas sursauter, j'en étais sûre. L'une n'en avait cure ; l'autre, toute honte bue, ne songeait qu'à se faire dorloter.

Une fois seule, fulminant, j'arpentai la pièce. J'étais comme un volcan sur le point d'exploser, de mes oreilles devaient jaillir des panaches de fumée.

La sonnerie du téléphone apporta une diversion bienvenue. Après avoir respiré à fond, je décrochai.

Clarence.

— Ma mère a dû être transportée d'urgence à l'hôpital. (Il était le seul à qui j'avais révélé le drame de l'avant-veille.) Cette petite fille, elle la désirait si fort. Elle a craqué. Dépression nerveuse.

— Je suis désolé, Cinnamon. Sincèrement. Je sais combien vous êtes proches, ta mère et toi. En quoi puis-je t'être utile ?

— Prends contact avec un tueur de la Mafia, qu'il vienne régler son compte à l'horrible vieille.

Il s'esclaffa. C'était son rire pour rire, quand il ne riait pas vraiment.

— En classe, tu es l'objet de toutes les rumeurs.

— Je m'en doute. Pour une fois que ces têtes de linotte avaient un sujet de conversation.

— Miss Hamilton semblait même inquiète à ton sujet. On te verra aux cours, demain ?

— Bien sûr. Pour rien au monde je ne resterais ici.

— Que comptes-tu dire aux autres pour justifier l'événement ?

— Je trouverai bien un bobard quelconque.

— Mets-moi dans la confidence, afin que je puisse en profiter.

Je savais très bien où il voulait en venir. Maintes fois, nous avions inventé des histoires à dormir debout, source de franche rigolade pour les uns, de scandales pour les plus stupides, à notre plus grande joie.

— Rendez-vous au vestiaire demain matin, un quart d'heure avant le début des cours.

Il acquiesça et raccrocha.

Affalée sur mon lit, jambes et bras en équerre, je perdis mon regard dans les profondeurs du dôme à pans coupés, la fierté de ma chambre. Parfois, quand je contemplais l'ombre de la voûte pendant un laps de temps assez long, je voyais apparaître, comme emprisonnés dans les parois, les visages des femmes et des jeunes filles qui avaient jadis vécu dans cette demeure, peut-être dormi dans cette caverne blanche. J'étais la dernière avec qui il leur était encore possible de communiquer.

Les larmes aux yeux, je pensais aux scènes de « réincarnation » auxquelles ma mère m'avait initiée dans notre grenier-laboratoire. Les somnifères avaient-ils produit leur effet ? Était-elle, en ce moment même, hors du temps, dans l'oubli bienfaisant du sommeil ? Sinon, qu'éprouvait-elle, dans la solitude d'un environnement inconnu, anonyme ? Sans doute finirait-elle par s'endormir. Que ressentirait-elle à son réveil, demain matin, en découvrant qu'elle se trouvait dans un lit d'hôpital, à la merci des infirmières, d'un médecin dont le diagnostic déterminerait sa remise en liberté ou son internement dans un « établissement spécialisé », selon l'euphémisme employé par mon père ? De la terreur ? Un sentiment d'accablement ? Tout au fond d'elle-même, derrière le mur de souffrance qui la coupait du monde, elle devait bien savoir à quoi s'en tenir.

Il n'y aurait jamais de petite Sacha.

Peut-on en arriver à ce point d'autosuggestion qui amène à dissimuler la vérité à sa propre conscience, aussi facilement que l'on ment à tous les autres ? Est-ce là une définition de la folie, n'est-ce pas plutôt le moyen le plus efficace d'échapper au tourbillon d'horreur qu'est devenue l'existence quand l'ombre vous recouvre et vous dévore le cœur ?

Où trouver l'inspiration ? Au grenier, bien sûr, ma dernière chance. Mon père avait cessé de m'intéresser. Je laissais Grand-maman Beverly tisser autour du fils bien-aimé sa toile vénéneuse. Moi, j'avais d'autres chats à fouetter, d'autres conspirations à ourdir, les esprits viendraient au secours de mon imagination.

J'avais quatre ans lorsque ma mère me révéla l'existence de mon ami fictif. Depuis, j'ai appris qu'il n'y avait rien de plus naturel pour un enfant seul que de se fabriquer un compagnon imaginaire. La solitude est difficile à supporter pour un gosse, autant qu'elle le sera longtemps, longtemps après, quand devenu vieux, abandonné de sa progéniture, seul survivant de sa génération d'amis, il s'inventera d'autres « invisibles ». Les personnes âgées, elles aussi, parlent aux fantômes.

Les années passant, on fait son entrée dans la société, on noue des contacts avec d'autres gens – bien vivants, ceux-ci – et la magie de l'enfance, cette part de pouvoir reçue par chacun d'entre nous, s'estompe. Si on a l'imprudence, ou la naïveté, de faire preuve de trop de fantaisie, on devient la risée de tous, les autres ont vite fait de vous mettre en garde contre une singularité dangereuse. Le génie créatif est alors refoulé, vivement enfoui sous les gravats de l'originalité, cette fosse commune de la vraie liberté d'expression. On s'évertue à ressembler à tout le monde, à se fondre dans l'anonymat. Un pion parmi d'autres. Il faut du cran pour secouer l'inertie peu à peu imposée, échapper à la mise au pas insidieuse, souffler sur les cendres de l'imagination et ranimer les braises au risque de s'exposer à tous les ridicules. À la solitude, de nouveau. Ta mère est seule, je ne lui connais pas d'amis, faisait très justement observer Grand-mère. Ironie du sort, seuls y parviennent les braves, les bons petits soldats, capables d'aller sans peur au-devant de l'exagération, l'excentricité, les mensonges sophistiqués. Tout le contraire de « l'originalité », ce faux art domestiqué.

Je donnai de la lumière.

Elle préservait les zones d'ombre, les recoins secrets. Maman et moi ne voulions pas d'un grenier trop éclairé. Rien n'est plus apaisant que l'obscurité. « La pénombre nous tend les bras, disait ma mère. Laissons-nous séduire, blottissons-nous dans sa douceur, cherchons sa protection. Neuf personnes sur dix ont peur du noir. Elles ne viendront jamais troubler notre intimité. »

Le grenier abritait de vieux meubles, poussiéreux, déjetés, inutilisables. Si la vieille trouvait le courage de se hisser jusque-là, elle pousserait de hauts cris, exigerait l'enlèvement immédiat de ces vieilleries insignifiantes. Sans doute le mobilier du grenier était-il trop usé pour être vendu, mais le caractère d'un objet ne se limite pas à sa valeur marchande. Je m'étais toujours sentie à l'aise au milieu de ce bric-à-brac.

Dans le rayon de lumière voltigeaient de fines particules de poussière. Une pluie d'or. Il y avait longtemps que ma mère et moi n'avions rendu visite au grenier. Trop longtemps. À l'époque plus heureuse où nous avions établi notre oasis sous les combles, il nous arrivait de nettoyer les vitres, de donner un coup de balai et même de passer la cire ici ou là. Le charme du lieu n'en souffrirait pas, nous voulions seulement ne pas être trop incommodées par la saleté. Si quelques parasites s'étaient installés là-haut, ils avaient l'élégance de se montrer discrets. Jamais la moindre crotte, jamais la puanteur d'un seul petit cadavre. Au pire, des araignées dont Maman préférait épargner la délicate architecture accrochée sous les poutres. De petits nuisibles inoffensifs, chargés de surveiller les autres insectes, ma mère les voyait ainsi. La pluie s'était infiltrée à travers les fissures du toit. Les zones d'humidité dégageaient une odeur étrange que nous chassions en faisant brûler des bâtonnets d'encens, en pulvérisant du parfum.

Je retrouvai sans mal notre réserve de bâtonnets. Après en avoir allumé quelques-uns, j'ouvris l'une des fenêtres. La fumée s'éleva en tournant, une spirale bleue vite happée par le rectangle de nuit.

Pour ma mère et moi, jusqu'à ces derniers temps, le retour périodique au grenier était apparu comme une nécessité. Un grand tapis ovale recouvrait les lattes ternes du parquet. Un tapis troué, fané, que nous avions fait l'effort de monter afin d'apporter un peu de confort à notre refuge.

« Naguère, des enfants ont peut-être joué entre ces murs. Comme nous, ils cherchaient un endroit où se cacher pour donner libre cours à leurs fantasmes. Imaginons que Carolyn Demerest ait eu un amant. Où se seraient-ils retrouvés pour abriter leurs ébats ? Dans le grenier, comme les enfants, et pour les mêmes raisons. Échapper aux regards de ceux qui ne comprendraient pas. »

Ce nouveau sujet stimulait notre inspiration. L'enchaînement coulait de source.

Carolyn Demerest s'était entichée du jardinier.

« Poète à l'insu de tous. Il dissimulait ses œuvres dans le creux d'un arbre précis. »

Elle allait les lire en cachette et c'est ainsi qu'il fit sa conquête. À travers cet aspect secret de lui-même.

« Comme Elizabeth et Robert Browning, m'enthousiasmai-je aussitôt.

— Tout juste. Au cours de leur premier rendez-vous ici, dans ce même lieu où nous sommes aujourd'hui…

— Il neigeait. Les vitres étaient embuées de gelée blanche. Carolyn était assise dans ce fauteuil à bascule, enveloppée dans un châle tricoté de ses blanches mains.

— Il se jeta à ses pieds, qu'il tint serrés contre lui. Ses yeux ardents braqués sur elle, il déclara…

— Toute ma vie, j'ai rêvé de cet instant ! »

Que d'éclats de rire entre nous. J'avais passé ici, en compagnie de ma mère, les moments les plus tendres, les plus heureux. Quelle complicité entre nous ! Je nous revoyais, enlacées, ravies. Nous étions comme deux sœurs, elle avait fait de moi cette cadette que le destin lui avait refusée. J'étais, je restais sa fille, bien sûr. Et son amie la plus intime.

Bouleversée, je regardais autour de moi les ruines d'un bonheur si récent, peut-être révolu à jamais. Assise sur le vieux tapis, je me demandais quelles élucubrations, quelles visions hantaient son sommeil artificiel. Quel désir s'était emparé d'elle, quelle souffrance assez vive pour aveugler ainsi tous les chemins de son esprit, au point de la séparer de sa chère Cinnamon ? Ma mère m'avait-elle oubliée ? Pouvait-elle vivre loin de sa fille unique ?

Je refusais de céder au désespoir, je refusais de reconnaître notre défaite. Dès demain, je m'éveillerais au son d'un branle-bas de claquements de portière, de pas précipités, d'exclamations joyeuses. Je sauterais hors de mon lit. Courant à la fenêtre, je verrais ma mère, semblable à elle-même, ma mère ressuscitée, enchantée de retrouver sa vieille et grandiose baraque. Ses premiers mots, je les entendais déjà :

« Où est Cinnamon ? Où est ma fille ? »

Maman ! s'écrierait la petite voix intérieure. Je m'élancerais à sa rencontre, si vite que mes pieds ne toucheraient pas les marches. Je volerais à sa rencontre pour me précipiter dans les bras tendus.

L'étreinte n'en finirait pas. À l'oreille, elle me chuchoterait :

« Haut les cœurs, mon amour. Je suis de retour à la maison ! Ne t'inquiète pas, ajouterait-elle de façon à être entendue de tous. Je suis guérie. Tout ira bien désormais. »

À peine entrée dans le vestibule, elle remarquerait l'absence des tableaux.

« Qui a osé ? »

Mon père dévalerait l'escalier de la cave – lieu d'exil probable de ces chefs-d'œuvre du désenchantement – et s'empresserait de tout remettre en place.

« Pardonne-moi, dirait-il. Je n'y avais pas prêté attention, avec tous ces soucis…

— À compter de maintenant, j'espère pouvoir compter sur toi », répliquerait ma mère.

Outrage insupportable pour Grand-maman Beverly. Elle enflerait sous l'effet de la rage et, « plop ! », éclaterait comme une bulle, entraînant dans son évaporation la horde noire des démons qui avaient parasité notre logis.

Enfin, nous pourrions zapper d'une chaîne à une autre. Nous pourrions mettre nos disques favoris, allumer les bougies, invoquer les esprits errants.

Vous pouvez surmonter l'effroi que vous inspirent les ténèbres.

3

LEVER DE RIDEAU

Je m'endormis dans le rocking-chair où je rêvai des péripéties radieuses que nous avions imaginées, ma mère et moi, stimulées par le magnétisme du lieu. Ce n'était pas du tout mon intention, et j'en oubliai de fabriquer le pieux mensonge que j'aurais pu servir le lendemain aux fouineurs de la classe, enveloppé d'un ruban rose. Quelle importance, après tout ?

Je décidai purement et simplement d'ignorer leur curiosité malsaine, leurs regards inquisiteurs, leurs messes basses à peine dissimulées à mon sujet. Malheureusement, l'aïeule avait raison sur la rapidité avec laquelle se propageaient les catastrophes, surtout lorsqu'elles concernaient notre famille. La rumeur surgit et se répand à la vitesse du feu dans l'herbe sèche. Personne ne peut la retenir. Des gens affectent de vous mépriser, de vous ignorer. Sitôt qu'ils se saisissent d'un ragot quelconque, ils s'empressent de le divulguer. Plus lugubre est la nouvelle, plus féroce est leur ténacité. En l'espace de quarante-huit heures, le lycée entier savait.

On aurait aussi bien pu interrompre les cours, diffuser par haut-parleur un communiqué disant à peu près : « Votre attention, s'il vous plaît. Il y a deux jours, la mère de Cinnamon Carlson a dû être hospitalisée d'urgence. Elle souffre de graves troubles nerveux. »

Chez les enseignants, les réactions s'échelonnèrent de la froideur la plus ostensible – manifestée par l'oubli complet de ma personne – jusqu'à une sorte de vague pitié que j'estimais sordide, pour la pauvre gamine victime des inconséquences d'une mère dont la réputation n'était plus à faire.

Comme prévu, seule Miss Hamilton témoigna d'un peu de sollicitude et d'intérêt. Quand la sonnerie donna le signal de la débandade, elle me pria de rester un moment. Elle attendit, pour m'interroger, que nous fussions seules. Alors, tournant vers moi son visage le plus grave, elle s'enquit de mon moral. Est-ce que je tiendrai le coup dans l'épreuve ?

Je haussai les épaules.

— Ça ira, assurai-je.

— Si l'envie vous vient de passer chez moi, vous serez toujours la bienvenue, me dit-elle, comme si nous étions atteintes du même mal.

C'était vrai, d'une certaine façon. Elle vivait seule, sort auquel j'étais condamnée depuis la veille. Si la solitude pouvait être considérée comme une infirmité, tout le monde ne lui apportait pas le même remède.

Miss Hamilton m'encouragerait-elle à suivre ses cours d'art dramatique, sachant que je prenais plaisir à parler aux morts, à la chère Carolyn Demerest et à son fils Abraham en particulier, dont les tombes étaient devenues mon lieu de promenade favori ?

J'acquiesçai, les yeux pudiquement baissés. Je m'éclipsai au plus vite. Clarence m'attendait dans le couloir.

— Où en sommes-nous ?

— Acte I, scène 2, répliquai-je.

— Mais encore ?

— Laisse tomber. Allons déjeuner, j'ai un petit creux.

Nous prîmes le chemin du réfectoire. Clarence, je crois l'avoir déjà dit, ne tolérait pas d'être assis ailleurs que sur un siège voisin d'une fenêtre, située sur sa gauche, de préférence. S'il ne s'en trouvait pas de libre, nous nous rabattions sur les bancs et les tables de pique-nique installés à l'extérieur. Quelle que soit la saison, printemps naissant, automne frisquet, quand on se gelait. Par bonheur, en ce jour plombé affligé d'un vent du nord réfrigérant, nous trouvâmes deux places en vis-à-vis à côté d'une fenêtre. Clarence s'y précipita pour les réserver en posant ses livres sur la table. J'en fis autant. Puis nous prîmes place dans la file d'attente du self-service.

Il m'est souvent arrivé d'apporter un en-cas préparé à la maison, un yaourt géant brassé à la confiture ou un fruit. Les récents événements ne m'avaient pas laissé le temps de faire la moindre emplette à l'épicerie et je savais ne pouvoir compter sur Grand-maman Beverly pour acheter un yaourt. « Il te faut de la vraie nourriture, qui tienne au corps, au lieu d'avaler ces saletés bourrées de produits chimiques. » À la rigueur pouvait-on considérer le yaourt comme un dessert de pauvre. Il ne servait à rien de lui lire la liste des vitamines figurant sur l'étiquette. « Mensonges ! » aurait riposté l'aïeule.

Aujourd'hui, je me sentais d'humeur à prendre un bol de soupe accompagné d'une salade d'émincés de poulet. Consciente des regards fixés sur moi je me tournai pour couvrir de mon mépris un groupe de demoiselles occupées à caqueter sur mon compte en les toisant une par une des pieds à la tête. À ce train-là, elles n'allaient pas tarder à pondre des œufs.

Je me hâtai de regagner notre table où personne d'autre ne s'était assis. Nous avions l'art de faire le vide.

— Alors, ils ont embarqué ta mère à la clinique ? murmura Clarence.

Il attaqua son assiette de spaghettis saupoudrés de parmesan, en partant de la gauche.

— Ce matin. Je file lui rendre visite dès la fin des cours.

— Ton père t'accompagne ?

Question pertinente. Incorrigible Clarence. Il avait un don pour flairer le pire à l'intérieur du pire.

— Non. Un dîner d'affaires le retient en ville. Il rentrera trop tard.

Clarence me jeta un bref coup d'œil. Rien ne lui échappait, surtout pas cette nuance de contrariété dans ma voix.

— Un bobard, tu penses ?

Je gardai le silence. Récapitulations des catastrophes de ces derniers jours. Le départ dramatique de Maman avait donné un sérieux coup de jeune à sa belle-mère. Ce matin, elle était debout avant son fils. J'avais entendu ses pas dans l'escalier.

En tant que directeur d'un cabinet de conseil en stratégie financière, mon père devait se lever aux aurores pour arriver à son bureau avec une avance suffisante pour déchiffrer ses télex avant l'ouverture du marché. Nous ne prenions jamais le petit-déjeuner ensemble les jours de semaine. L'an passé, encore, Maman trouvait l'envie, le courage, de s'arracher du lit afin de partager avec lui le café matinal, quitte à se recoucher ensuite. Quant à Grand-mère, elle apparaissait plus tard, quand je partais pour le lycée. Jusqu'à ce matin, elle n'avait jamais pris la peine d'être debout assez tôt pour souhaiter une bonne journée au « cher Taylor ». Rien de plus normal, à son âge, et personne n'aurait songé à lui en faire le reproche. Surtout pas ma mère, satisfaite de ces moments d'intimité avec son mari. Ils devenaient si rares.

Débarrassée de la belle-fille honnie, la vieille avait trouvé comme par enchantement le regain d'énergie nécessaire pour avancer de quelques heures la sonnerie de son réveil. Lorsque je descendis, lavée et habillée, mon père avait filé depuis longtemps, bien sûr. Grand-maman s'affairait encore dans la cuisine. J'entendis un grand fracas de vaisselle.

Un mélange de curiosité et d'inquiétude me fit presser le pas. Arrivée sur le seuil, je m'arrêtai, interdite.

— Qu'as-tu encore inventé ?

Tous les placards, buffets, tiroirs, avaient été vidés de leur contenu, celui-ci répandu sur le carrelage. Ce que l'on avait en tête, je le voyais bien, c'était un nettoyage par le vide.

— Cette cuisine a toujours été rangée en dépit du bon sens, déclara Grand-maman. Ainsi, les assiettes, les bols, les tasses devraient être rangés ensemble, de même que les casseroles et les poêles. Or, que font-ils sous l'évier quand leur place naturelle se trouve au voisinage de la cuisinière ? Il faut vingt minutes pour trouver un ouvre-boîte. Quel chaos ! C'est le moins que l'on puisse dire.

— Maman n'a jamais eu la moindre difficulté à s'y retrouver, observai-je avec sévérité.

— Ta mère s'y fera très vite. Elle sera la première à me féliciter des changements apportés. Elle me remerciera d'avoir pris cette initiative.

— Tu te mêles encore de ce qui ne te regarde pas, insistai-je, furieuse. Remets tous ces ustensiles à leur place, tels qu'ils étaient rangés.

— Cinnamon, garde tes méchantes réflexions pour toi. Prends un solide petit-déjeuner et dépêche-toi d'aller au travail. Que veux-tu ? Un œuf, des céréales ?

— Mon père est-il au courant de cette nouvelle lubie ?

Elle fronça les sourcils ; l'idée lui semblait plaisante.

— Crois-tu que j'ai besoin de l'avis de mon fils pour distinguer ce qui est bien de ce qui ne l'est pas ? Pour répondre à ta question, toutefois, oui, je lui ai fait part de mon projet de réorganisation.

Là-dessus, elle me tourna le dos et se remit à l'ouvrage, juchée sur un escabeau. Non seulement ces placards sont mal rangés, mais ils ont grand besoin d'être retapissés.

Quelle saleté ! À quoi bon faire la vaisselle si on range les assiettes sur des étagères sales ?

— Sales, vraiment ? Encore un mensonge !

— Tu en es sûre ? T'est-il arrivé de faire le ménage de cette cuisine ? Lorsque j'étais adolescente, mes parents m'obligeaient à faire mon lit, ranger ma chambre et balayer toute la maison avant d'aller en classe. Même si ces tâches domestiques empiétaient sur mon travail scolaire.

— Super, tes parents. On voit le résultat, en effet.

Écœurée, je pris la fuite. On ne me laissait pas le choix.

— Cinnamon ! me cria l'hypocrite. Et ton petit-déjeuner ? Depuis quand va-t-on au lycée le ventre vide ?

Grand-maman allait vite en besogne. Deux jours plus tard, elle en avait terminé avec la cuisine. Étape suivante, le salon. Chaque jour, elle préparait le souper que les circonstances la contraignaient à consommer seule. Mon père rentrait de plus en plus tard. Pour ma part, je me rendais directement à l'hôpital. Assise au chevet du lit maternel, je surveillais son demi-sommeil. Elle en émergeait parfois, toute vibrante de questions au sujet de Sacha et de leur retour à la maison quand l'enfant serait enfin libérée de sa couveuse.

— Nous irons mieux, l'une et l'autre, assurait-elle.

Quel mal la rongeait, à son avis, quelle affection la retenait loin de chez elle ? Je n'osais lui poser franchement la question. Sans doute souhaitait-elle rester « à proximité » de Sacha, de peur de perdre la foi. Ce qui la retenait, en fait, c'était un fil ténu de bon sens. Elle avait de violentes crises de larmes, ensoleillées par des sourires fugaces.

— Ne t'inquiète pas. Je m'en sortirai.

Je lui parlais de la maison, dans l'espoir de lui donner envie de retrouver au plus vite la vie familiale.

— Grand-mère Beverly s'est mis en tête de tout chambouler. Reviens vite.

— Elle n'en fait qu'à sa tête ? Je m'en doutais. Aucune importance. Dès mon retour, nous remettrons les choses en place.

L'espace d'un instant, je crus qu'elle avait retrouvé sa lucidité.

— Je meurs d'impatience de lui montrer notre petite Sacha. Son cœur de pierre s'attendrira quand elle verra la merveilleuse petite fille dont elle ne voulait pas entendre parler. Grand-maman Beverly ravalera toutes les horreurs qu'elle a proférées. Elle fera amende honorable, j'en suis sûre. Qu'en penses-tu ?

— Je pense comme toi, murmurai-je.

Aussi longtemps qu'elle tiendrait ce langage, Grand-mère aurait la voie libre pour imposer ses volontés. Elle rebattrait les oreilles de son fils avec cette tragédie prévue de longue date par une mère qui avait un œil infaillible pour juger les gens. La réalité crevait les yeux, comment avait-il pu ne pas s'en rendre compte ? Inlassablement, elle poursuivait son travail de sape.

Les deux premiers soirs, mon père m'avait rejointe à la clinique sans passer par la maison. À quoi bon ce détour inutile, en effet ? Tout comme moi, il savait que jamais sa mère ne rendrait une seule visite de courtoisie à une belle-fille malade dont elle souhaitait, sans même le dissimuler, l'éviction définitive. La mort lente dans quelque asile bien gardé d'où l'on ne sortait jamais.

Je l'avais vu arriver les yeux battus, la mine éreintée. Renseignement pris, son abattement n'avait rien à voir avec l'état de santé de sa femme. Simplement la déprime de la bourse avait des répercussions sur son moral. Non sans raison, d'ailleurs. Certains de ses meilleurs clients l'accusaient d'avoir procédé à des placements bidon. Ils menaçaient de le lâcher et de confier leurs capitaux à des agences plus fiables.

— Quand ils engrangent des revenus faramineux grâce à la finesse de mes analyses, je suis un génie, maugréa mon père. Quand il se produit un retournement général du marché, comme c'est le cas à présent, je deviens le roi des tocards.

Nous étions assis de part et d'autre du lit dans lequel Maman dérivait entre la somnolence et la conscience floue de ce qui l'entourait.

— Comment devient-on agent de change, questionnai-je tout à coup. Pourquoi avoir choisi ce métier ?

Après une hésitation songeuse, un haussement d'épaules, il répondit avec une franchise surprenante.

— L'argent m'a toujours fasciné. Rien ne procure autant de plaisir que de voir un capital modeste, habilement investi, prendre de l'ampleur malgré les risques encourus. Savoir pressentir, à une heure près quelquefois, que le moment est venu de vendre ou d'acheter. Sur les écrans de mes ordinateurs, s'inscrivent les chiffres significatifs de l'économie mondiale, lourde de conséquences pour une foule de gens. Certains perdront leur emploi alors que s'envoleront les titres d'autres entreprises. On verra s'écrouler tels fonds de pension, entraînant la ruine de millions de retraités ; d'autres se trouveront à la tête de nouvelles fortunes. La manipulation de l'argent procure un pouvoir considérable. Grâce à mon travail, je me sens de plain-pied avec la vie de la nation.

Cette confession fut faite d'une voix fervente, les yeux ailleurs. Il les ramena sur moi, brusquement gêné, et demanda :

— Un peu prétentieux de ma part, n'est-ce pas ? As-tu compris ce que je voulais dire ?

— Plus ou moins.

Jamais encore je ne l'avais entendu parler avec cet enthousiasme de son activité professionnelle, avec autant de sincérité. J'en restai toute déconcertée, habituée à l'esprit ordonné, à l'homme froid dont les remarques concernaient le plus souvent des vétilles telles que la quantité de cire liquide nécessaire à l'entretien des parquets. Son cœur scrutateur à l'excès rappelait celui d'un chirurgien. L'indifférence manifestée depuis trop longtemps m'avait amenée à me poser certaines questions désespérées sur son compte. Mon père était-il encore capable d'éprouver une émotion quelconque, de rire ou de pleurer ? Savait-il encore qu'il était marié ? Savait-il qu'il avait une fille ? En apparence, nullement. Cette confession me fit donc l'effet d'une révélation que j'hésiterais à qualifier d'encourageante. Taylor Carlson avait au moins une passion, une vraie : l'argent.

— Cet enfant que Maman a perdu, cette petite fille mort-née, cela te fait de la peine ?

— Bien sûr, soupira-t-il. D'un autre côté…

— Quoi ? m'écriai-je. Tu ne vas tout de même pas réciter comme un perroquet les insanités de Grand-maman Beverly ? Tu n'oserais pas en arriver là ?

— Pas exactement. Je me demande si ta mère aurait eu la force d'élever un enfant, de tout recommencer à zéro comme avec toi. Elle semblait si fragile, si incertaine. Avions-nous commis une erreur ? Je me suis interrogé sur ce point, je l'avoue. Son âge n'a rien à y voir, précisa-t-il avec empressement. Amber est restée une belle jeune femme. Ce qui a changé, c'est sa manière d'appréhender la réalité. Aurait-elle été la mère idéale si l'enfant avait vécu ?

— Idéale ! me récriai-je. La plus aimante, la plus joyeuse des mères. Ne suis-je pas, moi, sa fille, bien placée pour le savoir ? je n'en dirais pas autant de toi, en revanche. Continue comme ça et tu seras le dernier des pères.

Il opina, indifférent. Un signe de tête, juste destiné à m'empêcher de poursuivre sur ce sujet.

Dès lors, nous gardâmes le silence, chacun suivant ses pensées très différentes. Deux étrangers que le hasard a placés dans le même compartiment de train. J'en connaissais déjà la destination.

Ces petits événements défilèrent dans ma mémoire après la question de Clarence.

— Ton père trouvera-t-il le temps de faire un saut à la clinique après son soi-disant dîner d'affaires ?

— Non, déclarai-je. Non, je n'ai plus confiance en lui, surtout ces derniers temps. Il ment. Je ne peux pas faire dix pas dans la maison sans tomber sur un nouveau mensonge.

— Hum ?

Mon camarade voulut en savoir plus. Le moment n'était pas encore venu, estimai-je.

— N'en parlons plus. J'ai d'autres soucis en tête.

Après les cours, je pris la voiture et mis le cap sur le Chester Alton Psychiatric Hospital, établissement privé situé à la sortie de Yonkers, où ma mère avait été admise dans la matinée. Sans être long, le trajet prenait un certain temps. La voiture était celle de Maman, qu'elle avait pratiquement cessé d'utiliser avant même sa grossesse et les douleurs ressenties dès les premiers mois. Un véhicule presque neuf, si j'en croyais le compteur. J'avais déjà avalé deux fois plus de kilomètres qu'elle n'avait eu le temps de le faire.

L'idée de sa propre mère installée dans un asile psychiatrique était déjà difficile à admettre. Elle ouvrait en moi un creux de désespoir, une fracture par laquelle s'engouffraient tous les dragons de l'épouvante. À mesure que j'approchais de l'endroit, mes jambes furent saisies de tremblements, un doigt minuscule et glacé grimpa le long de ma colonne vertébrale, comme un insecte.

Après m'être garée dans le parking, je fis face au bâtiment. Sa taille m'impressionnait, sa blancheur resplendissante sous les derniers rayons qui filtraient à travers les nuages m'aveuglait. Je cherchai mes lunettes de soleil. Mon reflet dans la vitre de l'auto renvoya une personne inconnue, armée de courage, prête à surmonter cette nouvelle épreuve. Un simple accessoire avait provoqué ce changement, très superficiel.

Cinnamon Carlson allait gravir les marches de l'asile où sa mère serait dorénavant soignée. Une Cinnamon Carlson dont j'ignorais l'existence jusqu'à cet instant. Je n'étais plus, plus tout à fait, la fille chérie d'une mère portée aux nues. Il m'eût été trop difficile, sous cette identité, d'accomplir une telle démarche.

Les cheveux sagement ramenés en arrière, je m'accordai quelques instants de préparation. Inspirer, expirer. J'étais prête. J'avançai. Une démarche nouvelle, un port de tête plein d'assurance. J'avais plaqué sur mon visage le masque du sang-froid. Personne n'aurait pu deviner le désarroi intérieur, le cœur battant comme un petit tambour... Je jouais un rôle, décidée à l'assumer jusqu'au bout.

Le hall d'entrée me réservait une surprise. Immaculé, comme prévu, mais alors que j'avais imaginé un hall de prison avec des barreaux à toutes les fenêtres et des pensionnaires rasant les murs dans leurs uniformes maison, le regard absent, je me trouvais dans une sorte de salon, trop confortable, trop chaleureux. Canapés, fauteuils, tableaux, bibliothèque, un décor conçu pour donner l'impression d'être « chez soi ».

Fallait-il s'en plaindre ?

Les tableaux représentaient des paysages riants, des scènes champêtres. Sur les meubles et les tables, des vases garnis de fleurs fraîches. Plusieurs présentoirs proposaient journaux et périodiques récents. Trois personnes, vêtues avec élégance, occupaient l'un des canapés. L'une d'entre elles – je n'aurais su dire pourquoi exactement – me sembla être un patient entouré de deux visiteurs. En vérité, rien ne les distinguait les unes des autres.

Je songeais à l'entrée d'un hôtel quatre étoiles.

Une charmante infirmière, vingt-cinq ans tout au plus, attendait derrière le bureau de réception. Je me dirigeai vers elle. Son visage se fit radieux.

— Puis-je vous renseigner ? gazouilla-t-elle.

Une certaine ressemblance avec la secrétaire de mon dentiste, dont les sourires tout blancs me mettaient en boule chaque fois qu'elle ouvrait la porte, fit naître en moi un zeste d'antipathie. À quelle heure aviez-vous rendez-vous ? allait me demander l'adorable gourgandine.

— Je souhaiterais voir Mme Amber Carlson.

— Amber Carlson ? (Les doigts minces parcoururent à toute vitesse les pages d'un registre.) Seuls ses proches parents sont admis à lui rendre visite, murmura-t-elle.

— Je suis sa sœur cadette. J'habite à Los Angeles. Je suis venue dès que j'ai appris la nouvelle. À vrai dire, j'arrive de l'aéroport.

— Oh.

— Comment va-t-elle ?

— Je ne dispose pas de renseignements précis concernant l'état de nos pensionnaires. Je vais prévenir l'infirmière de garde et l'informer de votre visite.

— Merci.

Je jetai un nouveau coup d'œil circulaire tandis qu'elle pianotait sur son clavier téléphonique. Bref dialogue. Merci, dit-elle avant de raccrocher.

— Mme Mendelson vous prie d'attendre quelques instants, le temps d'installer votre sœur sans sa chambre. Elle sort d'un bain thérapeutique. Ce ne sera pas long.

— Bien sûr.

— Los Angeles. Avez-vous fait bon voyage ?

— Paisible, assurai-je. J'avais oublié la splendeur de vos automnes. Vivre en Californie du Sud, c'est se priver du charme des saisons. En l'espace d'une année ou deux, elles ne sont plus qu'un souvenir.

— Que faites-vous, à Los Angeles ?

— Je travaille pour une chaîne de télévision en qualité d'assistante du producteur. C'est un moyen comme un autre de mettre un pied dans la place.

— Quel métier voudriez-vous exercer par la suite ?

— Actrice, répliquai-je, comme si la chose allait de soi.

Elle s'empourpra, juste assez pour devenir irrésistible.

— Actrice, naturellement. Avec votre physique, tous les espoirs vous sont permis. Vous avez du talent, j'en suis sûre.

— Un peu, je l'espère. Ma grand-mère m'encourage beaucoup. Elle a en moi une foi inébranlable. Sans son aide financière, je n'aurais pu continuer à suivre les cours. Mon travail d'assistante rapporte peu et la vie là-bas coûte très cher. Sans le soutien d'une personne de bonne volonté, prête à vous remonter le moral, à vous donner confiance en vos capacités, on a vite fait de se laisser aller au découragement.

— Je le crois volontiers.

— La semaine dernière, j'ai passé une audition pour tenir le rôle d'une infirmière dans un mélo.

— D'une infirmière ? s'étonna la jeune femme.

— L'histoire se passe dans un milieu hospitalier.

Une première lueur d'intérêt véritable s'alluma dans les yeux jusqu'alors imperturbablement polis.

— Comment s'appelle-t-il ? Je les regarde tous.

— *Transfusions.* C'est le premier long métrage d'un jeune réalisateur. Sa programmation n'est pas encore prévue, s'il a jamais la chance d'être diffusé. Je me suis quand même mise sur les rangs. À présent, j'attends le résultat de l'audition. Je suis sur des charbons ardents.

Elle acquiesça, compatissante.

— Je m'en doute.

— Les graves problèmes de ma sœur tombent au plus mal. Nous sommes très proches l'une de l'autre et je savais ce que représentait cet enfant pour une femme de quarante ans. Elle le désirait de toutes ses forces. La violence de sa réaction ne m'étonne qu'à moitié.

Je retins mon souffle. Cette petite dinde allait-elle prononcer les paroles réconfortantes dont j'avais tant besoin.

Il est normal qu'une fausse couche engendre une dépression. La déception est si cruelle, une femme sur deux ne la supporte pas.

— Votre sœur se remettra vite, j'en suis sûre, assura-t-elle.

De toute évidence, elle n'avait pas la moindre idée de la situation de ma mère, ni des raisons de sa présence ici. Elle décrocha le combiné à la première sonnerie, écouta, m'adressa un signe de tête.

— Prenez l'ascenseur jusqu'au cinquième étage. Tournez à gauche. Votre sœur occupe la première chambre sur la gauche.

— Merci.

Tout en m'éloignant, je sortis un miroir de mon sac et m'examinai, geste instinctif d'une jeune actrice très affectée sur le point de rendre visite à sa grande sœur. Puis je regardai par-dessus mon épaule. La réceptionniste m'avait suivie des yeux. Nous échangeâmes un sourire. L'ascenseur m'attendait au rez-de-chaussée. J'appuyai sur le bouton. J'entrai, si oppressée qu'il m'était impossible de contrôler ma respiration. La porte coulissa derrière moi.

Arrivée au cinquième étage, je fus accueillie par une infirmière d'un tout autre calibre. Plus âgée, plus massive, plus grave. Elle vint à ma rencontre et se présenta.

— Je suis Mme Mendelson. L'effet du traitement chimiothérapique ne s'est pas entièrement dissipé, elle n'a pas encore retrouvé tous ses esprits. Cependant la vue d'un visage familier ne peut que lui faire du bien.

— Merci. Cette première visite ne sera pas trop longue. Moi-même, je ne suis pas tout à fait dans mon assiette. J'arrive de Los Angeles. Le voyage, le décalage horaire…

Elle branla du chef.

— C'est évident.

Elle m'accompagna jusqu'à la porte. La main sur la poignée, elle s'arrêta.

— Je dois vous prévenir. L'amnésie due au choc traumatique persiste. Soyez patiente, évitez de la contredire. La plaie est encore vive. Mais ne craignez rien, peu à peu elle émergera de ce cauchemar, elle retrouvera le sens des réalités.

Paroles de bon sens dont je lui étais reconnaissante, sans oser y croire. J'entrai.

Ma mère gisait au fond de son lit, les yeux grands ouverts, la tête enfouie au creux d'un immense oreiller. Je la trouvai amincie, d'une pâleur effrayante. Entre mes cils, inévitables, monta le début des pleurs. Je les refoulai de mon mieux.

Un bouquet de fleurs était posé sur la table de chevet. Tout d'abord, pleine d'illusions, je crus à une délicate attention conjugale. Aucune carte ne vint confirmer cet espoir. L'explication était plus prosaïque : dans cette clinique pour patients fortunés, on égayait ainsi les chambres.

Maman me dévisagea quelques instants sans me reconnaître. Je me demandai si j'avais modifié mon apparence au point de semer le trouble dans son esprit déjà confus. Il lui vint un pauvre sourire.

— Cinnamon.

— Maman ! Comment te sens-tu ?

— Épuisée. (Puis, sans reprendre son souffle :) As-tu vu notre petite Sacha aujourd'hui ? Seigneur, faites qu'il ne lui arrive rien.

— Non. J'étais pressée de te voir, j'arrive du lycée.

— Bien sûr. Je perds la notion du temps. Quel jour sommes-nous ?

— Jeudi, Maman.

— Parfait. (Elle battit plusieurs fois des paupières, très vite.) Combien de jours depuis sa naissance, Cinnamon ? Trois, quatre ?

— Trois.

— À la bonne heure. Chaque jour représente une petite victoire. Je ne suis pas dupe. Je sais que rien n'est encore gagné, je sais qu'elle peut nous quitter d'un instant à l'autre. Elle vivra, n'est-ce pas ?

— Elle vivra, Maman. Je te le promets.

— Parfait. (Elle ferma les yeux, les rouvrit aussitôt.) Demande à ton père d'acheter un de ces appareils, ces moniteurs, qui alertent les parents à distance au moindre pleur. Nous installerons le berceau dans la chambre, bien sûr, mais même par la suite, quand elle sera plus grande, je veux pouvoir la surveiller de loin. Les prématurés demandent une attention particulière. On a vu des nourrissons mourir de crise d'étouffement… C'est une bonne idée, tu ne trouves pas ?

— Excellente.

— Répète-le à ton père aussi souvent qu'il le faudra. Il est si distrait depuis quelque temps.

Quand on parle du loup… Le téléphone sonna. je décrochai.

C'était lui.

— Cinnamon, tu es déjà là ; tant mieux. Comment va-t-elle ?

— Aucun progrès, fis-je d'une voix morne.

— Je m'y attendais. Ne te mets pas martel en tête. J'ai eu un entretien avec les médecins. C'est un cas très classique. La guérison sera plus ou moins longue, mais tout rentrera dans l'ordre.

— À quelle heure viendras-tu ?

— Je n'en sais rien encore. Je croyais avoir rendez-vous à Manhattan ; en fait, je dois me rendre à Brooklyn. Autant dire que je rentrerai avec une heure de retard.

— Ce rendez-vous, ne peux-tu pas le reporter ?

— C'est très important. Ce sont de gros investisseurs.

— Maman est dans un état lamentable, chuchotai-je. Ta présence à ses côtés ne serait peut-être pas inutile. Après tout, n'es-tu pas le père de cet enfant ?

— Pour être tout à fait franc, Cinnamon, que je sois là ou non, en ce moment ta mère n'en a même pas conscience.

— Faux, répliquai-je d'une voix acerbe. Elle m'a reconnue aussitôt, elle me parle. Quelle importance, d'ailleurs, du moment que toi, tu sais où tu te trouves ?

— Soit. Passe-la-moi. Voyons ce qu'elle trouve à me dire.

Je tendis le combiné à ma mère.

— Papa. Ton mari.

— Taylor ?

Elle écouta. Dieu sait ce qu'il avait à lui raconter. Puis :

— J'aurais grand besoin de quelque chose, Taylor. (Posant l'appareil, elle se tourna vers moi.) De quoi s'agit-il, déjà ? Cela m'est sorti de l'esprit.

— Je lui ferai la commission plus tard. Maman. Sois tranquille.

— Très bien, dans ce cas. Taylor, notre fille t'expliquera tout. Où en es-tu ?

Elle écouta de nouveau. Elle hochait la tête, comme si mon père se trouvait en face d'elle. Sur un éclat de rire, elle me rendit le combiné.

— Allô ?

— Je tâcherai de venir, dit-il.

— Comme tu voudras.

— Et toi, comment te sens-tu ?

— En pleine forme. Je suis en passe de remporter l'oscar de la petite fille modèle. Je suis vraiment dingue de mon adorable Grand-mère. Quand je suis partie ce matin, elle s'apprêtait à « réorganiser » le salon pour lui donner cet air de fête auquel Maman n'a jamais rien compris. La salle de bains et les toilettes vont peut-être l'inspirer. Nous découvririons sans surprise qu'elle est un as de la plomberie.

— Calme-toi, soupira-t-il. Je lui ferai la leçon cette semaine.

— Tes promesses, je les connais. De tristes mensonges entourés d'un joli ruban. À plus tard.

Je raccrochai.

Ma mère me dévisagea longuement. J'eus l'impression qu'elle prenait enfin conscience de la réalité dans toute son horreur. Elle allait s'extirper de ce tunnel noir où l'avait enfermée la folie, ramper vers la lumière, se redresser. Il n'était que temps. Remise de ses blessures, l'héroïne retournerait au combat. Elle pouvait compter sur mon aide.

Sa figure si pâle s'éclaira d'un sourire venu de loin, des profondeurs insondables auxquelles je n'avais pas accès. J'y décelai un brin de malice.

— Je voudrais te demander un service, Cinnamon. Glisse-toi dans le service des prématurés, prends une photo de la petite, apporte-la-moi à l'occasion de ta prochaine visite. J'ai tellement envie de la voir.

La gorge nouée, je promis. J'aurais promis n'importe quoi. De quelle couleur, le ruban de mes tristes mensonges ?

— Je suis heureuse, murmura-t-elle. Si heureuse.

Sa tête bascula, ses yeux se fermèrent. Je pris sa main entre les miennes et demeurai assise une demi-heure, dans l'attente d'un réveil qui ne vint pas.

L'infirmière me trouva ainsi. À son entrée, je me levai. Moi aussi, je me sentais lasse, assurai-je. Je reviendrais le lendemain.

— Sa guérison n'est qu'une question de jours, assura Mme Mendelson.

Encore un mensonge bien ficelé. Dans le hall d'entrée, une autre femme était assise derrière le bureau de la réception. Tant mieux. Je ne me sentais plus du tout d'humeur à jouer la comédie.

Je regagnai la voiture où je demeurai assise, sans bouger. La perspective de rentrer à la maison m'était insupportable. Pas seulement en raison d'autres changements qu'aurait pu y apporter l'aïeule. Ma mère était l'âme de cette demeure. Sans elle, le charme s'envolait, ne laissant qu'une carcasse vide, abandonnée, dont la fée, abrutie sous l'effet des neuroleptiques, croupissait dans un asile de luxe.

Sur le chemin du retour, je fis halte dans une pizzeria. Mon plateau chargé d'une part de napolitaine et d'une salade de maïs, j'allai m'installer à une table d'angle. Non loin de là, le papotage d'une bande de jeunes attira mon attention. Je les observai, songeuse. Une adolescente de quatorze ans, ravissante, les écouteurs vissés sur les oreilles, son lecteur de cassette posé devant elle, captait l'intérêt de ses compagnons.

J'enviai leur innocence, cette fascination émerveillée dont ils enveloppaient le monde, leurs personnes, chacun de leurs faits et gestes. Cet âge d'or, je ne l'avais pas vu passer. Pourquoi étais-je devenue si mûre, en si peu de temps ?

Mon dîner avalé, je décidai d'appeler Clarence. Retarder l'heure de l'inexorable retour à la maison, parler à quelqu'un. Il le fallait.

Il me rejoignit dans la voiture que j'avais garée près de son domicile. Je lui fis le récit fidèle de mon arrivée à la clinique.

— Elle a gobé tes fumisteries sans sourciller ? s'étonna-t-il. Il y a tout de même une sacrée différence d'âge entre ta mère et toi.

— Elle n'a pas douté un seul instant de mon récit.

Il fut secoué d'un rire silencieux.

— Compliment. Tu t'y entends pour raconter des craques.

— Je n'étais pas mécontente de moi, en effet. Cela m'a donné la force de monter jusqu'au cinquième étage. Une fois seule avec ma mère, mon courage est parti en fumée.

Clarence approuva d'un signe de tête. Après quelques instants de silence, « la minute réglementaire », pensai-je, il demanda, très doucement :

— Et ton père ?

J'évoquai le coup de fil, la nausée que j'avais éprouvée, sachant qu'il accordait la priorité à un nouveau rendez-vous d'affaires.

— Peut-être est-ce vraiment très important pour lui. Peut-être ne peut-il pas se défiler. Tu reconnais toi-même que son cabinet a connu de meilleurs jours.

— Peut-être, toujours peut-être. Qu'aurais-tu fait, à sa place ?

Clarence hésita. Il ouvrit les mains dans un geste d'incertitude.

— J'aurais fait l'impossible pour me rendre au chevet de ma femme. Ma secrétaire se serait chargée d'exposer la situation et d'excuser mon absence. Ces gens, fussent-ils de gros investisseurs comme le dit ton père, ne sont pas tous des monstres. Il est certains drames personnels devant lesquels on s'incline.

J'approuvai.

— Que comptes-tu faire ? demanda-t-il.

— Est-ce que je sais ?

— Miss Hamilton m'a retenu en fin de journée. Je descendais l'escalier lorsqu'elle m'a hélé. Il s'agissait de toi, bien sûr. Vous êtes son ami le plus proche, m'a-t-elle dit en guise d'entrée en matière.

Sur ces mots, il me dévisagea.

— Elle ne se trompait pas, murmura-t-il.

— Sans doute. Et alors ? Que voulait-elle ? Rappelez qu'elle tenait son épaule à ma disposition ?

— Pas exactement. Elle veut que tu participes à la pièce annuelle. Selon elle, c'est exactement le dérivatif dont tu as besoin. Apprendre un rôle, te sortir de toi-même, etc.

— Je suis déjà embarquée dans une grande aventure théâtrale, répliquai-je.

Pour une fois, il fit preuve d'une lenteur d'esprit étonnante.

— De quoi parles-tu ?

— À la maison. Le titre de l'œuvre ? *La Famille Sans-Souci*. J'y tiens le troisième rôle féminin.

Son rire s'éteignit très vite.

— Réfléchis, reprit-il. La proposition de Miss Hamilton n'est pas si sotte. Ce serait aussi l'occasion de montrer à tes ennemis ce dont tu es capable.

— Je rentre. Mes devoirs s'accumulent. Si j'ai encore une chambre. Grand-maman Beverly a peut-être profité de ma longue absence pour la transformer en un placard à balais.

Après être descendu, il se retourna, me considéra de l'air indécis de quelqu'un qui s'apprête à prendre une décision sérieuse. Vivement, il se pencha, déposa un baiser sur ma joue gauche.

— Salut, dit-il très vite.

Claquement de portière. Il s'éloigna sans se retourner.

Je touchai mon visage, là où ses lèvres l'avaient effleurée. La joue gauche, observai-je, il fallait que ce fût la joue gauche. Même sentimental, Clarence n'en restait pas moins fidèle à ses principes. Y avait-il de quoi rire ? Sans doute pas, pourtant je m'offris quelques secondes de détente sur le dos de mon cher camarade.

Les premières de la journée.

4

MENSONGES PATERNELS

Grand-mère avait concentré ses efforts sur le bureau de son fils. Comment s'y était-elle pris ? Mystère. Toujours est-il que, sans l'aide de personne, ma frêle aïeule avait déplacé le bureau de chêne massif de façon à l'orienter face à la fenêtre, côté est. Ensuite, il lui avait fallu tout déménager, lampe, chaise, canapé, table basse. Elle avait poussé le soin jusqu'à reclasser les livres sur les rayonnages de la bibliothèque.

— Pourquoi n'as-tu pas dîné à la maison ? questionna-t-elle aussitôt.

Assise devant la télévision, elle avait dû guetter d'une oreille le retour de son fils, ou le mien.

Avant même que j'eusse refermé la porte, elle surgissait dans le vestibule.

— Je me suis rendue à la clinique en sortant du lycée.

— Tu es restée là-bas tout ce temps ?

— Ce n'est pas la porte à côté, répliquai-je. Veux-tu savoir comment se porte ta belle-fille ?

— Je sais déjà à quoi m'en tenir. Ton père m'a mise au courant.

— Il n'a pas pu te dire grand-chose étant donné qu'il n'a pas estimé nécessaire de se déplacer pour rendre visite à sa femme hospitalisée.

— Il a longuement discuté avec le chef de service. C'est beaucoup plus important.

— Comment peux-tu proférer de telles inepties ? Pour une épouse malade, un coup de fil au médecin compte davantage que la visite de son mari, sa présence, ses paroles de réconfort ?

Grand-maman Beverly se raidit devant l'adversité. Menton arrogant, épaules rejetées en arrière, elle assumait chaque mot prononcé, jusqu'à la lie.

— Inutile de prendre ce ton dramatique avec moi. Voilà bien la nouvelle génération, toujours prête à monter sur ses grands chevaux pour un oui, pour un non. Elle fit entendre un soupir qui prétendait en dire long. Trop d'heures passées devant la télévision, quand ce n'est pas face à son miroir, à scruter son visage pour essayer de nouveaux effets.

— Je ne fais ni l'un ni l'autre, tu le sais, toi qui m'espionnes autant que possible. En fait, si quelqu'un reste planté devant la télévision, faute de mieux, c'est toi, et tu te maquilles plus que ta petite-fille.

— Pas d'insolences, je te prie.

— Loin de moi cette tentation. Je ne dis que la vérité.

Elle eut de la main un geste évasif.

— Laissons cela. Parlons plutôt de sujets essentiels. J'apporte certaines modifications à l'aménagement de cette maison, tu as pu le constater. Rajeunissement, rationalisation. Viens voir le bureau de ton père.

C'était plus un ordre qu'une invitation. Je la suivis néanmoins, curieuse de voir le résultat du prétendu « coup de jeune ».

Si mon père ne trouvait pas les changements à son goût, tant pis pour lui.

— Ton père occupe cette pièce en fin de semaine, surtout dans l'après-midi. Il m'a semblé raisonnable de lui éviter d'avoir le soleil dans les yeux. Ce n'est pas ton avis ?

— Depuis quand mon avis t'importe-t-il ? En ce qui me concerne, tout est pour le mieux. (Je la dévisageai, les yeux menaçants.) Grand-mère, tiens-toi à l'écart de ma chambre. Ne t'avise pas de modifier quoi que ce soit. C'est un bon conseil.

— Sois tranquille, je ne mettrai pas les pieds dans ta caverne. Nettoyage et rangement, tu t'en chargeras.

— Ma chambre est propre et rangée. Elle a surtout besoin que tu oublies son existence.

Je fis volte-face et regagnai le vestibule. Je venais de m'engager dans l'escalier lorsqu'elle me lança, péremptoire :

— Et tes devoirs, tu y penses ?

Je fis halte.

— Mon avis, tout d'abord, à présent mes devoirs. Que signifie cette nouvelle sollicitude, Grand-mère ?

Ma question la laissa décontenancée.

— Ta mère nous a quittés. Son départ me confère de nouvelles responsabilités. Il me semble que désormais...

— Maman ne nous a nullement quittés ! criai-je. Elle se repose, elle reprend des forces. Du moins se montre-t-elle capable de retrouver la raison. Ce n'est pas le cas de tout le monde.

Je montai à toute vitesse. Nulle provocation, nulle menace ne m'atteignit, lancée depuis le rez-de-chaussée. Très calme, la vieille s'en était retournée dans le salon, pour savourer l'un de ses films fétiches, jusqu'au retour du fils.

J'avais les nerfs en pelote, comme d'habitude. Il en était ainsi depuis le départ de ma mère, il en serait ainsi jusqu'à ce que notre vie reprenne son cours normal. Je pris un bain aux aromates, en pure perte. Je travaillai. Il était près de minuit quand je me mis au lit. Mon père n'était toujours pas rentré. Le sommeil fut long à venir. Un craquement de pas dans l'escalier m'éveilla peu après. Chaque fois que quelqu'un montait ou descendait, la maison s'emplissait de cette crépitation que ma grand-mère et mon père ne supportaient pas, naturellement, et qui nous enchantait, ma mère et moi. Les marches sont toujours vivantes, proclamait Maman avec fierté, et vous voudriez les réduire au silence ? Vous envisagez de les remplacer ?

Pour l'aïeule, cette demeure était devenue un adversaire dont les soupirs, les plaintes, halètements, craquements innombrables représentaient autant de défis. Il devait en être de même pour son fils, dans une moindre mesure, puisqu'il passait le plus clair de son temps à l'extérieur. Combien de fois avait-il dû regretter de s'être laissé embarquer, jeune marié, dans cette aventure par une belle épouse dont il était encore épris ? Pour un analyste financier, cette acquisition était sans doute le pire des investissements immobiliers.

Il m'arrivait, quand l'orage secouait notre maison, de sourire dans mon demi-sommeil en imaginant les frayeurs de ma grand-mère, convaincue que cette ruine, réveillée par les éléments déchaînés, allait trouver la force de se venger de son ennemie en s'écroulant sur elle. Nul doute qu'elle n'eût entendu les pas précautionneux, néanmoins tonitruants de Papa. Toutefois elle ne prit pas la peine d'aller l'accueillir. Fallait-il déceler dans cette négligence une note de désapprobation ?

Vivement, je me glissai hors du lit. J'entrebâillai la porte alors qu'il était sur le point d'ouvrir la sienne. Il marchait sur la pointe des pieds, les épaules voûtées, comme un voleur.

— Que fais-tu debout à cette heure ? demanda-t-il.

— Je dormais. Tu m'as réveillée. As-tu trouvé le temps de passer à la clinique ?

Il dit non de la tête, un petit non lamentable.

— J'ai écourté mon rendez-vous mais le retour fut un enfer. Accident, route barrée. J'irai demain, sans faute. J'ai tout de même appelé. L'infirmière m'a assuré qu'elle se reposait, le plus paisiblement du monde.

— Elle est camée jusqu'aux yeux. Comment peuvent-ils savoir ce qu'elle ressent ?

— Tu as peut-être raison. Je suis mort de fatigue. Nous en reparlerons demain, veux-tu ?

— Quand cela ? À quelle heure ?

La réponse, donnée d'un ton sec, fut sans ambiguïté :

— Quand nous aurons l'occasion de nous rencontrer. Retourne te coucher et cesse de me chercher querelle à tout propos. Ton agressivité ne fera qu'envenimer la situation et la rendre plus pénible pour tout le monde.

Il disparut dans sa chambre, derrière une porte qu'il referma sans bruit.

Je m'attardai quelques instants, les yeux fixés sur cette chambre où s'était réfugié le coupable.

Il n'est plus le même, plus du tout le même, me répétai-je. La perte de l'enfant, la dépression de sa femme ne suffisent pas à expliquer un changement dont les premières manifestations sont bien antérieures à ces catastrophes. Il y a autre chose, qu'il ne semble pas du tout disposé à confier à sa fille. Aurait-il vraiment de graves problèmes financiers ? Son agence serait-elle au bord de la faillite ? Le cas échéant, il en serait réduit à solliciter la fortune rondelette de Grand-maman Beverly, laquelle n'avait sans doute rien à refuser à son fils mais ferait payer cher sa générosité. Cette dépendance justifiait-elle l'indulgence illimitée dont il faisait preuve à son égard ?

Ayant regagné mon lit, ainsi spéculai-je sur l'origine de la métamorphose paternelle. Comment m'endormir dans ces conditions ? Autant foncer pleins gaz sur une route verglacée. Dès que je glissais vers le sommeil une nouvelle pensée, plus sinistre que les précédentes, me restituait la conscience du danger.

Sinuant d'un bord à l'autre du désastre, je m'assoupis aux premières heures de l'aube. J'avais oublié de programmer la sonnerie du réveil. Ma grand-mère me tira du sommeil, tambourinant contre la porte.

— Vas-tu te lever, à la fin ? (Elle actionna la poignée, en vain : j'avais pris soin de fermer la porte à clé.) Depuis quand cette gamine s'enferme-t-elle ainsi ? marmonna-t-elle. Il est l'heure, Cinnamon. Debout !

J'acquiesçai, je grommelai, consultai le réveil d'un œil lugubre. L'espace d'un instant, j'envisageai de sécher les cours. En quoi consisterait ma journée solitaire, avant de me retrouver, en fin d'après-midi, au chevet de ma mère ? Aussitôt les questions posées la veille m'assaillirent dans leur multiplicité insoluble. Plus jamais ça ! En un clin d'œil, je m'arrachai du lit. Après une toilette de chat, un maquillage succinct, nuage de poudre, rimmel et rouge à lèvres, je m'habillai avec soin. Une demi-heure plus tard, j'entrai dans la cuisine.

— À quoi bon verrouiller ta porte ? questionna ma grand-mère. De quoi, de qui as-tu peur ?

Sans un mot, sans même lui souhaiter le bonjour, je me versai une tasse de café. Ce café beaucoup trop clair pour mon goût et celui de Papa. Même sur ce point de détail, il s'était abstenu de la moindre remarque. Avec ostentation, je pris deux gorgées avant de reverser le contenu de ma tasse dans la cafetière.

— À quoi rime ce geste ? s'emporta-t-elle.

— Je le boirai quand cette eau teintée aura la saveur du vrai café.

— À ton âge, le café trop fort est déconseillé. Tu as bien le temps de t'intoxiquer.

Je me mis à la recherche de mes barres de céréales, introuvables depuis la « remise en ordre » des placards. Je m'énervai, commençai à bousculer les objets. Quelle eût été ma réaction, à la place de l'aïeule ? La sienne fut une magistrale leçon de flegme pour la greluche hystérique que je devenais peu à peu. Moi aussi, j'avais changé.

— À quoi bon mettre tout à l'air ? Demande-moi plutôt ce que tu cherches.

— Mes céréales, aboyai-je. Où les as-tu planquées ?

— Ces horreurs ? À la poubelle, si tu veux le savoir. En aucun cas semblables saletés ne peuvent tenir lieu de petit-déjeuner.

— De quoi te mêles-tu ? Je venais de les acheter. Tu n'avais aucun droit d'en disposer. Grand-mère, pour la dernière fois je t'interdis de toucher à ce qui m'appartient. Leur valeur nutritive est bien supérieure à ce que vous avalez chaque matin, ton fils et toi. Tiens-le-toi pour dit.

— Ridicule ! Les informations données sur les sachets sont toutes fausses. De la poudre aux yeux, destinées aux consommateurs naïfs. Veux-tu des œufs mollets au safran ? J'en ai pour cinq minutes.

Je me dirigeai vers la porte comme si j'avais l'intention de passer au travers.

— Où vas-tu ? s'exclama la vieille.

— Au lycée, comme il se doit. Pour les œufs, il est trop tard. Mange-les à ma place.

Je démarrai en trombe, négociai le virage sur les chapeaux de roues. Ces hurlements de pneus étaient une manière de saluer Grand-maman.

Au lieu de prendre à gauche, pour aller vers le campus, je me rendis dans le quartier résidentiel où vivait Clarence. Sa superbe villa, de dimensions aussi imposantes que notre « château victorien », se trouvait à un quart d'heure à pied du lycée. J'étais presque certaine de le trouver en train de musarder en route.

Perdu dans ses rêveries, il ne tourna même pas la tête lorsque la voiture s'arrêta à sa hauteur. Mon discret coup de klaxon le fit sursauter. Il ouvrit la portière, côté passager.

— Où vas-tu, de si bon matin ?

— Pas au turbin, en tout cas. Aujourd'hui, j'ai mieux à faire. Tu m'accompagnes ?

— Direction ?

— Manhattan.

Après quelques instants de réflexion, un coup d'œil en arrière pour s'assurer que personne ne le surveillait depuis les fenêtres familiales, il se glissa prestement sur le siège voisin.

Dix minutes plus tard, je bifurquai sur la bretelle d'accès à l'autoroute. Clarence rompit enfin le silence.

— Si c'est pour une séance de lèche-vitrines, arrête tout de suite, je descends. Ma mère m'a fait le coup deux ou trois fois. Je déteste.

Sa remarque ne méritait même pas un haussement d'épaules.

— J'ai l'intention d'éclaircir certains mystères concernant mon père. Il dissimule la vérité, je veux en avoir le cœur net. J'ai l'impression qu'il s'est mis dans de sales draps. Qui sait ? Peut-être a-t-il déjà perdu son boulot. La meilleure façon de savoir, c'est d'aller sur place et de l'espionner. Son comportement est de plus en plus étrange. La maladie de ma mère, hélas, n'a rien à y voir. Une pelote de secrets bien entortillée dont je dois trouver le fil et tirer, tirer, jusqu'à savoir ce qu'elle contient. Mon père ne me confie jamais rien. C'est à se demander si je compte encore pour lui. La plupart du temps, j'affecte de n'y attacher aucune importance. C'est faux. Malgré son attitude odieuse vis-à-vis de Maman, mon père ne m'est pas devenu totalement indifférent. Il faut que je sache à quoi m'en tenir. C'est aujourd'hui ou jamais !

— Normal, acquiesça Clarence. Tu es sa fille unique. Dans la situation présente, la seule personne susceptible de se soucier de lui.

D'après ce qu'il m'avait révélé de sa propre famille, tout n'allait pas pour le mieux non plus. Important conseiller juridique spécialisé dans les droits de propriété, son père n'avait guère de temps à consacrer à ses deux enfants. Toute aussi active, sinon plus, sa mère était chargée de la gestion d'un parc public, au nord de Yonkers. Sa sœur cadette, Lindsey, était en première année au lycée. Leurs rapports semblaient inexistants. Jamais on ne les voyait arriver ou repartir ensemble. Ils se parlaient à peine. Pourrie gâtée, affirmait-il sans une once de jalousie. Fichue avant même d'avoir commencé à vivre vraiment.

Bizarre. Comment pouvait-on se retrouver ainsi étrangers les uns par rapport aux autres, au sein du cercle familial ? De nos jours, le fait d'avoir un père ou une mère n'est plus un gage d'affection. On peut se sentir orphelin tout en ayant un toit, des parents. Ceux-ci, impliqués dans leurs affaires, leurs activités, leurs mondanités, leurs problèmes intimes, se contentent de fournir le vivre et le couvert. Très vite, leur progéniture cesse de présenter pour eux le moindre intérêt. Clarence m'avait adoptée, pour ainsi dire, moi et mes fantasmes, moi et mes tragédies, pour se donner l'illusion d'avoir un succédané de famille. Il en savait plus long sur ma mère et mon père que sur les siens.

— Comment comptes-tu t'y prendre pour l'espionner ?

— Je connais l'adresse de son cabinet. Nous traînerons dans les parages.

— C'est bien ce que je craignais. L'improvisation totale.

Exact. Je me sentis piquée au vif.

— Mon instinct me souffle d'aller là-bas. Rien ne t'oblige à me suivre.

— Ne t'inquiète pas pour moi. Personne ne me fera jamais faire ce qui me déplaît.

Vantardises. Il s'en apercevrait bientôt.

Arrivée aux abords de Wall Street, le doute s'insinua en moi. J'avais agi sur une impulsion, dans la précipitation, sottement. Le gigantisme des bâtiments, la foule, les embouteillages, cet immense désordre horizontal et vertical me donnait le vertige ; j'éprouvais avec une force inattendue le sentiment de mon insignifiance. Clarence avait eu raison de me mettre en garde.

— Par où commence-t-on ? demanda-t-il.

— Par trouver un parking à proximité de l'immeuble dans lequel travaille mon père.

J'essayais de parler avec assurance, en habituée des lieux que je n'étais pas. Maman n'aimait pas venir en ville, sauf pour aller au théâtre. À sept ans, j'assistai à mon premier spectacle à Broadway. Une comédie musicale, *Le Fantôme de l'opéra*. Mon père nous accompagnait. Pour moi, ce fut un véritable enchantement.

— Un jour ou l'autre, Cinnamon, à ton tour tu monteras sur les planches, m'avait chuchoté Maman.

Dans son esprit, depuis ma plus tendre enfance, aucune hésitation. Sa fille était née pour être une actrice, une star. Dans le mien, la question restait irrésolue. Aurais-je le courage, le talent nécessaire pour sauter le pas ?

Il est facile de se garer à Wall Street quand on a les moyens de payer le prix exorbitant d'une place de parking souterrain. Une fois cet argent sorti de ma poche, une fois remontés à la surface, nous prîmes la direction de l'immeuble.

— Es-tu déjà venue ? s'enquit Clarence, méfiant.

À quoi bon lui mentir ?

— Une seule fois, il y a longtemps. Nous étions en vacances, mais la bourse restait ouverte. Mon père voulait me montrer à quoi ressemblait ce qu'il appelait le centre nerveux du pays, le temple de l'argent, dans sa pleine activité. Il m'a fait visiter son agence, reliée aux principales places financières de la planète. Son bureau se trouve au cinquième étage. Ensuite, Maman et moi sommes allées voir une pièce, off-Broadway. *The Fantasticks*. Une journée riche en émotions diverses.

Le monde de la finance me fit l'effet d'une Babel délirante. Tant d'agitation, de cris, de fureur ! Comment s'y retrouvent-ils ? me demandai-je. Et surtout, comment supportent-ils ? Mon père gardait, au milieu de ce capharnaüm, un calme imperturbable. Je le plaignis d'être obligé de gagner sa vie dans de telles conditions. J'ignorais alors que c'était là son élément, dans lequel il évoluait comme un poisson dans l'eau.

Clarence écoutait, enregistrait, curieux de tout. La grande cité lui était encore moins familière qu'à moi. Ses yeux allaient de droite et de gauche ; passants, affiches, boutiques, restaurants, rien ne lui échappait. Le cerveau pouvait-il se bloquer sous l'effet d'un trop-plein d'informations, tel un ordinateur saturé ?

— Et maintenant ?

— J'ai le souvenir d'une cafétéria, installée dans le hall de l'immeuble. Allons-y.

Nous trouvâmes une table libre contre la vitre donnant sur le vestibule. Privée de petit-déjeuner à la maison, je me rattrapai et commandai un plat d'œufs brouillés, tomates persillées, tartines grillées. Clarence se contenta d'un café. Il m'observait, tandis que je surveillais les quatre ascenseurs, tous pleins à chaque voyage. En l'espace d'une demi-heure, le flux se tarit. la plupart des employés avaient commencé leur journée de travail.

— Où en est ton père, à ton avis ?

— Il cherche un nouveau boulot. C'est la raison pour laquelle il part sans informer sa secrétaire de son emploi du temps, sans lui laisser d'adresse où elle pourrait le joindre. Même son portable ne répond plus.

Mon camarade réfléchit quelques instants.

— Cela se tient, reconnut-il. Question d'orgueil. Plutôt crever que de reconnaître son échec et passer pour une cloche. Voilà vingt ans que mon père se collette avec la loi. À l'en croire, pendant tout ce temps il n'aurait jamais commis une seule erreur.

— Tiens donc ?

— Quant à ma mère, comparée à elle, tous ses collaborateurs sont des *minus habens*. (Son visage se fendit d'une oreille à l'autre.) Deux génies ont engendré l'individu assis en face de toi.

Je le dévisageai, sérieuse comme il se devait quand on avait affaire à un personnage d'une telle envergure. Joli garçon, malgré tout. Une coquetterie dans l'œil ajoutait à son charme. En était-il conscient ? Probablement. Je me méfie de tous et de toutes, mais pour la frime, les garçons gardent le pompon. Leurs sourires, leurs paroles de sucre et de miel : autant de lapins surgis du chapeau d'un prestidigitateur. Escamotés avant qu'on ait le temps de dire « ouf » et de s'y habituer.

Après avoir réglé l'addition et avalé un verre d'eau, je m'attardai. Mes doigts pianotaient sur la table.

— Nous voici au pied du mur, maugréa Clarence.

— Je veux m'assurer qu'il est bien dans son bureau. Rien de plus simple. J'appelle en me faisant passer pour une cliente. S'il est là, nous attendons la fermeture de la bourse. Pour passer le temps, nous feuilletterons des périodiques chez le marchand de journaux, sans perdre de vue les ascenseurs. Dès qu'il sort, nous engageons une filature. Je l'ai vu faire cent fois au cinéma. C'est beaucoup plus facile qu'on n'imagine, il suffit de se faire très, très discret.

Sur cette lapalissade, nous prîmes la direction des cabines téléphoniques. Je composai le numéro du bureau paternel. La secrétaire décrocha aussitôt.

— Puis-je parler à M. Carlson, s'il vous plaît ?

— Pas de chance, il vient de partir à l'instant, affirma avec aplomb la péronnelle. Souhaitez-vous parler à M. Posner, son assistant ?

— Non, je vous remercie.

Au comble de l'excitation, je me tournai vers Clarence :

— Il vient de quitter son bureau, à l'instant même !

Retour en trombe dans le hall d'entrée. Nous nous engouffrâmes dans la maison de la presse. Un œil sur le premier canard venu, un autre sur la rangée d'ascenseurs, je guettais l'arrivée de mon père. Brève attente.

Il sortit en coup de vent, deux apprentis filochards à ses trousses.

— Prudence, rappelai-je bien inutilement à mon acolyte. Qu'il ne s'aperçoive pas de notre présence, surtout. Il en ferait un drame.

Quelle que fût sa destination, mon père s'y dirigeait à grands pas, son écharpe noire balancée avec négligence par-dessus l'épaule. Quelle élégance ! Quelle classe ! Il n'y avait rien d'étonnant à l'admiration de Grand-maman pour Cary Grant.

— Cela me rappelle un téléfilm que j'ai vu récemment, chuchota Clarence. Le truc, c'est de se maintenir assez loin du suspect, à distance constante, si possible, en restant caché par les autres passants.

Luxe de précautions superflues, pas une seule fois « le suspect » ne jugea bon de se retourner. Il filait comme le vent. Après avoir traversé la rue, il s'engagea dans une artère perpendiculaire, très animée. Peu après, il entrait dans un bistrot d'aspect plutôt chic, dont la façade disposait de deux grandes vitrines. Il n'était pas difficile de voir qui se trouvait à l'intérieur, et avec qui.

— Tu t'es affolée pour rien, fit observer mon compagnon. Ton père n'est pas à l'affût d'un emploi, il prend sa pause de la mi-journée.

J'acquiesçai vaguement. Papa devait être un familier du lieu, il longea le comptoir sans s'arrêter pour s'installer dans une alcôve. Notre angle de vision nous interdisait de savoir si elle était déjà occupée. Il se pencha. Nous nous déplaçâmes sur la droite pour assister à ses effusions avec une jeune femme blonde, vêtue d'un strict costume dont la coupe impeccable sentait la Cinquième Avenue. Une très jolie femme, semblait-il. Après le baiser de bienvenue, ils restèrent main dans la main à se regarder dans le blanc des yeux.

Quand mon père se renversa sur son siège, la dame refusa de lâcher sa main.

Ô temps, suspends ton vol. Pour moi, les secondes suivantes durèrent des siècles pendant lesquels les deux abrutis, là-bas, continuaient de roucouler. Je demeurai pétrifiée. L'explication la plus niaise, la plus évidente, et pas un instant elle ne m'avait traversé l'esprit.

— Une cliente de longue date, suggéra Clarence, à court de ressource.

Je l'aurais giflé. Réaction stupide. Il ne servait à rien de refouler ma rage sur un innocent, mon unique ami, de surcroît. À cet instant, mon père se pencha de nouveau. Leurs bras se joignirent.

Je regardai Clarence.

— Ce serait pousser un peu loin le devoir d'obligation professionnelle, tu ne crois pas ?

Il opina, tout penaud.

— Désolé, souffla-t-il.

— Pas autant que moi, je t'assure.

Je tournai les talons. Je m'éloignai de toute la vitesse de mes longues jambes, à tel point que Clarence dut courir pour rester à ma hauteur.

— L'irréparable n'est peut-être pas encore accompli, haleta-t-il. Il ne s'agit peut-être que d'une idylle innocente, un dérivatif, comme dirait Miss Hamilton. Attention, loin de moi l'idée d'excuser ton père, surtout en ce moment. Je cherche une explication.

— Une idylle aussi innocente que le meurtre d'Abel par son frère, répliquai-je avec hargne. Mes yeux, sur le moment, s'étaient emplis de larmes brûlantes. Pétrifiées, elles aussi. Un voile flou recouvrait le monde. Je traversai la rue au hasard, songeant à ma mère, en train de crever à petit feu dans son asile d'aliénés. Comme Caïn, j'avais envie de commettre un meurtre.

Je galopai en direction du parking.

Clarence me saisit par le bras pour tenter de freiner mon allure.

— Drôle de coïncidence, tout de même, observa-t-il. Une fille décide de se rendre à New York pour espionner son père dont le comportement lui paraît louche. Elle a toutes les chances de faire chou blanc, mais non. Tu débarques pile au moment propice pour prendre Papa la main dans le sac. Quel heureux hasard, si l'on peut dire.

Je me figeai sur place.

— Remarque judicieuse, mais le hasard n'a rien à y voir.

— Comment cela ? Tu étais au courant ?

— Pas du tout. Que tu me croies ou non, peu importe. Je suis venue, poussée par une force bien au-dessus de la mienne. Ce sont les esprits de la maison. Ce matin, à peine avais-je ouvert les yeux que ma décision était prise. Je devais aller à Wall Street. Quelqu'un aurait aussi bien pu me guider, je n'avais pas le choix.

— C'est une plaisanterie, sans doute. Tu parles sous l'effet du choc.

— Pas le moins du monde. Ces fantômes sont mes complices. Depuis toujours, ils me protègent et me conseillent.

Je me remis en route, tout aussi vite. Clarence trottinait à mes côtés.

— Alors c'est vrai, ce qu'on raconte, ces histoires de spectres ? Tu habites vraiment une maison hantée ? J'imaginais que tu avais propagé ces rumeurs pour te payer la tête des gens.

— Au début, sans doute. À présent, j'y crois.

À l'entrée du parking, je m'arrêtai, pivotai vers lui.

— Si tu veux juger par toi-même, accompagne-moi dans le grenier, une nuit de cette semaine.

Il m'observait, intrigué.

— C'est une invitation sérieuse ?

— À moins que tu n'aies peur.

Un ricanement, un mouvement de tête. Pourtant son regard fuyait le mien. Il jeta un coup d'œil en arrière, en direction du café où mon père passait un excellent moment avec la nouvelle femme de sa vie. Il ramena son attention sur moi.

— Non, répéta-t-il. Je n'ai pas peur des fantômes.

— Je fais halte à la clinique. J'ai besoin de voir ma mère au plus vite. Veux-tu attendre dans la voiture ou dans le vestibule ?

— Ne t'inquiète pas pour moi.

Une larme se détacha, roula le long de ma joue. Vivement, je détournai la tête.

Personne ne devait savoir à quel point le comportement lamentable de mon père était pour moi une source de souffrance. Dans certaines circonstances, le chagrin comme l'amour doivent rester secrets. Dans certaines circonstances, ils se confondent.

Je me garai sur l'esplanade de l'hôpital.

— Ne t'occupe pas de moi, assura Clarence. Fais simplement ce que tu dois faire. je potasserai le cours de sciences sociales auquel nous devions assister aujourd'hui.

Il m'adressa un sourire d'encouragement. Pendant le trajet de retour, toutes ses tentatives pour engager la conversation étaient restées lettre morte. Mon père s'affichait avec sa maîtresse, sans la moindre retenue. Sans crainte d'être reconnu par un collègue, un rival, ou sans y attacher la moindre importance. Que risquait-il, de toute façon ? Aucun témoin éventuel n'appellerait la clinique pour avertir Mme Carlson des frasques de son mari.

Je serrai la main de Clarence et descendis de voiture. Clairsemés ce matin, les nuages s'étaient amoncelés. Le ciel, presque uniformément gris laissait filtrer un soleil incolore. Un vent froid me cueillit de plein fouet tandis que je me hâtais vers l'entrée du bâtiment. L'hiver resserrait son étreinte. Je remontai le col de ma veste et j'avançai d'un pas incertain de somnambule. J'avais, littéralement, perdu le nord. La vitre d'une auto me renvoya mon reflet fugitif. J'allai, tirée en avant contre ma volonté, le buste et la tête rejetés en arrière.

Je regrettai, un peu tard, mon petit-déjeuner plantureux. L'appréhension, plus que la faim, avait justifié un excès si peu dans mon habitude. J'avais l'impression d'avoir avalé du plomb. Qu'arriverait-il si j'étais prise de nausée dans la chambre de Maman ? Mes jambes lourdes peinaient à gravir les marches. Enfin, je me trouvai devant la porte. Je respirai à fond. J'entrai.

Une infirmière escortait une vieille dame en direction de l'ascenseur. À peine m'eut-elle aperçue que la patiente, le visage rayonnant de plaisir, s'arrêta.

— Ida ! Dieu soit loué, te voilà enfin !

L'infirmière me gratifia d'un sourire courtois.

— Vous faites erreur, Rachel. Cette jeune personne n'est pas Ida.

— Ida, mon ange ! J'étais si inquiète à ton sujet.

Souriante, l'infirmière l'entraîna.

Mon apparition suffisait à déclencher la fiction ou le rêve en latence dans l'esprit des gens. Tous les acteurs n'avaient-ils pas ce pouvoir ?

— J'étais en voyage, déclarai-je. Je suis venue aussi vite que possible.

— Mon Dieu, je me suis fait tant de souci pour toi, une jeune fille, partie toute seule en Europe. Ma sœur a-t-elle pris soin de sa nièce ?

— Une hôtesse parfaite. Elle m'a beaucoup parlé de toi.

— Étonnant de sa part, mais j'en suis agréablement surprise. Tu me raconteras tout ?

— Elle n'y manquera pas, promit l'infirmière. Après votre sieste.

La vieille dame lui échappa, s'approcha de moi. Sa main parcheminée chercha la mienne. Étreinte émouvante. Sous la peau fine, les doigts friables semblaient prêts à se briser. L'enthousiasme seul lui donnait la force de se cramponner à moi.

— Tu es de retour, Ida. Quel bonheur ! Toi et moi, désormais.

— Toi et moi, répétai-je. Nous serons très heureuses.

Sur un hochement de tête un peu égaré, elle rejoignit son geôlier en uniforme blanc. Mon gentil numéro fut récompensé par un nouveau sourire, empreint de gratitude, cette fois, de la part de l'infirmière.

Un frisson me parcourut de la tête au pied. Par bonheur, la réceptionniste m'était inconnue. Je déclinai ma véritable identité, celle d'une fille très inquiète venue rendre visite à sa mère. Elle me pria d'attendre un instant l'arrivée de l'infirmière en chef qui n'allait pas tarder à descendre. La peur fondit sur moi, une crampe glaciale me saisit la poitrine.

— Pourquoi ? Que s'est-il passé ?

— Mme Fogelman sera là dans un instant, me fut-il répété sur un ton poli, dont la fermeté donnait déjà des signes d'impatience. D'un geste de la main, on m'invita à rejoindre le coin salon où je pourrais me ronger les sangs – en silence – dans l'attente de l'infirmière galonnée.

Je n'avais guère envie de m'asseoir, pourtant mes jambes menaçaient de se dérober sous moi. Je me laissai choir sur le canapé, les yeux tournés vers les ascenseurs.

L'un d'eux s'ouvrit enfin, livrant passage à une dame encore jeune dont la silhouette semblait avoir été tassée au marteau-pilon, et les cheveux châtains taillés au bol, à la manière des moines médiévaux. Elle vint droit sur moi.

— Vous êtes la fille de Mme Carlson ?

— En effet. Qu'est-il arrivé ? Je vous en prie, dites-le-moi.

— Je suis Mme Fogelman. Le médecin m'a laissé des instructions précises concernant les proches de cette patiente. Je dois les accueillir et leur expliquer la situation. En effet, il s'est produit une petite rechute.

Je reçus un coup au cœur.

— Une rechute ? De quelle nature ?

Au lieu de répondre, elle jeta un coup d'œil circulaire.

— Où est votre père ? Il n'est donc pas avec vous ?

Je sentais monter en moi une exaltation froide, très éloignée du désespoir.

— À moins d'être frappé d'invisibilité, de toute évidence mon père n'a pas éprouvé le besoin de se déplacer, répliquai-je. Qu'est-il arrivé à ma mère ? Je souhaite la voir au plus vite.

Mme Fogelman marqua un instant d'hésitation. Elle choisit ses mots avec soin, pensai-je. Mauvais signe.

— Mme Carlson est entrée dans un léger coma, dit-elle enfin. Le médecin est formel : cet état ne devrait pas se prolonger. Votre mère a été transférée dans notre service de soins intensifs, où elle est placée sous surveillance constante. Je pensais que notre chef de service avait prévenu votre père, ce qui expliquait votre présence.

— Il est très difficile de joindre mon père, ces temps-ci, marmonnai-je, dents et poings serrés. Puis-je voir ma mère, s'il vous plaît ?

— Bien sûr. Elle ne s'en portera que mieux. Le seul fait d'entendre votre voix peut avoir un effet bénéfique. Son sourire se fit encourageant. Venez.

— Êtes-vous déjà à l'université ? me demanda-t-elle, une fois que la porte de l'ascenseur nous eût enfermées dans ce redoutable espace.

L'occasion de prendre l'ascenseur ne se présente pas si souvent dans mon existence. Je déteste le silence absolu qui s'abat sur les passagers réunis pour ce bref voyage, leurs efforts pour éviter un croisement de regard, l'impatience implicite d'être débarrassé de cette promiscuité déplaisante.

Au lieu de rapprocher des êtres provisoirement cloîtrés, la claustration les rendait insupportables les uns aux autres, comme les représentants d'espèces hostiles.

Ce fut à peine si j'entendis la question posée par Mme Fogelman.

— À l'université, oui, murmurai-je. Je prépare une licence de lettres.

Quelle importance, désormais ? Ça ou autre chose, qui se souciait de mon avenir ?

Un étage, ce n'était pas bien haut. Quel soulagement, pourtant, quand la porte s'ouvrit. L'infirmière en chef me guida vers le service des soins intensifs. Elle me conduisit au chevet de ma mère. Maman avait les yeux étroitement fermés, les paupières crispées.

— Elle donne l'impression d'être au supplice ! m'exclamai-je.

Mme Fogelman acquiesça.

— Ses douleurs sont mentales, uniquement, répliqua-t-elle, comme si c'était là une consolation.

Je lui sus gré de ne pas dissimuler plus avant la vérité. Maman souffrait. Je lui pris la main solidement. Penchée au-dessus d'elle, je soufflai sur son visage pour en écarter les mèches folles.

— Maman, c'est moi, Cinnamon. Réveille-toi, je t'en supplie. Il le faut, Maman. Réveille-toi !

Quelle désespérance habitait ce visage scellé, verrouillé par la tension et la peur ?

— Quel traitement suit-elle ?

— N'attendez pas de miracle trop vite, mais soyez certaine qu'elle sortira de ce coma, affirma Mme Fogelman.

— Sinon ?

— Elle en sortira, répéta-t-elle avec moins de conviction.

Mon angoisse la déconcertait, son attitude se modifia.

— Vos malades atteints de cet état pathologique sont-ils toujours sauvés ? Le coma… est-il si facile de s'en évader ?

Pas de réponse.

— Dites-moi la vérité, insistai-je.

— Pourquoi envisager le pire, mon enfant ? Votre mère bénéficie des soins les plus attentifs d'un excellent médecin. Vous pouvez nous aider. Continuez à lui parler.

Vivement, elle se retira, se retrancha devrais-je dire, à l'abri derrière le muret de son bureau où elle affecta de se livrer à des tâches administratives de la plus grande urgence, non sans lever les yeux sur moi, de temps à autre.

— Maman, par pitié, sors de cette léthargie, reprends conscience. Ressaisis-toi. Redeviens celle que tu as toujours été, la plus merveilleuse des mères. Je suis ta fille, j'ai besoin de toi. Notre maison a besoin de toi ! Carolyn Demester attend ton retour avec impatience.

Grand-mère a pris les choses en main, comme tu le craignais. Rentre à la maison, notre maison. Réveille-toi, vite. Carolyn, ses filles, moi, nous avons besoin de ta présence parmi nous.

Ainsi continuai-je à prononcer des paroles qui résonnaient creux dans le silence maternel, insignifiantes comme des bouffées de fumée. Quand j'eus la gorge sèche, je baisai ses joues, ses paupières. Celles-ci palpitèrent, se détendirent. Je recommençai. Pour la première fois depuis mon arrivée, je sentis renaître en moi une lueur d'espoir.

Mme Fogelman s'était approchée, sans faire le moindre bruit.

— Votre mère semble plus calme, dit-elle. A-t-elle réagi, si peu que ce soit, à vos paroles ?

Je secouai la tête.

— Votre père viendra-t-il ?

Je dévisageai cette inconnue, me mordis les lèvres. Comment trouvai-je la force de sourire ?

— Il est très occupé. Dès qu'il trouvera un moment de libre, il se précipitera auprès d'elle, je n'en doute pas. L'infirmière garda le silence. Ses yeux exploraient mon visage avec curiosité. Avait-elle perçu mon mensonge ? Était-elle touchée par mes larmes ?

Je battis des cils, recomposai une figure accessible à la raison. Après un dernier regard jeté sur ma mère, je pris la fuite.

Absorbé par sa lecture, Clarence ne se rendit compte de ma présence que lorsque j'ouvris la portière. Dans les toilettes du rez-de-chaussée, j'avais procédé à un « ravalement » vite fait bien fait, mais rien ne pouvait lui dissimuler mes yeux rouges, gonflés.

— Comment va-t-elle ?

— Son état a empiré. Elle a sombré dans le coma.

J'enregistrai chez lui une sincère appréhension.

— Ce n'est pas possible, murmura-t-il. Que t'ont dit les médecins ?

— Je n'ai vu que l'infirmière en chef. Elle m'a débité le laïus habituel dans ces circonstances. Soyez sans inquiétude ; demain, après-demain, elle sortira de son coma. Cela revient à dire, faites comme s'il n'était rien arrivé. Vivez, n'y pensez pas. Jouez la comédie, récitez votre texte, restez sous les feux de la rampe. Ainsi aveuglée, vous ne verrez pas le public. Vous êtes jeune, la vie vous tend les bras.

Je mis le contact.

Clarence lança un juron retentissant.

Je le déposai devant sa villa.

— Que comptes-tu faire ? répéta-t-il pour la centième fois.

— Je n'en sais encore rien, répondis-je.

Il insistait pour savoir si j'allais mettre mon père en face de son indignité.

— Que ferais-tu à ma place ?

Après un long silence, mon ami haussa les épaules.

— Tout d'abord, compte tenu de son attitude ces derniers mois, cette indifférence croissante dont tu parlais, alors que sa femme était enceinte, une grossesse difficile de surcroît, j'aurais peut-être deviné la vérité. En tout cas, je ne serais pas tombé des nues en découvrant ses relations avec une jolie blonde. Mine de rien, tu conserves des illusions que j'ai perdues depuis longtemps.

Il ébaucha un sourire.

— Normal, je suis un garçon. Quelle que soit ta décision, tiens-moi au courant. Tu es dans une situation affreuse. Je veux t'aider, dans la mesure du possible.

— Merci, Clarence.

— Rendez-vous demain, vers minuit, avec les esprits du grenier ?

Je lui rendis son sourire.

— Pourquoi pas ? Nous en reparlerons en classe.

— Je t'appelle plus tard.

Nouveau baiser sur la joue gauche. J'attendis qu'il fût devant sa porte pour démarrer. Comme prévu, il m'adressa un dernier signe. Ma colère s'était muée en un dangereux sentiment de détresse. Ce n'était pas le moment de fléchir. Je devais récupérer la force dont j'aurais besoin pour faire face à mes ennemis. Je conduisais à l'aveuglette ; la voiture, sans doute, connaissait le chemin par cœur. Entre deux battements de cils, je me retrouvai en train de gravir l'allée qui conduisait vers l'arrière de la maison.

Celle-ci ne m'était jamais apparue sous un aspect aussi sombre et solitaire. Avant de rentrer, une première tâche m'attendait. J'allai me recueillir sur les vieilles tombes aux stèles rongées par le lichen sous lesquelles reposait la famille Demerest. Combien d'heures avions-nous passées sur cette éminence gazonnée, Maman et moi ? Nous leur parlions, certaines d'être entendues, sans espoir de réponse, ainsi que je l'avais longuement fait tout à l'heure. Le vent redoublait d'ardeur, le ciel noir fomentait une bourrasque. Insensible au froid, je sentais la rage bouillonner en moi. Rage salutaire, libératrice. Jusqu'à présent, sans être du côté de Jason, j'avais toujours rechigné à comprendre la terrible vengeance de Médée, tueuse d'enfants. C'était chose faite. J'avais changé de camp.

Cherchant du regard une branche morte, je m'en saisis pour creuser un trou dans la terre. Je fouissais, fouissais, comme à l'affût d'un trésor. L'épuisement mit un terme à cette violence. Le trou, du reste, était assez profond.

Après avoir dévissé le fermoir du collier porte-bonheur, cadeau de mon père pour mes seize ans, je jetai le bijou dans la fosse et le recouvris.

Je n'aurais pas ressenti autre chose si j'avais enterré M. Taylor Carlson lui-même.

Je n'avais plus de père.

La branche morte fut plantée à l'emplacement du collier enseveli. Qu'elle soit mon étendard, celui de la guerre sans merci déclarée entre moi et les deux habitants de la maison, la mère et le fils, liés par un pacte de trahison envers moi et celle qui s'était retranchée du monde, ma pauvre Maman.

5

LES SURPRISES DE L'AMOUR

Le silence le fit l'effet d'une marque d'hostilité supplémentaire. La voiture de Grand-mère confirmait sa présence, pourtant nul bruit ne provenait de la cuisine ou du salon. Au lit, à cette heure ? Ce n'était pas dans ses habitudes. Je montai directement dans ma chambre, actionnai la poignée. Sans aucun résultat. Alors, je regardai, et je vis. Une serrure avait été installée à l'extérieur. Ma chambre était fermée à clé.

La stupeur m'arracha une exclamation. Tel saint Thomas, je dus toucher l'objet pour me convaincre de sa réalité.

Puis je redescendis. Sans hésiter, j'entrai dans le salon.

La vieille dame se trouvait là, assise sur le canapé, dans une attitude qui tenait de la dignité et de la provocation. Ayant pris possession des lieux, elle tenait à le manifester. La télévision était éteinte. Grand-maman Beverly jouissait de la situation. Elle m'attendait.

— Pourquoi cette serrure sur ma porte ? questionnai-je d'une voix blanche.

Le regard dont elle enveloppa sa victime l'aurait réduite en poussière s'il en avait eu le pouvoir. Ses yeux lançaient feu et flamme.

— Où as-tu passé la journée, peut-on le savoir ? Inutile de me servir le couplet de la fille désespérée clouée au chevet de sa mère. Tu n'étais pas à la clinique. Qu'as-tu fait, depuis ton départ en catastrophe, ce matin ?

Je restai sur le seuil, la main cramponnée au bouton de porte, prête à m'effondrer, prête à me jeter sur elle, prête à commettre un malheur.

— En quoi mon emploi du temps te concerne-t-il, pauvre toquée ? De quel droit as-tu fait poser cette serrure ?

Avait-elle conscience de l'état dans lequel je me trouvais ? Ma voix trahissait-elle le désespoir, l'émotion, la colère ? Étais-je parvenue à la maîtriser, comme je l'aurais souhaité ?

— Pour répondre à ta première question, sache que j'ai reçu un appel du lycée. Un professeur s'inquiétait de ton absence et voulait savoir pourquoi tu n'avais pas assisté à son cours.

Miss Hamilton, pensai-je. Toujours débordante de bonnes intentions malencontreuses.

— Peux-tu imaginer mon embarras lorsque j'informai cette personne que tu n'étais pas à la maison. Je fus contrainte d'avouer la triste vérité : ma petite fille avait quitté son domicile sans daigner informer sa grand-mère de ses intentions. Quelle humiliation, pour moi.

Après un silence, alors que j'attendais toujours la réponse à ma seconde question, elle ajouta :

— J'ai téléphoné à ton père, naturellement. Il le fallait bien.

Cette fois, elle passait les bornes. Adossée au chambranle, je croisai les bras.

— Tu as téléphoné à ton fils pour l'informer de la disparition de la petite Cinnamon, sa fille unique. Quelle angoisse, j'en suis sûre, pour le cher homme par ailleurs accablé de soucis professionnels.

— Heureusement pour toi, je n'ai pas pu le joindre.

— Quelle surprise ! Que t'a dit la secrétaire ? M. Carlson reçoit un client, il est en rendez-vous à l'extérieur ? Je serais curieuse de le savoir.

— Inutile de changer de sujet. Où en étions-nous ?

— À cette serrure que tu as fait installer sur ma porte, rétorquai-je. As-tu perdu la tête pour de bon ?

— Cette serrure, justement. Elle est là pour t'empêcher d'agir à ta guise dès que tu mets le pied dans cette maison, comme de te soustraire à toute conversation sérieuse en te claquemurant dans ton réduit. Inaccessible à tous, n'est-ce pas ? À l'exception de ta mère. Tu rentres, tu cours dans ta chambre, tu verrouilles ta porte. Ce soir, il en sera autrement. J'ouvrirai dès que tu auras répondu à cette simple question. Pourquoi n'es-tu pas allée au lycée ? Où étais-tu ?

— Quel culot inouï ! Te rends-tu compte de ce que tu as fait ? M'interdire l'accès de ma propre chambre ?

— Jusqu'au retour de ta mère, c'est à moi que tu rendras des comptes. Tu es encore mineure, que je sache, et ton père est trop occupé, trop assailli de problèmes divers, surtout en ce moment, pour assumer cette responsabilité supplémentaire.

J'acquiesçai, sans même un ricanement.

— Des occupations, il en a plein les bras, en effet. Au point de ne pas trouver un instant pour passer à la clinique où sa femme est tombée dans le coma. Même l'infirmière en chef était stupéfaite de son absence.

Comme je m'y attendais, cette dernière remarque fit passer un nuage de contrariété sur le visage de l'aïeule. Le souci du qu'en-dira-t-on était tellement plus important à ses yeux que la santé de sa belle-fille. Taylor en serait quitte pour une explication.

— Les épouses et les filles ne peuvent exiger du chef de famille qu'il soit sans cesse à leur disposition. Chaque jour, il doit se mesurer à l'hostilité du monde pour gagner notre pain quotidien, faire en sorte que nous vivions dans les meilleures conditions. À ton avis, qui a payé l'hypothèque qui grevait cette misérable relique ? Qui te nourrit ? Qui paye l'essence sans laquelle tu ne pourrais t'offrir des balades en voiture au lieu d'assister à tes cours ? Ce véhicule lui-même, qui te l'a donné ?

— Je m'en fous ! hurlai-je, les mains plaquées sur mes oreilles. Gardez votre sale fric, reprenez tout !

Je m'esquivai, comme toujours, face à elle. La serrure résista à toutes mes tentatives pour l'arracher. J'aurais pu me mettre en quête d'un tournevis, je n'y songeai même pas. Trop fatigant, d'ailleurs ; l'opération aurait demandé plus d'une heure. Jamais je n'aurais imaginé que Grand-mère en vînt à une pareille extrémité. La méchanceté stimule-t-elle l'imagination ? Clarence avait raison, je n'étais qu'une oiselle qui s'entretenait de douces illusions. Je ne savais rien de la vie.

Ultime recours, le grenier. Pelotonnée sur le canapé, un vieux kilim remonté jusqu'au menton, je fermai les yeux. Les battements de mon cœur retrouvèrent un rythme normal. Les émotions accumulées au cours de cette folle journée m'avaient anéantie. J'étais comme vidée de toute substance. Peu après, je sombrai dans le sommeil.

Plusieurs heures s'écoulèrent. Puis j'entendis quelqu'un prononcer mon nom. Une voix intérieure, pensai-je tout d'abord. Ton rêve, répercuté par tous les échos du grenier. Une main me secoua l'épaule.

Je m'éveillai pour voir, penché sur moi, le visage de Taylor Carlson, père et mari infidèle.

— Cinnamon, que fais-tu là, en pleine nuit ? Que s'est-il encore passé ?

Il venait si peu souvent dans le grenier que sa présence en ce lieu avait tout d'une apparition.

Je le dévisageai, silencieuse. Qu'il était loin, le temps où je pensais « on ne peut souhaiter papa plus beau, plus intelligent, plus génial que le mien ». L'illusion, cette fois, fut de courte durée. La séduction, intacte, était devenue le masque d'un homme capable du péché le plus vulgaire, le plus banal : l'adultère. Faute aggravée par l'état de son épouse. Au fil des ans, les câlins s'étaient faits plus rares, les étreintes moins chaleureuses. Ses paroles ne produisaient plus l'effet magique dont s'était bercée mon enfance. Il oubliait la plupart de ses promesses. Mots écrits sur du sable, effacés par le vent mauvais. Mon père, ce héros au sourire si doux, s'était transformé en M. Tout-le-monde.

Très vite, je retrouvai mes esprits.

— À quoi bon me poser une question dont tu connais la réponse ?

— Grand-mère m'a informé de ton absence au lycée. Où as-tu passé la journée ?

— Revenons-en à cette serrure.

— Je l'ai enlevée. À présent, me diras-tu où tu étais ? Que t'arrive-t-il, Cinnamon ?

Ma mère avait sombré dans le coma et son mari, mon géniteur, s'interrogeait sur les raisons de mon « égarement ».

Je fixai sur lui des yeux pénétrants, furieux, désespérément tristes. Les mots se bousculaient, prêts à jaillir, à se jeter sur lui comme autant de flèches empoisonnées. Je n'en prononçai aucun, de peur d'être blessée par la même occasion. En face de lui, je n'étais plus aussi forte que je l'avais espéré. La raison s'interposait. En dépit de sa lâcheté, de son désamour effarant vis-à-vis d'une épouse de quarante-deux ans, la perspective de notre vie commune après le grand déballage m'effrayait.

— Tu ne te sens pas bien ? demanda-t-il.

Pour quelle raison me sentirais-je « bien », comme tu dis ?

— Il aurait peut-être suffi d'en parler avec Grand-maman.

— Je n'ai rien à confier à une personne qui m'interdit l'accès de ma chambre.

— Oublie cet incident. Où as-tu passé la journée ? répéta-t-il.

— Maman est entrée dans le coma, tu le savais ?

Le ton montait, je devenais moins raisonnable.

Il ferma les yeux comme sous l'effet d'une douleur poignante. Cette mimique absurde, digne d'un acteur de troisième zone, aurait dû me le rendre odieux.

— Oui, je sais. Je me suis rendu à la clinique en sortant du bureau. Je me suis entretenu avec le médecin ; il se montre optimiste. Un léger coma temporaire, assure-t-il. Les fonctions végétatives sont intactes ; la sensibilité elle-même n'est pas entièrement effacée. Elle peut en sortir d'un instant à l'autre et retrouver du même coup toute sa raison.

— En vérité ?

— C'est l'avis du médecin. Pourquoi se montrer plus pessimiste que lui ? Pour ma part, je n'en ai aucune envie. Où as-tu passé la journée, Cinnamon ?

— J'avais besoin de solitude avant de retrouver Maman. Je suis demeurée longtemps auprès d'elle, à lui parler. L'infirmière en chef et moi attendions ton arrivée.

— Nous traversons une période très difficile, Cinnamon. Tu n'es pas la seule à le ressentir. Ta mère a besoin de notre courage et de notre solidarité. Le moment est mal choisi pour semer la zizanie dans cette maison.

Paroles hallucinantes. J'en demeurai bouche bée. Ainsi, c'était moi la coupable. J'évitai de le regarder, de peur de revenir sur la décision prise à grand-peine. Les yeux baissés sur le plancher, je captais les éclats de rire des dames Demerest. Le numéro leur était peut-être familier, elles se payaient sa tête. Je ne pus réprimer un sourire. Rien de tel pour réveiller la colère du vrai coupable.

— Tu trouves ça drôle ? s'emporta mon père. Cinnamon, si tu ne t'amendes pas très vite, je prendrai rendez-vous pour toi chez un psychiatre. Ton comportement devient absurde, intolérable.

Cette menace déclencha chez moi un véritable fou rire. Impossible de le retenir. Mon père enrageait.

— Fais-moi le plaisir de retourner dans ta chambre. Et tâche d'être au lycée demain matin. Dans le cas contraire, je confisque ta voiture. Je suis sérieux.

— Est-il vrai que la maison était hypothéquée? demandai-je. Qui a remboursé le prêt? Qui paye la nourriture, l'essence, et tout le saint-frusquin?

L'expression de son visage changea du tout au tout. La colère avait cédé à la stupeur, à l'inquiétude.

— Où es-tu allée chercher tout ça? Au lit, Cinnamon.

Il tourna les talons et sortit en toute hâte.

Cet homme a peur de toi, pensai-je. Taylor Carlson a peur de sa fille. Révélation à demi rassurante. Taylor Carlson était capable de prendre une décision irréfléchie. J'étais encore mineure, comme le serinait la vieille.

L'espace d'un instant, je demeurai paisiblement assise sous mon vieux kilim. Les parois bruissaient de murmures. Ces voix venues d'outre-tombe me réconfortaient. Un siècle auparavant, les femmes du clan Demester se réfugiaient dans le grenier pour échapper à la monotonie de l'existence; à ses coups durs, aussi. Au fond, rien n'avait vraiment changé.

Il avait bien ôté la serrure mais l'empreinte demeurait, symptôme indélébile de la malignité de ma grand-mère et de son pouvoir récemment acquis. Le lendemain, ses marmottements exaspérés perturbèrent le déroulement normal de mon petit-déjeuner comme les harcèlements d'une guêpe. Elle poussa le zèle jusqu'à me suivre sur le perron depuis lequel furent lancés d'ultimes anathèmes. Mon égoïsme forcené aggravait les difficultés que connaissait notre malheureuse famille.

— D'autres que toi subissent l'acharnement du mauvais sort. Songe à ton père, sur lequel s'accumulent tous les fardeaux et toutes les peines. Les jeunes gens d'aujourd'hui ne pensent qu'à eux, je le sais. Petites créatures introverties, uniquement soucieuses d'elles-mêmes, on ne peut rien leur demander. Tu es intelligente, pourtant. J'attendais de ta part une autre réaction.

Mise à très rude épreuve, ma patience avait tout supporté. Au dernier moment, je ne pus résister au plaisir de décocher ma flèche du Parthe :

— Si quelqu'un fait preuve d'égoïsme dans cette maison, ce n'est pas moi, loin de là ! Tu devrais mieux surveiller ton fils, Grand-mère, c'est le conseil d'une petite créature introvertie.

Sous les sourcils froncés, son regard se fit venimeux. Je venais d'enfreindre un tabou.

— Petite peste ! Qu'est-ce que cela signifie ? Explique-toi ?

Je filai en direction de la voiture.

— Pose-lui la question ! lançai-je par-dessus mon épaule.

Mes insinuations lui donneraient du grain à moudre pour toute la journée.

Clarence m'attendait au vestiaire. À l'instant même, je sus qu'il n'était pas dans son assiette.

— Ils ont appelé ma mère à son bureau pour lui signaler mon absence, annonça-t-il. Elle n'a pas manqué de prévenir mon père. La sanction est tombée pendant le repas du soir : un mois de punition, interdiction de sortir pendant les week-ends.

— Grand Dieu ! Mille regrets de t'avoir entraîné dans cette aventure. Comment deviner que nos chers parents se souciaient de nous à ce point ?

Son sourire en coin me rassura.

— Tiens-toi prête à assumer le rôle de vedette, une fois de plus. Ma sœur m'a déjà prévenu, nos noms sont sur toutes les lèvres.

Je glissai mon bras sous le sien et l'entraînai.

— Dans ce cas, donnons-leur de quoi cancaner pour de bon.

Tout d'abord surpris par un geste d'intimité que je n'avais jamais eu, il comprit, acquiesça d'un sourire.

Allons-y ! À la guerre comme à la guerre.

Nous étions, de fait, la cible de tous les regards, l'objet de toutes les messes basses. Les langues allaient bon train, les imaginations se déliaient, en mal de perversité. D'une certaine façon, ces êtres frustes et frustrés devaient être reconnaissants aux deux moutons noirs de la classe de mettre un peu de piment dans la morne routine universitaire.

Notre manège embarrassait Clarence, je m'en rendis compte à sa pâleur singulière, alors que s'empourpraient les lobes de ses oreilles. Il était aussi enclin, dans sa gêne, à garder les yeux baissés.

Aucune des filles n'eut le front de m'aborder, fût-ce pour me demander des nouvelles de ma mère. Même les géantes, les athlètes, les poids lourds capables de m'expédier au tapis d'une chiquenaude, toutes esquivaient la confrontation avec l'œil du Malin, ainsi qu'elles appelaient à mi-voix mon regard couleur de nuit, regard d'abîme qu'aucune ne pouvait soutenir longtemps. Moins inhibés, ou moins superstitieux, les garçons n'hésitaient pas à tarabuster Clarence. Eddie Morris, en particulier, grand asticoteur devant l'éternel, lui lança, assez fort pour que tout le monde puisse en profiter, moi la première :

— Comment fait-on pour tenir le rythme avec elle, vieux ? Tu te shootes au Viagra ?

Pendant la pause du déjeuner, Eddie et ses comparses firent bande autour de Clarence. Ils l'assaillaient de questions concernant nos soi-disant relations intimes. J'arrivai en retard pour lui porter secours, retenue par Miss Hamilton. Elle m'avait abordée dans le couloir pour me fourrer d'office entre les mains le scénario de la pièce que les élèves devaient interpréter à l'occasion de la fête de fin d'année.

— Le premier rôle féminin semble écrit pour vous, dit-elle avec élan. Ne refusez pas, Cinnamon, ne protestez pas. Prenez au moins le temps de lire ce texte, de réfléchir au personnage.

Cette femme me voulait du bien, ce n'était pas si fréquent. À quoi bon la contrarier ? J'acquiesçai donc et rangeai son fichu scénario dans ma sacoche.

Quand je poussai la porte du réfectoire, aussitôt je remarquai la posture délicate dans laquelle se trouvait Clarence, acculé contre le mur, incapable de se frayer un passage entre ses ennemis. Eddie en était même venu aux mains, il ne cessait de lui donner des bourrades dans l'épaule et ses questions s'entendaient de loin. Celle-ci, par exemple :

— Va-t-elle jusqu'à se peindre en noir le bout des nichons ?

Clarence m'aperçut à la seconde où j'entrai. Son poing se ferma. Eddie Morris reçut un crochet à la mâchoire. La surprise, plus que la violence du coup, l'expédia les quatre fers en l'air, livres et cahiers répandus sur le sol autour de lui. Déconcertés, les autres reculèrent. M. Jacobs, le prof chargé ce jour-là de veiller à la discipline du repas, s'élança pour s'interposer entre Clarence et sa victime qui se relevait, rouge de colère, prête à montrer « de quoi Eddie Morris était capable ».

Saisis par le col de leur veste, les deux trublions furent traînés vers la sortie pour comparaître devant le proviseur.

Clarence me frôla au passage. J'eus le temps d'enregistrer l'expression de son visage, outrecuidante, ravie.

— J'ai réagi sous l'influence des esprits, chuchota-t-il.

Je souris. Un sillage de silence m'accompagna jusqu'à la table. Tous s'écartaient sur mon passage, y compris les garçons. À son retour, Clarence me rejoignit. Il en était quitte pour une sévère admonestation et deux jours de retenue. Reconnu coupable de harcèlement et de provocation Eddie Morris n'était pas épargné. Un jour de colle, avertissement à la famille.

— Mes parents recevront un courrier, eux aussi. Précaution inutile : ma sœur, la maudite cafteuse, se fera un plaisir de raconter mes exploits dès ce soir, à la table familiale. À moins que mon père et ma mère ne nous fassent la grâce d'être absents, retenus chacun de leur côté par quelque obligation professionnelle.

Les choses se passèrent exactement comme il l'avait espéré. Mon cher camarade prit la peine de m'appeler en début de soirée pour m'annoncer la bonne nouvelle et le dépit de sa sœur. Enfin, à ma grande surprise, il me rappela ma promesse d'une visite au grenier avec émotions fortes garanties et demanda s'il pouvait faire un saut le soir même.

— Ne m'avais-tu pas dit que tu étais privé de sortie ?

— Je leur dirai que nous avions une épreuve de maths à préparer ensemble. J'inventerai n'importe quoi, toutes les excuses leur sont bonnes. Après un silence, sur un ton badin qui ne pouvait tromper sa meilleure amie, il ajouta : L'harmonie de notre famille est fondée sur une accumulation de craques et de faux-semblants dont personne n'est dupe.

— Passe quand tu voudras, répliquai-je.

Ce soir, pour la première fois depuis le départ de ma mère, je fis l'effort de dîner en compagnie de Grand-maman. J'avais appelé l'hôpital, bien sûr, et cette entorse à la règle que je m'étais imposée d'abandonner l'aïeule à sa solitude venait de l'immense soulagement ressenti en apprenant que Maman avait enfin émergé de son coma. Elle avait regagné sa chambre. Suivant les conseils du médecin qui recommandait vingt-quatre heures de repos complet, je m'étais fait violence, je n'avais pas rendu à ma mère ma visite quotidienne.

Les paroles du médecin, le ton employé, incitaient à l'optimisme. Je me sentais d'humeur assez légère pour supporter avec indulgence les inévitables sermons qui me seraient servis avec la soupe. J'entrevoyais la fin du tunnel. L'ouragan de folie qui s'était abattu sur nous s'éloignait.

Quant à l'autre affaire, celle de mon père et sa blonde style Cinquième Avenue, elle prendrait fin en temps et en heure. Aucune solution ne se présentait dans l'immédiat, je ne pouvais qu'espérer en une issue spontanée : Taylor Carlson y mettrait fin de lui-même. Ou sa maîtresse se lasserait de lui. Bizarre, susurrait la petite voix intérieure, les effets lénifiants produits par une bonne nouvelle, même sur les esprits d'ordinaire les plus lucides. Tout finirait par s'arranger, pensai-je. Je le désirais tant. Ma mère allait beaucoup mieux et moi, je retombais en enfance.

À huit heures précises, la porte d'entrée carillonna. Je me précipitai en bas pour être certaine de précéder Grand-maman Beverly. Mon père avait appelé pour avertir qu'il rentrerait tard, retenu en ville par l'inexorable rendez-vous ou réunion essentiel à la bonne marche de son agence. Impossible de s'y soustraire, comme d'habitude. Jusqu'à quand sa propre mère avalerait-elle ces fariboles ? me demandais-je quelquefois. Ou bien, soupçon terrible, était-elle déjà la complice et la confidente de cet adultère ?

— Salut !

Clarence se tenait sur le seuil, l'air intimidé, presque craintif. Pourquoi ? Je n'étais tout de même pas la première fille chez laquelle ce Don Juan s'introduisait après le coucher du soleil ?

Après s'être retourné, comme pour s'assurer que personne ne l'avait suivi (qui donc ?), il daigna sourire et pénétrer dans le vestibule d'une demeure à la réputation si controversée. Ainsi qu'ils l'avaient fait à New York, ses yeux vifs voletèrent partout à la fois. Son regard absorbait les moindres détails.

— Ces deux rectangles plus pâles, sur le mur, marquent l'emplacement des toiles favorites de ma mère, achetées en Louisiane. Trop funèbres pour la vieille. Elle a décidé de les remplacer au plus vite par quelque chose de plus guilleret. Dès que Maman sera de retour, nous remettrons tout en place, naturellement.

Il se figea. Sortie de la cuisine, Grand-maman venait d'apparaître dans le vestibule. Qui était ce visiteur inattendu ? À peine eut-elle examiné Clarence que son regard exprima la plus froide désapprobation. Mon camarade, en effet, avait conservé sa tenue d'intérieur, blouson avachi, jeans lacérés ici et là. Sur son T-shirt, un portrait de Jean Sébastien Bach sous lequel était écrit : *Fugue me*[1].

— Qui est cet individu ? demanda-t-elle.

La question était soulignée d'une moue méprisante. Je fus à deux doigts de perdre mon calme.

— Clarence Baron, un des meilleurs élèves de la classe. Nous devons présenter demain un exposé sur les sciences sociales. Il est venu afin que nous y apportions la dernière touche. Y vois-tu un inconvénient ?

— Pourquoi ne pas me l'avoir demandé plus tôt ?

— Il ne m'est pas venu à l'esprit que tu puisses blâmer une séance de travail, répliquai-je sur le ton le plus suave. Sans doute le nom du père de Clarence ne t'est-il pas inconnu. Michael Baron dirige le cabinet de conseils juridiques le plus coté de la région.

1. Dans le jargon des psychiatres, la fugue est une amnésie passagère due à une commotion cérébrale ou à des troubles mentaux. Ici, c'est également un jeu de mots avec les plus célèbres morceaux de Jean Sébastien Bach. En français, sous son portrait, peut-être aurait-on écrit : Je suis un fugueur. *(N.d.T.)*

Rejetant la tête en arrière, elle considéra le suspect d'un œil moins hostile, plus minutieux, comme si elle hésitait à l'intégrer dans la distribution de son prochain spectacle.

— Tâchez de ne pas rester trop longtemps, lança-t-elle, menaçante, avant de tourner les talons.

Quand se fut refermée la porte de la cuisine, je branlai du chef à l'intention de Clarence.

— Comprends-tu à présent pourquoi elle a servi de modèle au personnage de Freddy dans *Les Griffes de la nuit*[1] ?

Il partit d'un rire étouffé. Bras dessus, bras dessous, nous gravîmes l'escalier.

— Vite, conseillai-je, avant qu'elle ne se ravise et ne décide de te faire une prise de sang pour savoir si tu es vraiment digne d'entrer sous son toit.

Sans passer par ma chambre, halte inutile et dangereuse, je l'entraînai jusqu'au grenier. Il attendit, tandis que j'allumai quelques bâtons d'encens. À nouveau, à la lueur parcimonieuse des lampes que ma mère et moi avions habilement disposées, son œil fureteur explorait ce territoire inconnu. Comme je me retournai vers lui, toujours immobile sur le seuil, je crus déceler dans son attitude un peu d'appréhension.

— Pas de panique. Tu ne risques rien. Il n'y a pas d'ennemi dans cette pièce.

— J'en suis sûr, murmura-t-il avec l'air d'en douter.

— Ma mère et moi avons passé ici les heures les plus paisibles, les plus agréables de notre existence dans cette maison.

Nous prîmes place sur le vieux canapé. Je lui montrai la collection de photos. Je déclinai le nom – réel ou

1. Freddy est le célèbre personnage d'une série de films d'horreur grand public ; dans *Les Griffes de la nuit*, il incarne un tueur armé de redoutables griffes. *(N.d.T.)*

inventé par nos soins – de chacun des membres de la famille Demester, assorti d'une anecdote, fausse la plupart du temps.

— Ils sont enterrés derrière la maison, sur une petite colline, précisai-je. Voici ma favorite, Belva, la benjamine des filles de Abraham et Carolyn.

Clarence me prit la photo des mains, scruta le pâle visage presque indiscernable dont on remarquait encore les yeux immenses.

— Quelle tristesse, pour une fille de cet âge, fit-il observer comme nous l'avions fait nous-mêmes en découvrant pour la première fois la physionomie si jeune et si lointaine de Belva.

— Non sans raison, assurai-je. Elle était éprise d'un fringant officier du régiment de son père, le capitaine Lance Arnold. Sentiment payé de retour, bien qu'elle n'eût encore que treize ans à l'époque.

— Treize ans, les filles étaient précoces en ce temps-là.

— À leur corps défendant, le plus souvent. Certaines se trouvaient fiancées ou même mariées avant leur dix-huitième anniversaire avec un homme qu'elles n'avaient pas choisi ou connaissaient à peine.

— Et lui, ce Lance Arnold, quel âge avait-il ?

— Vingt-trois ans. Le capitaine Arnold fit à Belva une cour assidue, obtint enfin le consentement du père. À quinze ans, la benjamine avait la bague au doigt. Moins d'un an plus tard, elle se trouvait enceinte. La mère et l'enfant devaient succomber pendant l'accouchement. Je te passe les détails, ce fut atroce. La correspondance retrouvée en témoigne. Fou de chagrin, Arnold se donna la mort peu après.

— Tu inventes toutes ces horreurs, n'est-ce pas ? Tu me fais marcher ?

Une larme brûlante se forma à la commissure de mon œil. Je la fis disparaître d'un geste discret. Je secouai la tête et repris la photo que je contemplai longuement.

— Elle n'était pas dépourvue d'un certain talent. Notre malle aux trésors contenait quelques poèmes bien tournés, très délicats où elle se lamente de la brièveté de toute beauté ici-bas. Cette gamine devait avoir une sensibilité à fleur de peau. Elle passait son temps à errer dans les champs et dans les bois, elle parlait aux animaux.

Les yeux fermés, je récitai de mémoire :

— *Derrière mes paupières survit la couleur des roses fanées depuis longtemps. Leur parfum s'attarde en moi. Au plus profond de mon sommeil, les fleurs renaissent et s'épanouissent dans toute leur splendeur.*

Je laissai s'échapper un profond soupir. Puis je regardai l'effet produit sur Clarence. Il semblait ému, sincèrement. Ses yeux brillaient de larmes contenues.

— Parfois, dans les moments de cafard, je sens sa présence à mes côtés. Elle est là, elle compatit. Si je ferme les yeux très fort, ses doigts effleurent les miens. Ils sont si fragiles.

Je posai ma main sur la sienne. Il eut un mouvement de recul immédiat.

— Encore une de tes blagues ?

— Pas du tout. Si tu es très attentif, toi aussi tu sentiras l'amour et l'énergie que ces femmes ont déposés à l'endroit où nous sommes. Il n'est rien de plus bouleversant que de capter ces ondes innocentes venues de si loin. Allons, ne crains rien. Ferme les yeux, détends-toi. Fais le vide dans ton esprit. Ne crains rien, répétai-je.

Derechef, je lui pris la main. Cette fois, il la conserva dans la sienne et la serra.

— Belva, murmurai-je.

Je me penchai et, vivement, lui baisai la joue. Il sursauta comme s'il avait été piqué par un insecte.

— Tu vas un peu vite en besogne, non ?

Je haussai les épaules.

— C'est la faute de Belva. Elle prend doucement possession de moi, elle me dicte ma conduite. Depuis que nous habitons cette demeure, en dehors des visites éclair de mon père, tu dois être le premier visiteur masculin. Tu es jeune, pas trop mal fait de ta personne. Belva te confond avec son bel officier quand ils ont pris conscience de leurs sentiments réciproques. Elle est heureuse. Ainsi s'explique ce mouvement audacieux. De ton côté, tu ne ressens donc rien ?

— Quoi, par exemple ?

— Une chaleur insolite, pas désagréable. Regarde-moi. Que vois-tu ? Regarde-moi dans les yeux, dans le fond des yeux.

Il opina.

— Mmmm. Je commence à comprendre.

Rien n'était moins sûr, mais je me gardai de le contredire. Dans mon esprit, depuis quelques instants, le sort en était jeté.

Je posai mes lèvres sur les siennes. Sa bouche resta close, certaines réticences l'empêchaient encore de profiter de la situation. Il se rapprocha, cependant, m'enlaça très fort.

Après quelques instants, je reculai afin de déboutonner mon corsage. Clarence se pencha sur moi. L'expression de son visage, à la fois stupéfaite, empreinte de concupiscence, aurait sans doute choqué le capitaine Arnold. Clarence n'était pas hanté mais pressé d'arriver à ses fins avec une camarade de classe qui lui tombait toute cuite dans le bec. Pourquoi avais-je provoqué cette situation ? Il n'était plus temps de me poser la question. Je passai mes bras autour de lui et me cramponnai avec l'exaltation d'une noyée qui s'accroche au premier brin de paille. Sans plus de vergogne, il se coucha sur moi. Nous échangeâmes de longs baisers.

Je me redressai afin d'ôter mon chemisier. Comme par hasard, ce soir-là, je ne portais pas de soutien-gorge. Il ne put réprimer une exclamation flatteuse.

— Sapristi, tu es sacrément bien roulée, Cinnamon.

Je n'ai jamais voulu te l'avouer jusqu'à présent, mais ta beauté m'a frappé dès le premier jour.

— Ainsi le capitaine Arnold faisait-il sa cour à la jeune Belva. Leur passion ressuscite à travers nous. Tâchons de ne pas les décevoir. Que cette nuit d'amour reste en nous à jamais comme le plus précieux des secrets. Qu'il arrive malheur à celui de nous deux qui l'oubliera.

Clarence n'y voyait pas d'inconvénient. Quelques instants plus tard, tous deux dévêtus, nous procédâmes aux étreintes habituelles. Baisers, caresses, le rituel d'usage. Soudain, mon compagnon sembla retrouver un peu le sens des réalités.

— Je ne voudrais pas t'attirer d'ennuis, déclara-t-il. Il me semble entendre les avertissements de Miss Miller concernant la sexualité sans danger. À vrai dire, je n'avais pas prévu que la situation prendrait cette tournure.

Je lui adressai mon plus gracieux sourire.

— Ces considérations vous honorent, monsieur. Vous êtes le plus galant des amants. Ainsi répondait Belva quand Arnold tentait de mettre un frein à ses ardeurs juvéniles.

Clarence, l'air déconfit, se tenait agenouillé devant le sofa.

— Je donnerais tout l'or du monde pour faire l'amour avec toi, Cinnamon.

— Je vous crois sur parole, capitaine, mais vous avez raison. Soyons vigilants !

Il pouffa de rire.

— Ne bouge pas d'ici, murmurai-je, il me vient une idée.

Je me levai. Entortillée dans le kilim, je quittai le grenier non sans lui recommander de ne toucher à rien et de garder le silence. Il fit voler son blouson sur ses épaules. Simple réflexe de pudeur ?

Sur la pointe des pieds, je descendis la volée de marches, franchis la courte distance pour atteindre la chambre de mes parents. J'avais depuis belle lurette découvert l'endroit où mon père cachait ses préservatifs. Ils y étaient encore. Prompte comme l'éclair, je remontai mon larcin au grenier.

Clarence avait suivi mes consignes à la lettre. Avait-il seulement osé respirer pendant ma brève absence ? Assise devant lui, j'ouvris la main. Il écarquilla les yeux en voyant ce qu'elle contenait, prit l'objet et se tourna pour en faire l'usage prévu. Je repris place au fond du canapé. Mon compagnon s'allongea à côté de moi. Toutes ses réticences n'étaient pas dissipées.

— J'attends cet instant depuis si longtemps, souffla-t-il. J'ai l'impression de rêver.

— Je ne suis pas un pur esprit, rétorquai-je, mi-rieuse, mi-fervente.

D'une main, je pris sa nuque. Avec douceur, j'approchai son visage du mien. Baiser à couper le souffle, puis :

— Capitaine, mon capitaine rien-qu'à-moi, cap sur le septième ciel !

L'opération fut rondement menée, à la satisfaction générale. Clarence avait raison. Ces instants de volupté, ce festin jubilatoire tenaient du fantasme. Havre de réconciliation de notre vie et de nos rêves, notre longue étreinte m'apparut comme le résumé, l'aboutissement de tous les bonheurs, de tous les espoirs qu'avait accueillis ce grenier.

Le sortilège prit fin. Haletant, Clarence s'écarta de moi. Il me montra son visage transfiguré, emperlé de gouttes de sueur, trop sérieux pour les circonstances.

— Cinnamon...

Je le fis taire, d'un doigt sur les lèvres.

— Belva. Il n'y a plus de Cinnamon. Je suis Belva.

— Belva, soit. Belva, je vous aime. Je vous aime vraiment.

— J'en suis heureuse, capitaine. À présent, emmenez-moi loin d'ici. Dans quelque endroit merveilleux où n'existeraient ni la douleur, ni l'amertume, ni la trahison.

Ces paroles le ramenèrent sur terre. Il eut un sourire narquois.

— Compte sur moi.

Je me déplaçai, très peu. Il se pelotonna contre moi. Je rabattis sur nous le kilim. Le charme n'était pas encore rompu, nous avions besoin de temps. Fatale erreur, le sommeil nous engloutit.

Combien de temps s'était-il écoulé ? Les glapissements de l'aïeule firent voler en éclats cette tendre intimité. Elle se tenait à l'entrée du grenier (pour la première fois de sa vie, supposai-je), le visage révulsé sous l'effet d'une sainte horreur.

— À quelle pratique ignoble et dépravée êtes-vous en train de vous livrer ? hurla-t-elle.

Clarence frissonna comme si un séisme avait secoué la maison.

— Déguerpis ! Ce lieu m'appartient. Tu n'as rien à y faire.

— J'en étais certaine. Votre silence vous a trahis. J'ai su que vous commettiez l'acte de fornication. Chez moi, au-dessus de ma tête !

— Tu n'es pas ici chez toi ! Cette maison n'est pas la tienne. Hors d'ici !

Oublieuse de ma nudité, je bondis et lui claquai la porte au nez. Clarence se rhabillait à toute allure.

— Excuse-moi, dit-il. Je ferais aussi bien de filer. Quelle idée, aussi, de s'endormir.

— Il n'y a pas lieu de s'affoler pour si peu, répliquai-je. (Une fine blessure s'ouvrait en moi, elle avait déjà l'âcre goût de la déception.) Ma grand-mère n'a aucun droit sur moi, et surtout pas celui de m'espionner. La coupable, c'est elle.

— Tout se passera bien, tu en es sûre ?

Il nouait les lacets de ses baskets. Dans sa hâte, il se trompa de manche en enfilant son blouson.

— Injures, outrages, humiliations, j'ai l'habitude, murmurai-je. Tu peux t'enfuir sans crainte, Clarence Baron.

Nous habitons une maison de verre. Il est interdit à ses habitants de lancer des pierres.

M'écoutait-il seulement ? Il était déjà sur le palier. Comment lui en vouloir ? À mon tour, j'achevais de me vêtir pour le raccompagner jusqu'à la porte d'entrée. Il pleuvait ; la verrière abrita nos rapides adieux.

— Rendez-vous demain, au vestiaire.

— Entendu.

Je n'avais jamais vu Clarence, le nonchalant Clarence, aussi pressé. Un baiser sur la joue, hop, il était déjà loin.

Je le hélai.

— Clarence ?

— Oui ?

— Encore quelques progrès et tu feras un capitaine Arnold très convenable.

Il eut un sourire plutôt confus, un mouvement d'épaules.

— Je ferais peut-être aussi bien de prendre des cours d'art dramatique, moi aussi.

Je fis volte-face, réintégrai la maison, prête à tout. Elle guettait mon retour dans la pénombre du vestibule. Elle avança de quelques pas pour entrer dans le rayon de lumière en provenance de la cuisine dont la porte était restée entrouverte.

— Ton père saura tout dès son retour, assura-t-elle.

— Je m'en moque éperdument. Mais quand tu lui diras, demande-lui par la même occasion quel est le péché le plus grave : coucher avec son meilleur ami pour une fille de dix-sept ans, ou se rendre coupable d'adultère quand son épouse est à l'hôpital à la suite d'une fausse couche ? Demande-le-lui, n'oublie pas. Un conseil : tenez-vous à carreau tous les deux, ou la ville entière saura pourquoi Taylor Carlson rentre chez lui à minuit tous les soirs.

J'étais hors de moi. Mes paroles étaient autant de crachats que je lui lançais au visage. Elle porta les mains à son cou, réflexe habituel dans les cas d'émotion violente.

— C'est... faux... balbutia-t-elle. Une calomnie ! (Elle venait de trébucher, son rétablissement fut spectaculaire.) Et quand cela serait, ajouta-t-elle sans même reprendre son souffle, tu n'en es pas moins une mineure et de ce fait...

— Je ne suis plus une enfant ! me récriai-je. Un siècle auparavant, les filles de mon âge étaient souvent mariées et mères de famille. Je suis une femme et si j'ai grandi aussi vite, ce n'est pas la faute du temps. Le comportement ignoble des adultes qui m'entourent, ma mère mise à part, m'a donné cette lucidité précoce dont je me passerais volontiers. Vous détruisez les enfants que nous souhaiterions rester le plus longtemps possible. Tueurs d'innocence ! Je vous hais. Et vous avez l'audace d'exiger que nous devenions vos semblables. Plutôt mon grenier, mille fois, que la compagnie de monstres tels que vous, la mère et le fils. Vous me faites horreur.

Pétrifiée, elle me suivit des yeux tandis que je regagnai ma chambre. Je me sentais mieux, déjà, comme libérée d'un grand poids. Advienne que pourra, pensais-je.

Vautrée sur mon lit, j'écoutais décroître les battements précipités de mon cœur. Le visage encore farouche, je contraignis ma respiration à retrouver une cadence mesurée. Ainsi, elle savait. Complice du fiston adoré jusque dans ses sordides fredaines.

Expulser de mon esprit le désenchantement sous toutes ses formes, expédier le pathétique à tous les azimuts. Pour l'instant, je n'avais rien de mieux à faire.

Le script donné par Miss Hamilton était posé sur ma table de nuit. *Trois jours chez les vivants*, indiquait la couverture. Titre familier. Curieuse coïncidence, ma mère adorait cette pièce.

Une jeune femme reçoit les hommages d'un charmant garçon. Celui-ci n'est autre que la Mort, venue prendre un peu de bon temps parmi les vivants. Quand ses vacances terrestres s'achèvent, quand vient pour lui temps de partir, il révèle son identité à la jeune femme, pour s'entendre répondre qu'elle l'avait devinée depuis longtemps. L'Amour étant plus fort que la Mort, comme chacun le sait et peut le vérifier en regardant autour de soi, la jeune femme annonce qu'elle est prête à faire le sacrifice de sa vie pour le suivre.

Un super-mélo ?

Peut-être.

Dans l'état où je me trouvais, moi aussi, j'aurais volontiers saisi la main fatale. En avant pour la grande évasion, sans espoir de retour. Miss Hamilton avait mis dans le mille. Certes, le rôle de l'héroïne m'irait comme un gant. Ce professeur attentif avait-elle discerné en moi certaines vérités que j'aurais crues mieux dissimulées ?

Je me sentais si proche de cette jeune femme. Proche à faire peur.

6

JOUER LE JEU

Grand-mère ne souffla mot à son fils de sa découverte abominable. Sa vengeance devait pourtant s'abattre d'une manière ou d'une autre. Elle utilisa cette fois le détour et la ruse, inspirés par une imagination jamais à court de nouvelles fourberies.

À nouveau, la classe fut interrompue : Clarence était convoqué dans le bureau du proviseur. Son père l'y attendait. Je ne devais pas revoir mon camarade de la journée, aussi ma patience fut-elle mise à rude épreuve jusqu'au soir, à mon retour de la clinique. Il se tramait quelque chose de grave. J'en avais l'intuition. Clarence avait quitté la salle de classe sans même se retourner, sans un regard. J'entendais encore la voix du professeur articuler son nom après avoir lu le billet remis par la surveillante d'étage. Sachant de quoi était capable l'aïeule, j'en avais froid dans le dos.

Je n'avais pas vu ma mère depuis quarante-huit heures. Elle allait beaucoup mieux, m'avait-on dit; je n'en étais pas moins angoissée. Après m'être garée sur le parking de la clinique, comme chaque fois, je m'accordais quelques minutes de répit. La dernière chose dont Maman avait besoin pour l'instant, c'était de partager mon propre désarroi. Par la suite, peut-être, je lui ferais le récit de la réincarnation de Belva et du capitaine Arnold. Ce soir, comme à l'occasion de mes visites précédentes, je devais lui apparaître sous mon jour le plus calme, uniquement soucieuse de son prompt rétablissement et de son retour à la maison. On ne charge pas d'explosifs un frêle esquif lancé sur un océan démonté. C'était encore ainsi que je me représentais ma mère.

Adossée à ses oreillers géants, elle était assise et prenait une tasse de thé. La clarté de son regard me rassura sur-le-champ. Le plus dur était passé. Laissant derrière elle l'obscurité du délire, elle avait repris pied dans le présent. Pâle, elle l'était encore, avec des lèvres frissonnantes, prêtes à laisser s'échapper un torrent de lamentations. Dans l'ensemble, pourtant, son attitude trahissait une amélioration indéniable. Je me jetai dans ses bras.

— Maman, te voilà guérie ! Dieu soit loué.

Je la couvris de baisers. Déjà, symptôme de sa fragilité, elle semblait sur le point de pleurer.

— Depuis ce matin, je n'ai cessé de réclamer ta présence, Cinnamon. On m'a raconté je ne sais quoi, une histoire à dormir debout, selon laquelle j'aurais reçu la visite de ma sœur cadette…

J'éclatai de rire, tout en tenant ses mains bien serrées dans les miennes.

— C'était moi, bien sûr. Qui d'autre ? À l'occasion de ma première visite, pour vaincre mon appréhension, j'ai dû improviser une petite comédie.

Un sourire erra sur ses lèvres, elle hésitait encore à retrouver le sens de l'humour.

— Mais pourquoi cette fable ?

— Pourquoi pas ? Pour mettre un grain de fantaisie dans une situation plutôt sinistre. J'envisageais le pire, j'étais terrifiée.

Elle me regardait, ses yeux couraient sur mon visage avec une curiosité méditative, intense. Ils exprimaient beaucoup de compréhension, une tendresse infinie.

— Normal. Aucune fille n'a envie de voir sa mère dans un lieu pareil.

Il lui vint un profond soupir. Je posai le plateau sur la table, ma mère s'affaissa sur ses oreillers.

— L'enfant est perdu, Cinnamon. Je n'ai pas su le garder.

— Tu n'y es pour rien, nom d'une pipe ! Tu as suivi à la lettre toutes les recommandations du médecin.

Elle acquiesça.

— Je sais. Cet enfant n'était pas destiné à voir le jour, fit-elle d'une toute petite voix. Pour une fois, la vieille avait raison.

Je me rebiffai aussitôt.

— Balivernes ! Cette vieille taupe s'est trompée toute sa vie. C'est une chipie, bien plus que tu ne peux l'imaginer. Jamais un seul mot sensé n'est sorti de sa bouche.

À sa façon détestable, elle n'avait pas tort. Peut-être, en effet, avais-je passé l'âge d'être enceinte. La venue d'un nouvel enfant, espérais-je, ressouderait nos liens familiaux. Mes relations avec son père connaîtraient un renouveau. Vaine tentative. On ne force pas le destin. Parfois, c'est un péché que de vouloir essayer.

Je la dévisageai, alarmée.

— Tu te trompes, Maman. Cesse de remuer ce fatras culpabilisant ou tu ne sortiras jamais d'ici. Tourne la page, je t'en supplie. Tu étais malade, tu ne l'es plus. Voilà l'essentiel. Hâte-toi de rentrer chez nous.

— Malade. (Elle opina, brusquement songeuse.) D'une certaine façon, oui, j'étais malade. Je me souviens de peu de chose. À mon réveil, j'étais dans une chambre d'hôpital. J'interrogeai le médecin, les infirmières. La réponse était toujours la même : vous souffrez d'une légère dépression nerveuse, vous êtes en bonne voie de guérison. Dis-moi la vérité, Cinnamon. Pourquoi, comment me suis-je retrouvée dans une clinique psychiatrique ?

Je secouai la tête. Était-il nécessaire de revenir sur le passé ? Et que lui dire ? Elle posa la main sur ma joue.

— Un peu de courage, ma colombe. Depuis quand avons-nous des secrets l'une pour l'autre ?

— Tu avais oublié la fausse couche. Tu te croyais encore enceinte, tu ressentais les douleurs d'une femme sur le point d'accoucher. Tu étais en plein travail lorsque nous avons dû appeler l'ambulance.

Je gardai le silence sur l'arrosage des plantes, la promenade à travers la maison, nue à l'exception de la silhouette du fœtus dessinée sur son ventre. Qu'elle n'apprenne jamais.

— Ensuite, tu pensais avoir donné naissance à un bébé né avant terme. Une petite fille prématurée, placée en couveuse. Chaque jour, tu me demandais de ses nouvelles.

Elle ne fit aucun commentaire. Son visage se détourna. Elle retenait ses larmes.

Après s'être recueillie un instant, elle ramena les yeux sur moi.

— Ton père est-il très affecté ?

Si j'avais un véritable talent pour berner les gens, y compris la personne que j'aimais le plus au monde, c'était le moment de faire des étincelles. Déjà, mon hésitation imperceptible ne lui avait pas échappé. Son regard inquiet scrutait le mien.

— Il s'est plongé à corps perdu dans le travail, le seul moyen pour lui de se soustraire à cette situation. À vrai dire, je l'ai très peu vu ces temps-ci.

Elle approuva d'un bref signe de tête.

— J'aurais fait la même chose à sa place. Le travail, surtout lorsqu'on y trouve son bonheur, comme c'est le cas pour Taylor, constitue un excellent dérivatif. Cet enfant, cette fillette, il la désirait autant que moi.

Je n'avais pas le choix. Je souris et lui posai un baiser sur la main.

— Reprends des forces pour rentrer à la maison au plus vite, conseillai-je. Tu trouveras des changements.

Maman fronça les sourcils.

— Grand-maman Beverly te mène la vie dure ?

Je lui adressai un clin d'œil.

— Quel euphémisme ! Disons que tu auras du pain sur la planche pour défaire ce qu'elle a fait.

Ma mère eut un haussement d'épaules indifférent.

— Cette femme ne m'a jamais aimée. Antipathie réciproque. Mon absence lui aura permis de triompher et de s'abuser d'un semblant de pouvoir. Son seul plaisir dans l'existence, c'est la conviction d'être toujours dans le droit chemin. Pendant quelque temps, maîtresse des lieux, elle a mis son programme à exécution. Avec mes compliments. Ne t'inquiète pas, tout va rentrer dans l'ordre. Cette maison est mon bien. Mon second trésor, après toi. Je ne laisserai personne se l'approprier. À notre façon, nous saurons ramener ma belle-mère à sa juste place. Il lui faudra réapprendre la modestie.

Je me sentis soulagée, tout à coup. La détermination maternelle me rendait courage, nous allions reformer notre merveilleuse équipe. Le monde serait à nouveau la scène où deux conspiratrices de génie ourdissaient leurs complots inoffensifs. À nous d'allumer ou d'éteindre les projecteurs selon notre bon plaisir. À nous de faire sauter les imbéciles à travers des cerceaux ! J'en oubliais presque les catastrophes que Maman ne pourrait continuer d'ignorer indéfiniment, cette mystérieuse affaire d'hypothèque et la blonde au tailleur gris.

— En somme, tu comptes l'amadouer ?

— Tout juste. On n'attrape pas les mouches avec du vinaigre, surtout les tsé-tsé de son espèce. Au lieu de l'attaquer de front, nous lui demanderons son avis sur tout, pour faire exactement le contraire.

— Nous la suivrons à la trace, nous la harcèlerons de questions : Grand-maman, que penses-tu ce ceci, de cela ?

L'expression sardonique de ma mère m'encouragea à poursuivre.

— Nous l'accablerons sous le fardeau de nouvelles responsabilités. Elle se croit indispensable ? Elle le sera plus qu'elle ne l'imagine. Sollicitée tant et plus, elle finira par demander grâce.

— Nous l'ensevelirons sous le respect et la considération dus à son intelligence supérieure. Accablée, elle s'envolera en fumée. Pfffft ! Bon débarras.

J'étais aux anges.

— Maman, rétablis-toi en quatrième vitesse. Je t'attends.

Ensuite, elle m'interrogea sur mon travail au lycée. Je la rassurai. Dans l'ensemble, tout allait bien. Je lui parlai du projet de Miss Hamilton. Sitôt qu'elle connut le titre de la pièce, Maman s'enthousiasma.

— Accepte le rôle, ma petite étoile. Quel plaisir de te voir enfin sur une vraie scène, face à un vrai public. Notre grenier devenait trop exigu pour toi.

— Je vais y réfléchir.

— Tant mieux. (Ses yeux se fermèrent.) Tant mieux.

Si l'état de malade présentait un seul, un minuscule avantage, c'était celui de pouvoir sombrer dans le sommeil d'un instant à l'autre. Son souffle devint régulier, sa main se fit molle dans la mienne. Je la posai sur le lit, doucement. L'espace de longues minutes, j'observai ce visage apaisé, puis je quittai la chambre à pas de velours.

Maman sera bientôt de retour, pensais-je encore et encore. Une grâce venait de m'être signifiée, j'allais avec des bouffées de joie dans le cœur. Miss Hamilton venait de recruter son premier rôle féminin. Personne ne m'arriverait à la cheville. Je tiendrai Grand-maman Beverly dans le creux de ma main jusqu'à l'arrivée de la vraie maîtresse de maison. Quant aux infidélités paternelles… motus et bouche cousue.

Qu'il se débrouille avec sa conscience.

À condition de ne pas blesser ma mère. S'il devait en arriver là, il trouverait sur son chemin une ennemie implacable.

Je trouvai l'aïeule dans la cuisine, en train de préparer le dîner ; il m'était difficile de l'admettre, pourtant l'arôme de son poulet rôti aux pommes sautées me fit venir l'eau à la bouche. Elle m'accueillit le plus aimablement du monde. Papa nous ferait l'honneur exceptionnel de partager le repas du soir. Aussitôt après, il se rendrait à la clinique.

— Nous passerons à table dès son arrivée, m'informa-t-elle. Va ranger tes affaires et viens mettre le couvert.

— Maman va beaucoup mieux, déclarai-je sur un ton de défi, sachant que c'était pour elle la pire des nouvelles.

— Je suis au courant, répliqua ma grand-mère, comme s'il s'agissait d'un détail, d'une bagatelle sans importance.

Et d'ouvrir le four encore une fois, pour arroser la volaille.

Je montai dans ma chambre. Mon père retournerait seul à la clinique, décidai-je. J'appréhendais trop les deux trajets en voiture en compagnie d'un homme déchu à mes yeux, tombé de son piédestal et qu'il me fallait ménager malgré tout pour le bien de ma mère. D'ailleurs, les premières auditions concernant le choix des acteurs destinés à interpréter la pièce auraient lieu demain. Il me fallait un peu de temps pour étudier le rôle, et même apprendre quelques répliques. J'avais l'ambition d'impressionner d'emblée tout le monde par le sérieux de mon travail.

J'étais en train de me changer lorsque le téléphone sonna.

Clarence.

— J'aurais dû t'appeler plus tôt, murmurai-je. J'ai filé à la clinique à la fin des cours, comme je le fais chaque jour. Ma mère se rétablit. J'ai bon espoir qu'elle puisse rentrer à la maison d'ici peu. Elle est sauvée, Clarence, sauvée !

— J'en suis très heureux, dit-il sur un ton accablé.

À nouveau, en moi, se produisit le déclic de la peur. J'aurais dû écouter mon intuition. La vieille avait encore fait des siennes mais cette fois, l'affaire semblait sérieuse.

— Que s'est-il passé ? Que faisait ton père dans le bureau du proviseur ? Pourquoi n'es-tu pas revenu de toute l'après-midi ?

— Ta grand-mère l'a appelé à son bureau.

— Pas possible ?

Je feignais un étonnement que j'étais loin d'éprouver.

— Elle a décrit la scène du grenier, tout au moins telle qu'elle l'avait vue. Tu es mineure, elle a donc menacé de déposer une plainte. Cette nouvelle incartade tombait au plus mal, après la punition déjà infligée pour notre journée de vagabondage. Enfin, il a trouvé dans son courrier la lettre envoyée par le proviseur au sujet de mon échauffourée avec ce salaud d'Eddie Morris. Elle a mis le feu aux poudres. Il est entré dans une colère noire. C'est bien simple, je ne l'avais jamais vu dans cet état. Hors de ses gonds. Ma mère a piqué sa crise, elle aussi. Après s'être concertés, ils ont pris la décision de m'inscrire à la Brooks Academy. Un ultimatum que mon père a toujours agité si jamais je lui donnais du fil à retordre. Ils n'ont que faire des problèmes personnels ou des sentiments de leur fils, est-il besoin de le préciser ? Seule compte leur sacro-sainte réputation. Ta grand-mère peut se vanter d'avoir fait mouche.

— Oui, pour notre malheur la vieille est intelligente comme le diable. Ainsi, ils se débarrassent de toi, ils t'expédient en pension. Quand ?

— Tout de suite.

— Si vite ? Comment est-ce possible ?

— Tu ne connais pas mon paternel. Quand il s'est mis quelque chose en tête, il remuera ciel et terre pour arriver à ses fins. Il connaît suffisamment de gens influents. (Après un silence, Clarence assena le dernier coup :) Je pars demain.

Je ressentis un peu d'affolement, suivi d'une profonde tristesse. Les mots ne servaient à rien. Je les prononçai quand même, vaines répliques d'une pièce qui se terminait mal.

— Demain ? C'est une plaisanterie ?

— J'aimerais bien.

— Révolte-toi, Clarence. C'est absurde, rien ne t'oblige à te plier aux caprices de tes parents.

— Détrompe-toi, je suis coincé. Je ne fais déjà plus parti du lycée.

— Tout de même...

— Il a menacé de m'expédier dans une académie militaire si je refusais d'obtempérer.

— Clarence, tu es mon seul ami. Que vais-je devenir ?

— Rends-moi visite aussi souvent que tu le pourras. Brooks n'est qu'à deux heures et demie de voiture. De mon côté, je te téléphonerai. J'ai l'intention d'emporter un ordinateur. Nous pourrons communiquer par e-mail tous les jours, si le cœur nous en dit.

J'enrageais.

— Ma grand-mère. Encore et toujours ma grand-mère ! Cette canaille septuagénaire est responsable de tout.

— J'ignore ce qu'elle a pu lui dire pour le pousser à cette extrémité. Je n'avais jamais vu mon père aussi furibond, aussi déboussolé. Il avait peur, ça se voyait comme le nez au milieu de la figure. Personne encore n'avait produit sur lui un tel effet.

Je gardai le silence. Il n'y avait rien à ajouter. Vers qui me tourner, désormais, pour solliciter aide, conseil, consolation ? Mon propre père ? C'était à pleurer de rire. Ma mère, bien sûr, en d'autres circonstances. Elle n'avait que faire, pour l'instant, du récit de mes malheurs. Le sentiment de ma faiblesse et de ma solitude fondit sur moi avec une force aiguë. Je pressai l'écouteur contre mon oreille mais sa voix, déjà, se perdait, dans le lointain. Son visage s'évanouissait, il serait bientôt aussi indistinct que les portraits de la famille Demerest. Les ténèbres se refermaient sur Clarence.

— Je suis anéantie, murmurai-je enfin.

Sa réponse, tellement prévisible, semblait l'écho de mon désarroi.

— Je t'appelle dès que possible.

Je raccrochai. Une fenêtre venait de se fermer, la dernière ouverture sur le monde, sur les autres. J'étais prisonnière d'une cellule aux murs aveugles.

— Cinnamon ! (L'aïeule m'appelait depuis le vestibule.) Il se fait tard. Viens mettre le couvert.

Plus tard que tu ne penses, Grand-mère. Tu le sauras bientôt.

Je me gardai de la moindre allusion à Clarence. Une petite satisfaction que l'aïeule n'obtiendrait pas. Elle venait de remporter sur moi une victoire éclatante, peut-être ignorait-elle jusqu'à quel point.

Mon père se montra enfin, très en forme. Il avait appris le rétablissement de son épouse et songeait à lui préparer un accueil suffisamment chaleureux pour lui faire tout oublier. La bonne humeur ostensible qu'il afficha pendant toute la durée du repas – notre premier dîner « normal » depuis le départ de Maman – me parut exaspérante alors que nous savions très bien à quoi nous en tenir l'un et l'autre. Je faisais confiance à Grand-maman pour lui avoir rapporté fidèlement ma réplique enflammée. Sans cela, quel besoin aurait-il eu de troquer un tête-à-tête amoureux contre ce banal repas en famille ?

En l'occurrence, je me trompais, comme je devais l'apprendre beaucoup plus tard. Grand-maman Beverly était trop soucieuse de la sérénité de son fils pour s'aventurer sur un terrain miné. Sans doute avait-elle pris ma menace au sérieux. La réputation de Taylor Carlson jetée à l'encan ? Jamais ! Jeu de dupes. Ignorait-elle qu'en dépit de toute mon aversion pour l'infidèle, jamais je ne prendrais le risque d'infliger une telle douleur à ma mère ?

— Quand elle aura retrouvé des forces, nous envisagerons de prendre quelques jours de vacances. Au printemps. Nous pourrions nous rendre à Orlando, elle a toujours émis le souhait de visiter le vrai Disneyworld, devenu un lieu de nostalgie.

La vieille renâcla aussitôt.

— Quel plaisir des adultes prendraient-ils à se promener dans un parc d'attractions destiné aux enfants ?

— Les grandes personnes y trouvent leur compte, elles aussi. D'ailleurs on ne devrait jamais perdre le fil avec l'enfant que l'on était jadis.

Je lui jetai un rapide coup d'œil. Il était si rare de l'entendre contredire un verdict maternel.

— Toi-même, tu seras enchantée, ajouta-t-il.

— Moi ? Tu me proposes d'aller perdre mon temps à Disneyland ?

— Cette visite pourrait te réserver des surprises.

— Pour ce qui est des surprises, je n'en doute pas.

Mon père se tourna vers moi.

— J'ai appelé ta mère, en fin d'après-midi. Pour la première fois, tu serais disposée à participer au spectacle dramatique organisé par votre professeur de littérature ?

— Elle me l'a proposé. Je n'ai pas encore donné ma réponse.

— Tu n'ignores pas combien cela ferait plaisir à ta mère.

Je le regardai droit dans les yeux.

— Je crois savoir mieux que personne ici ce qui plaît ou déplaît à Maman.

Son sourire ne tenait plus que par des élastiques. Il devait être bien accroché car il ne vacilla même pas. J'interceptai un vif échange de regards entre la mère et le fils.

— Mieux que personne, j'en suis sûr, Cinnamon.

Puis, s'adressant à l'aïeule :

— Qu'en penses-tu ?

— L'expérience ne peut pas lui faire de mal. Cette petite s'habille à longueur d'année comme si elle se trouvait déjà sur une scène de théâtre. Apprendre un rôle, c'est toujours travailler. Rien de plus salubre que le travail. (Elle me foudroya de son œil aigu.) L'oisiveté n'est-elle pas la mère de tous les vices ?

Poings serrés, encore une fois, mâchoires verrouillées. À quoi bon lui donner le plaisir d'un éclat ? Rien de ce que disait ou pensait cette créature venimeuse ne pouvait m'atteindre. L'indifférence serait une douce revanche.

Ainsi, jusqu'à la fin du repas, mon sang-froid fut-il mis à rude épreuve. Je résistai. Pouvais-je faire moins que mon père qui venait de m'administrer une savoureuse leçon de faux-semblant ? Un talent héréditaire.

Je souris à droite et à gauche, à la grand-mère hystérique, au père patelin.

— Ma décision est prise, annonçai-je. Je m'efforcerai d'être choisi pour interpréter le rôle principal. Je ferai l'impossible pour participer à la pièce.

— Bravo ! Ta mère sera enchantée quand je lui annoncerai la nouvelle tout à l'heure.

Naturellement, c'était plus facile à dire qu'à faire. Ce rôle, je devrai l'arracher à deux vétérans de la scène universitaire et, malgré les encouragements de Miss Hamilton, la tâche serait rude. L'une des rivales, Iris Ainsley, de loin la plus ravissante fille de troisième année, semblait faite pour incarner ce personnage d'amante éperdue. Blonde, des yeux d'un vert à s'y noyer, une silhouette de rêve. Maintien irréprochable. Elle était de ces êtres sur le berceau duquel toutes les fées s'étaient penchées. Ses pieds n'effleuraient jamais la boue du sol. Iris Ainsley ne marchait pas, elle dansait. Toute l'engeance masculine, des professeurs aux élèves, suivait d'un regard rêveur ces délices déambulatoires offertes à leur concupiscence.

Elle avait une voix solide, bien timbrée. C'était, de surcroît, une étudiante modèle.

Je disposais, cependant, d'un avantage non négligeable, par rapport à la favorite. Mon avidité à décrocher ce rôle, fût-ce pour faire plaisir à ma mère. Cette soif soudaine, ce besoin viscéral que j'avais découvert en moi, Iris Ainsley ne l'éprouvait pas. En dépit de qualités évidentes, il lui manquait l'essentiel, cette détermination sauvage, venue du fond de l'être, sans laquelle on ne pouvait insuffler à l'héroïne toute l'intensité nécessaire. Imbue d'elle-même, enfermée dans son personnage de petite idole, Iris ne ferait pas l'effort de tendre à ce niveau de pathétique tel que je le concevais dans la pièce. Il s'agissait pour moi de convaincre l'auditoire du bien-fondé de mon analyse.

Ces répétitions se déroulaient dans l'auditorium, après les cours. La journée avait été éprouvante : tout le monde était informé du départ de Clarence ; les rumeurs de toute nature me cernaient comme les sept cercles de Dante.

Un zest de vérité pimentait les plus atroces médisances dont les garçons se faisaient les hérauts les plus zélés. Pour les uns, j'avais violé l'infortuné Clarence, d'autres prétendaient que je l'avais initié à quelque rite satanique. Les remarques les plus désobligeantes, frôlant l'insulte me suivaient le long des couloirs, jusqu'au réfectoire et dans les salles de classe, pour se taire à l'entrée du professeur. Je trouvai dans le tiroir de mon bureau, sous la porte de mon placard, des mots abjects.

J'affectai la plus parfaite indifférence. Encore quelques semaines à tirer, pensais-je, avant de m'arracher de cette taule ignoble. Mon objectif consistait à me maintenir dans l'éblouissement des spots braqués sur moi. Alors seulement, le monde resterait un trou noir, totalement invisible. Aucun des élèves qui se proposaient de participer au spectacle ne s'attendait à me retrouver à l'auditorium. Ma présence inquiéta certains d'entre eux, parmi les plus acharnés à me nuire.

Miss Hamilton distribua les feuillets correspondant aux premières scènes. Elle entreprit de résumer l'action et de brosser chacun des personnages à grands traits.

— Ne vous obnubilez pas sur tel ou tel rôle. Contentez-vous de lire le texte du mieux possible et laissez-moi le soin de décider lequel ou laquelle d'entre vous est susceptible d'incarner celui-ci ou celle-là, en lui apportant ce petit quelque chose en plus qui lui donnera vie. Je vous remercie d'être parmi nous. Il faut du courage pour se lancer dans une aventure théâtrale. Sans compter le travail supplémentaire qu'exigera votre participation. Si vous ne trouvez pas votre place dans la pièce, aucune importance. Nous avons besoin de volontaires compétents pour notre équipe de plateau, décorateurs, éclairagistes, costumiers, ainsi que techniciens du son et membres du comité chargé d'assurer la publicité du spectacle. Soyez des nôtres, impliquez-vous d'une façon ou d'une autre, c'est le souhait que je formule.

Le regard significatif dont elle me gratifia n'était pas fait pour me rassurer. Son choix s'était-il déjà porté sur Iris Ainsley ? Dans ce cas, elle ne devait pas compter sur moi pour jouer les utilités.

La lecture commença. Lumières éteintes, projecteurs dirigés sur la scène. En vieille habituée de ces séances, Iris avait pris la peine, comme moi, d'apprendre quelques éléments du texte. Les autres l'écoutaient avec une attention extrême, presque dévote. Dans l'esprit de tous, il n'y avait pas la moindre trace de doute.

J'en étais arrivée à la même conclusion quand vint mon tour de monter sur l'estrade, « sous les feux de la rampe », ainsi que me l'avait soufflé Maman tant d'années auparavant. Les sourires sardoniques s'étaient effacés. On m'attendait au tournant, bien sûr, mais d'une manière générale, la curiosité l'emportait. Pour la première fois, j'allais m'exhiber en public. J'avais déjà présenté des exposés, naturellement, avec plus ou moins de bonheur, répondu à des questions, comme tous mes camarades. Ce soir, c'était différent. Ce soir, pour la première fois, j'allais vraiment montrer ce que j'avais dans le ventre.

Dell Johnson tenait le rôle de la Mort. Au physique, rien à redire. Quoi qu'il fût par ailleurs, c'était déjà un homme, il avait de la présence. Sa voix résonnait loin, on aurait dit un avocat familier des prétoires, un officier de marine habitué à distribuer ses ordres depuis le gaillard d'avant. Soliste dans la chorale du lycée, il avait participé à trois comédies musicales.

Les autres garçons présents à cette première répétition n'entretenaient aucune illusion. Ils devraient se contenter de rôles secondaires. Il suffisait à Dell Johnson d'apparaître sur scène pour devenir la Mort en personne.

Il me dévisagea. Son sourire d'aimable dérision exprimait clairement sa pensée : dans quelle entreprise grotesque m'avait entraînée ma vanité ? Prétendre rivaliser avec la sublime Iris ? Enfantillages !

Ma colère s'apaisa, se ramassa sur elle-même. Je me redressai, les épaules bien droites. L'espace de quelques secondes, les yeux fermés, je m'imprégnai de l'effluve des scènes choisies par Miss Hamilton.

Puis je commençai. Je ne lisais pas, j'étais déjà le personnage. Un murmure parcourut l'assistance, si audible qu'il m'atteignit malgré ma concentration. Mon partenaire, qui n'avait pas eu l'intention de se fatiguer en face de moi dut se mettre au diapason, et vite. Mon ardeur le poussait dans ses derniers retranchements. Il joua comme jamais il n'avait joué, tout au moins lors d'une première répétition. Il y prenait du plaisir, je le sentais. Plus tard, Miss Hamilton me confia qu'un acteur d'exception contraignait les autres à donner le meilleur d'eux-mêmes.

Je regardai Dell Johnson. Suivant les indications scéniques fournies par l'auteur, je m'approchai de lui à le toucher. Tête renversée, je plongeai mon regard dans le sien ; ma voix n'était plus qu'un murmure, pourtant je veillais à ce qu'elle fût entendue de tous. Notre duo fonctionnait à merveille, nous le poursuivîmes bien au-delà des scènes prévues. Personne ne s'en aperçut, pas même notre professeur.

Soudain, elle frappa dans ses mains. Nous demeurâmes figés.

— Merci, Cinnamon. Merci infiniment.

La nuance élogieuse n'échappa à personne. Un seul des spectateurs s'en étonna-t-il ? En toute modestie, je ne le pensais pas. Un coup d'œil sur Iris me confirma dans la satisfaction orgueilleuse d'être parvenue à mes fins. La favorite faisait grise mine ; l'expression d'enthousiasme affichée par Miss Hamilton n'était pas faite pour la rasséréner. Ma concurrente n'était pas sotte, loin de là. Son attention se porta sur moi, assez longuement pour susciter l'intérêt général. Jalousie, provocation, c'était le regard de quelqu'un qui tout en reconnaissant son infériorité refusait de s'avouer vaincu.

L'espace de quelques secondes, je le soutins avec toute la fierté, toute la morgue dont j'étais capable. Puis, le plus paisiblement du monde, je regagnai ma place. Je suivis avec vigilance le travail des autres comédiens parmi lesquels je fis mon choix personnel, curieuse de savoir jusqu'à quel point il recouperait celui de Miss Hamilton.

La liste des élus fut affichée le lendemain. Mon nom se trouvait au sommet, à côté de celui de Dell Johnson. Ainsi, j'avais gagné, j'avais été choisie pour incarner l'héroïne. À quelques exceptions près, mes préférés de la veille figuraient dans la distribution. Miss Hamilton avait fait preuve de beaucoup de discernement.

Une fois de plus, cette victoire inattendue me valut d'être la vedette de toutes les conversations. La plupart des professeurs m'adressèrent leurs félicitations ; certains ne dissimulaient pas leur surprise. Même M. Kaplan, le proviseur, prit la peine de s'arrêter dans le couloir pour me souhaiter bon courage. Je n'avais qu'une hâte, courir à la clinique pour annoncer la nouvelle à ma mère. Miss Hamilton distribua la scène que nous devions étudier pour la prochaine répétition.

Dell Johnson vint me trouver.

— Je suis ravi de t'avoir comme partenaire, m'assura-t-il. Nous ferons un excellent travail ensemble, j'en suis certain. Tu n'as jamais participé aux activités culturelles du lycée. Je craignais que Miss Hamilton ne voulût donner sa chance à une nouvelle venue.

Sa volte-face était de bonne guerre ; il semblait sincère. Je décidai de lui dire la vérité.

— Détrompe-toi. Elle m'a confié le scénario elle-même, avec ses plus chaleureux encouragements. Les problèmes de santé de ma mère m'avaient beaucoup affectée, j'avais besoin d'un divertissement. Ce furent ses propres mots.

Dell jeta autour de lui un coup d'œil méfiant, baissa le ton.

— Je comprends, mais garde-le pour toi. À ta place, j'éviterais les contacts trop amicaux avec Miss Hamilton.

— Et pourquoi, s'il te plaît ?

— Des bruits circulent... À présent que nous sommes embarqués dans le même bateau, autant te mettre au courant. Iris crève de dépit, tu t'en doutes. Elle fait feu de tout bois. Une fille si distinguée en apparence, je ne l'aurais jamais crue capable de s'abaisser à de tels ragots. Figure-toi qu'elle n'hésite pas à faire courir des histoires sordides...

Il leva les yeux au ciel.

— Continue. je suis prête à tout entendre.

— ... concernant tes relations avec notre professeur de littérature...

— Qu'elle ne s'avise pas de venir cracher ses cochonneries devant moi !

— Pour ça, tu n'as rien à craindre. L'attaque de front, ce n'est pas son style. Iris est une dissimulatrice. (Il se pencha pour ajouter à mon oreille :) Oublie tout ça, Cinnamon. Concentre-toi sur ton rôle. Tu seras géniale, je n'en doute pas.

Il avait l'air de bonne foi, mais l'était-il vraiment ? Jusqu'à quel point pouvais-je lui faire confiance ? Encore n'était-ce qu'un avant-goût de toutes les intrigues qui se tisseraient autour de mes ambitions dramatiques, si je décidais d'emprunter cette voie, pour toujours. Comme d'habitude, le plus dur serait de se mesurer avec les mauvaises surprises que réservait la réalité, à côté de laquelle les exigences d'un rôle ne seraient jamais que jouissance et félicité. La frontière entre les deux mondes se brouillait souvent. La vie est une vaste scène, Shakespeare le dit, où les pauvres humains se bousculent, ballottés entre deux drames.

Le rideau allait bientôt se lever sur Cinnamon Carlson. Quoi qu'il advînt, je jouerais mon rôle jusqu'au bout.

Comme prévu, Maman était folle de joie. Elle semblait prête à faire sa valise, demander la note et quitter l'hôpital dans l'heure suivante.

— Je le savais ! s'écria-t-elle. Il aurait fallu que cette Miss Hamilton fût la dernière des nullités pour ne pas voir à qui elle avait affaire. Une fille bourrée de talent. Ma fille !

— Parfois, le talent ne suffit pas, tu me l'as dit cent fois. Parfois, d'autres facteurs interviennent pour attribuer les bons et les mauvais rôles. Il arrive que la vie soit très injuste, vrai ou faux ?

Elle garda le silence. La colère, soudain, lui assombrit les yeux.

— Sans doute. Mais ce n'est pas une raison pour adopter, si jeune, une attitude si désabusée. T'ai-je jamais enseigné le cynisme ? La naïveté de l'enfance nous fait défaut, la plupart du temps. Tourner le dos à cet âge d'or, abandonner tout espoir, laisser se dissoudre en soi jusqu'à la dernière goutte de pureté, de merveilleux, c'est se condamner à vivre dans un gouffre froid et sans lumière semblable au monde dans lequel nous errons. Je n'ai jamais enseigné à ma fille le culte de l'échec.

— J'accueille la magie, et même, je ne puis m'en passer, mais il s'agit d'un processus intime, créé à notre propre usage. Plus on s'y laisse prendre, plus on est amené à souffrir.

À mots couverts, je lui parlais de son époux, en qui elle avait toujours eu une confiance absolue. Autant s'adresser à une pierre. Quelle serait sa réaction si l'aïeule, sur un coup de folie, avait la cruauté de lui vendre la mèche, ou si les absences continuelles de mon père finissaient par lui mettre la puce à l'oreille ? Nouveau plongeon dans la folie, retour à la clinique, à l'abri des attaques de l'existence ? Si ma mère devait en arriver là à cause lui, le salaud subirait la haine et la vengeance de sa fille.

— Comme si je ne le savais pas, Cinnamon. Tu prêches une convaincue. Je veux simplement que tu trouves en toi les raisons d'être forte, dans une harmonie de vue parfaite entre les souhaits de tes parents et tes ambitions personnelles.

— Je ferai de mon mieux.

Ensuite, Maman me pria de lui lire quelques passages de la pièce, de lui parler du rôle, tel que je le définissais. Je m'exécutai avec le plus grand plaisir. Sa décision était prise et je voyais combien Miss Hamilton, sans le savoir, avait accéléré le processus de guérison. Maman voulait rentrer au plus vite afin de m'aider, dans la mesure de ses moyens, à perfectionner le résultat.

— Quand comptes-tu quitter la clinique, justement ? Le médecin a-t-il fixé une date ?

— Il voudrait prolonger ma convalescence de quelques jours, délai indispensable de son point de vue pour m'habituer à l'idée de reprendre une vie normale, éloigner les menaces de rechute. Ton père est du même avis.

— Vraiment ?

— Mais oui. Cela t'étonne ? Il a l'air étrange, depuis quelque temps, tout chamboulé. Nos relations n'étaient pas au beau fixe, ces derniers temps, à quoi bon le nier, mais cette séparation semble l'avoir perturbé. Il me parle avec difficulté, avec précaution, comme à une étrangère. Sait-il à quel point j'en suis consciente ? Je mets sa distraction sur le compte de tous les soucis provoqués par la perte de cet enfant. Il voit tout en noir, c'est ma faute.

Ce commentaire m'effraya. Jamais elle ne serait capable de faire face à la trahison de son mari, si jamais elle venait à la découvrir. La vivacité de ma réaction l'intrigua.

— Mensonge ! Maman, ne te mets pas de telles idées en tête. Si mon père se montre distrait, tu n'y es pour rien.

— Veux-tu dire par là qu'il est indifférent à ce qui nous est arrivé ?

— Non. Non, bien sûr. Mais si quelqu'un a souffert, si quelqu'un a reçu le choc de plein fouet, c'est toi. La douleur, la rage, la déception, tu les as ressenties avec plus de violence que quiconque. Mon père n'est pas à l'hôpital que je sache. Il se porte à merveille.

Elle demeura songeuse. Après une moue sceptique, elle balaya le sujet d'un revers de main.

— Soit, ne parlons plus de lui. Nous verrons bien ce que l'avenir lui réserve. Pour l'instant, seules m'intéressent ma fille et l'entreprise magnifique dans laquelle elle s'est engagée. J'attendais cette surprise depuis longtemps. Vivement le soir de la représentation ! Lis encore, s'il te plaît.

Je m'exécutai. D'instinct, ma mère s'accrochait au seul évènement positif survenu depuis longtemps dans notre famille. Chère Miss Hamilton. Dire que j'avais envisagé de refuser…

De fait, la préparation du rôle devint mon activité principale. Mes devoirs expédiés, je filais au grenier, lieu de répétition idéal. Je ne tardais pas à connaître tous les rôles par cœur. Je mémorisais les jeux de scène. J'incarnais les différents personnages à tour de rôle. J'étais tantôt la Mort et tantôt sa victime consentante. Je m'efforçai d'imiter la voix puissante de Dell Johnson.

Je passais là des heures exquises. Enveloppée dans le drapé des mots, les sortilèges de la fiction. Mon objectif ? Faire apparaître la clarté des clartés dans cette demeure aux murs ruisselants de larmes, où le moindre sourire ressemblait à ces toiles d'araignée que le vent emporte, entre la mauvaise humeur des uns et les mensonges des autres. Le silence s'emplissait d'échos sinistres, de voix venues d'outre-tombe, voix lasses et vaines de femmes et d'enfants dont les confidences suintaient de tous les coins d'ombre, pièces sans cesse traversées par les mêmes souvenirs d'êtres morts sans lumière et sans consolation. Longtemps, ma mère et moi les avions écoutées, nos seules amies, dans le mutisme étouffé des nuits d'encre, quand les nuages recouvraient la lune.

Trois jours chez les vivants était devenu ma seule chance d'arracher le voile obscur qui recouvrait nos vies. Libération de l'ordinaire, le théâtre faisait se lever autour de moi un brouillard d'or. Ce texte devenait la substance même de mes rêves. Grâce aux mots, à leur pouvoir, le souvenir atroce de mon père posant ses lèvres sur celles de la blonde énigmatique se délitait comme du sable. Les mots factices comblaient le néant que cette image avait creusé en moi. Ils m'offraient un nouveau refuge, loin de mon père ; ils chassaient de mon esprit la stupeur hébétée ressentie ce jour-là.

Comment reprocher à ma mère d'avoir toujours foi en lui alors que moi-même, j'avais avalé excuses, échappatoires, faux-fuyants pour justifier ses retards constants, ses éternelles absences ? Même l'aïeule profitait de mes bonnes dispositions. Ses insinuations malveillantes, ses critiques acerbes ne m'atteignaient plus. Au lieu d'interrompre ses sermons par une riposte cinglante, je me contentais de l'observer, tout en écoutant la petite voix intérieure qui débitait une réplique enjôleuse de la Mort. Il m'arrivait d'adresser à cette grand-mère irascible des sourires destinés à un autre. Comme ma mère avait appris à le faire, j'étais capable d'ignorer jusqu'à son existence. Elle ne comptait plus.

Plus important que tout le reste, cette première expérience théâtrale semblait susceptible de donner à ma mère un peu de cette joie de vivre dont l'avait privée la mort de l'enfant. De mon succès dépendaient en l'oubli de la tragédie, la renaissance de la femme fière et puissante qui m'avait tant appris.

Ce fut alors qu'intervint l'aïeule. Comme si elle avait pressenti l'enjeu considérable de l'opération, elle s'ingénia à tout détruire, à refermer cette porte entrebâillée sur une échappée d'air pur.

Bien renseignée, ma grand-mère l'était toujours lorsqu'il s'agissait de me nuire. Pour mener à bien son œuvre de démolition, elle s'empara des plus odieuses calomnies que Iris Ainsley et son gang d'admiratrices répandaient autour de moi comme autant de boules puantes. Belle, intelligente, fortunée, Iris avait tout ce que pouvait désirer une adolescente au seuil de sa vie d'adulte. Cet échec, ce camouflet, le premier peut-être qu'elle encaissait de toute sa jeune vie, lui restait en travers de la gorge. Son visage se transforma. Ses yeux couleur de ciel prirent une vilaine couleur d'eau morte et de vase. Sa bouche parfaite se tordit en un rictus haineux pour proférer ses perfidies concernant mes relations dénaturées avec notre professeur de littérature.

Au nord s'accumulait une montagne de nuages, prêts à dévorer mon soleil.

Je ne pouvais attendre la catastrophe les bras croisés. J'avais le devoir d'agir.

Pour le salut de ma mère et pour le mien, j'allais invoquer mes fantômes. Je réveillerais les forces enfouies dans le grenier, j'implorerais ces visages presque invisibles, ombres de visages si souvent scrutés que leur contour s'était imprimé derrière mes paupières.

Je rendrais coup pour coup, avec la plus grande joie.

7

ATTENTION À NE PAS SE BRÛLER LES AILES

Tout commença vraiment lorsque Miss Hamilton décida d'organiser des répétitions à son domicile, au cours du week-end. Maman était rentrée à la maison, elle avait un traitement à suivre. Ces médicaments, destinés à l'apaiser, la maintenaient dans un état de faiblesse que j'estimais alarmant. Tard levée, elle déambulait dans le jardin, grignotait pendant les repas, se couchait à l'aurore. Les changements apportés par sa belle-mère furent pour elle un sujet de stupeur et de colère. Malgré mes avertissements, elle ne s'était pas attendue à ce que l'aïeule eût agi si promptement. Son mari s'empressa de lui rappeler les conseils du médecin : repos et sérénité. De toute évidence, elle n'était pas de force à procéder à un déménagement. D'ailleurs il veillerait lui-même à ce que tout fût remis en place selon ses vœux.

Je n'en crus pas un mot, naturellement. C'est pourquoi je décidai de prendre la situation en main. Dénichés à la cave comme je m'y attendais, les rêves d'un bayou perdu retrouvèrent leur place sur le mur de l'entrée. Les clowneries achetées par Grand-mère prirent le chemin inverse. Maman assista, soulagée, à ce premier rétablissement de l'harmonie antérieure. La vieille, pendant ce temps, fulminait devant son écran de télévision. Les deux femmes ne s'étaient pas adressé la parole depuis le retour de ma mère. Tout au plus avaient-elles échangé trois mots.

La réinstallation du mobilier du salon exigea plus d'efforts et de temps ; de même, la réorganisation de la cuisine. Ma mère n'était guère en état de s'activer. Aussi l'aïeule se chargeait-elle encore de la préparation des repas. Tant qu'elle assumerait cette responsabilité, la cuisine, déclarait-elle, devrait répondre à des « exigences d'ordre et de logique ».

Je lui abandonnai provisoirement la cuisine.

La chambre conjugale fut rétablie dans son agencement premier. Je trouvai, roulés en boule dans la buanderie, les anciens rideaux. Après un passage chez le teinturier, ils furent à nouveau glissés le long de leurs tringles. Je me rendis dans un grand magasin de la ville pour faire l'acquisition d'un dessus-de-lit plus ou moins semblable à celui que l'aïeule avait tout simplement jeté à la poubelle.

Loin de rester muette, elle nous assaillait de reproches auxquels nous ne prêtions pas la moindre attention. Ma mère, de temps à autre, acquiesçait, marmonnait un « Vous avez raison, naturellement », pour n'en faire qu'à sa tête. Ce petit jeu commençait à m'amuser.

En fin de journée, nous prenions la voiture pour aller faire de longues promenades dans les quelques bois épargnés par l'urbanisation des environs de Tarrytown. Maman marchait avec lenteur, s'accrochait souvent à mon épaule, mais son visage recouvrait peu à peu les couleurs de la vie. Son corps, demeuré trop longtemps immobile, récupérait un modelé plus gracieux. Elle se ressaisissait, espaçait les prises de médicaments, mangeait de meilleur appétit. Mon père, le premier concerné d'une certaine façon, s'apercevait-il seulement de l'amélioration physique de son épouse ? Il n'en donnait pas l'impression. Pour ma part, je m'efforçais de ne pas songer à son indifférence, toute à la joie de cette véritable résurrection maternelle. J'hésitais encore à lui parler de Clarence et de l'intervention foudroyante de Grand-maman Beverly. Cela en valait-il seulement la peine ? Ma première expérience amoureuse avait tourné court, le souvenir de celui en qui j'avais fondé certains espoirs se dissipait beaucoup plus vite que je n'aurais cru.

Il appela plusieurs fois. Conversations oiseuses qu'il semblait pressé de terminer au plus vite. Clarence avait peur. La punition avait porté ses fruits, il serait désormais un fils modèle. Nous échangeâmes quelques promesses de rendez-vous qui ne tiraient pas à conséquence. Le gentil garçon me filait entre les doigts. Dommage.

En fait, son attitude me blessait davantage que je ne voulais l'avouer. Ainsi, j'étais une fille comme les autres, une sauterelle que l'on oubliait du jour au lendemain. Que cette déception me serve au moins de leçon, pensais-je. Non, décidément, il était préférable de garder pour moi le récit de cette aventure plutôt dérisoire. Et si Maman, trop sensible, lui accordait plus d'importance qu'elle n'en méritait ? Nous avions mieux à faire : préparer mon triomphe scénique. Les répétitions dans le grenier absorbaient le plus clair de nos loisirs. Ma mère adorait passer d'un rôle à un autre. Quelquefois, le froid nous chassait du grenier, nous trouvions refuge dans le salon. L'aïeule se trouvait du même coup privée de télévision. Quelquefois, tout à trac, nous échangions des répliques. Au cours du dîner, de préférence. La pièce nous tenait lieu de *quatrième mur*, invisible, impénétrable. Grand-maman Beverly n'avait d'autre choix que celui de devenir spectatrice récalcitrante.

Les premières répétitions au domicile de Miss Hamilton ne pouvaient éveiller aucun soupçon dans la mesure où Dell Johnson était présent, ainsi que d'autres membres de la distribution. Arrivés le matin, nous travaillions jusqu'à l'heure du repas. Notre professeur faisait livrer des pizzas. Reprise du boulot, départ dans le milieu de l'après-midi.

Les séances du week-end se révélèrent profitables. Nous débarquions frais et dispos, nous disposions de temps pour peaufiner nos effets, approfondir les motivations des personnages, nuancer leurs réactions, imaginer des jeux de scène imprévus.

Miss Hamilton habitait, au fond d'une pelouse, une petite maison à un étage de style ancien, très agréable avec ses frises de faïence bleue soulignant des fenêtres aux volets noirs. Un jardin d'hiver prolongeait la cuisine, il ouvrait sur une autre pelouse, plus modeste. Nos séances avaient lieu dans le salon, à peine plus grand que la chambre de mes parents. Les meubles une fois repoussés, nous avions tout juste l'espace suffisant pour permettre les déplacements scéniques.

Miss Hamilton m'enseigna l'art et la manière d'entrer en scène et d'en sortir, l'art et la manière de m'interposer pour interrompre le mouvement d'un partenaire, l'art et la manière de faire face au public. Si elles s'étaient soldées par un échec, ses expériences de jeunesse l'avaient initiée à toutes les ficelles du métier. Elle me savait gré d'avoir étudié à fond, non seulement le personnage de l'héroïne, mais aussi celui de la Mort et des rôles secondaires, rouages essentiels de la grande mécanique de la pièce, lancée vers sa fin inéluctable. Aucune de mes suggestions, inspirées par le travail préalable exécuté avec ma mère, n'était refusée a priori. Elle demandait une démonstration, se laissait convaincre neuf fois sur dix.

À l'occasion du quatrième week-end, Dell se fit excuser. Il partait en vacances avec sa famille. Les autres en profitèrent pour se défiler. Miss Hamilton, pensais-je, allait annuler la répétition. Elle n'en fit rien. Venez, dit-elle, je tiendrai le rôle de la Mort, nous réviserons certaines scènes délicates que vous êtes encore loin de maîtriser.

Le choix de cette pièce lui avait déjà attiré l'hostilité de certains parents d'élèves craignant que l'histoire ne fût trop scabreuse et tragique pour leurs chères têtes blondes. Miss Hamilton se scandalisait de l'hypocrisie de ces gens qui laissaient leurs gamins s'abreuver d'âneries et de violence à la télévision. Son choix était arrêté, elle n'avait pas l'intention de céder d'un pouce, fière d'offrir au lycée une œuvre dont les qualités dramatiques feraient honneur à tous les participants.

— Pour une fois, nos élèves assisteront à un spectacle original, exempt de vulgarité et de frivolité. Si nous sommes à la hauteur, ils vont adorer ça.

Loin de l'inquiéter, les critiques lui apparaissaient comme un défi supplémentaire à relever.

— Nous devons non seulement vaincre leurs réticences, mais gagner leur considération. Qu'ils prennent conscience de ce qu'est le talent et qu'ils en demeurent sidérés. Je veux voir rentrer dans leur coquille les imbéciles qui doutent encore de la valeur de notre travail. Pour vous, Cinnamon, cette expérience restera inoubliable. Il faut bien commencer un jour.

Elle croyait en moi. À première vue, son unique point commun avec ma mère. Tant de confiance m'intriguait. Miss Hamilton était si mal renseignée sur son élève. Que savait-elle ? Des ouï-dire, tous négatifs, rectifiés par son sens de l'observation, les révélations dictées par un instinct très pénétrant. Que cette femme reportât sur moi ses fantasmes évanouis, il y avait là de quoi m'amuser, me laisser perplexe, aussi. Avais-je l'étoffe d'une véritable actrice ? Me serait-il permis de gagner ma vie en interprétant des rôles au théâtre, à l'écran ?

La réponse serait donnée d'ici peu, dans l'intervalle entre le lever et le baisser de rideau.

Les applaudissements ne mentaient jamais. Pas plus que les rumeurs suivant le spectacle. Les gens garderaient-ils le souvenir de ma voix, de ma silhouette, de mon jeu, et pendant combien de temps ?

Plus se rapprochait la date fatidique, plus grandissait mon excitation. Malgré moi, j'étais prise au piège. J'aspirais au succès, de toutes mes forces.

À mon arrivée, l'absence de tous les autres participants suscita en moi un mouvement de recul. Rester seule en compagnie de notre professeur de littérature, c'était alimenter les plus infâmes ragots. Non sans habileté, sous prétexte d'une mise en garde, Dell Johnson avait propagé dans tous les recoins de mon esprit le virus du soupçon.

— Elle aura bientôt trente ans, avait ajouté mon partenaire, mine de rien. On ne lui connaît ni amant, ni petit ami régulier. Jamais un homme n'a été vu en sa compagnie. Bizarre, non ? À tout prendre, elle n'est pas si moche. Il lui serait facile de se trouver un compagnon.

— En quoi cela nous concerne-t-il ? avais-je riposté. En dehors du lycée, elle mène sa vie privée à sa guise, nous n'avons pas à nous soucier de ses fréquentations, de ses faits et gestes. Miss Hamilton aime les femmes, c'est ce que tu insinues ? Grand bien lui fasse. Pour ma part, je préfère les beaux mecs que leur intelligence place au-dessus de ces mesquineries ringardes.

Il m'avait adressé son plus charmant sourire pour me prouver, sans doute, que son intelligence le plaçait loin, très loin au-dessus de mes insinuations perfides.

— Voilà ce qu'on dit. Tu vas être amenée à travailler avec elle. Inutile de se voiler la face.

Attitude méprisable. Se cacher sous le masque de l'innocence pour prendre plaisir à répandre des calomnies. Impossible de ne pas mettre ma mère dans la confidence. Après m'avoir écoutée, gravement, elle opina.

— Il n'y a là rien d'étonnant ; l'ennui est à l'origine de tous ces phénomènes monstrueux. Comment mettre un peu de sel dans une existence soumise à l'usure de la routine, quand on a dix-huit ans ? Médire, faire le mal, blesser son prochain. Méfie-toi des calomniateurs, Cinnamon. Leur acharnement se nourrit des erreurs commises par leurs victimes. La plupart d'entre eux n'ont rien de mieux à faire que de comploter à longueur de journée. Poussés par l'avidité, le désœuvrement, le zèle, les imitateurs sont souvent les plus dangereux.

Notre séance commença ainsi que les précédentes, par un résumé de l'action passée, suivi d'un débat concernant les scènes que nous allions étudier.

— Quand vous êtes seule en compagnie de cet homme, Cinnamon, personne dans l'assistance ne doit se douter que vous avez deviné sa véritable identité. Vous êtes sous l'emprise d'un séducteur, vous succombez au charme d'un être irrésistible. Quand vous lui révélez la vérité, que vous n'avez jamais été dupe, cet aveu doit faire sur le spectateur l'effet d'une surprise totale. Il doit être pris de court, désemparé par votre décision de suivre un amant sous lequel se dissimule le visage hideux de la Mort.

La première imbécile venue s'en serait doutée mais de cela, je ne soufflai mot. À quoi bon lui donner l'impression désagréable qu'elle n'avait pas grand-chose à m'apprendre ? Je l'écoutais s'engager dans la première réplique de la Mort.

— Il doit être difficile pour vous de m'imaginer sous les traits d'un charmant jeune homme, dit-elle soudain, mais ce n'est qu'une répétition. L'absence provisoire de Dell ne doit pas vous perturber.

Silence de ma part. J'attendais avec un peu de curiosité, un commencement d'appréhension, de savoir où nous conduirait cette parenthèse inattendue.

— Une de mes amies, actrice professionnelle, enchaîna Miss Hamilton, me confiait l'autre jour à quel point elle appréhendait de devoir jouer certaines scènes érotiques avec un partenaire pour lequel elle n'éprouvait aucune attirance, et dont l'haleine nauséabonde lui soulevait le cœur. Ces scènes, je vais les louper, prévoyait-elle. Le producteur ne me le pardonnera pas, ma carrière va y laisser des plumes. La pauvre était au bord des larmes.

— Comment s'en est-elle sortie ?

— En suivant les conseils d'un vieux comédien. Ferme les yeux, pense très fort à l'homme que tu aimes, à l'homme dont tu souhaiterais être aimée. Si tu te concentres avec assez sincérité, la substitution se produira. Tu ne sentiras rien, tu seras dans les bras d'un autre. Elle s'est exercée, longuement. Elle a triomphé des scènes redoutées avec assez de conviction pour que le réalisateur se satisfasse d'une seule prise. Ouf !

— Pourquoi ne pas avoir dit la vérité à son partenaire, lui conseiller gentiment de rafraîchir son haleine ?

Miss Hamilton me dévisagea, la tête un peu penchée. Une fossette se creusa sur sa joue gauche.

— Tant de naïveté de votre part, Cinnamon ? Que serait-il arrivé si mon amie avait fait preuve d'une telle désinvolture vis-à-vis d'un autre acteur ? Comment auraient-ils pu continuer à travailler ensemble ? Peut-être, en son for intérieur, le garçon aurait-il apprécié sa franchise, mais son ego en aurait pris un sacré coup. Il se serait vengé de toutes les façons possibles. Souvenez-vous du texte que nous avons lu en classe, au sujet d'un messager porteur d'une nouvelle insupportable. C'est sur lui que sont retombés la haine et le mépris.

— Si j'ai bien compris, plus la réalité est pénible, plus il est préférable d'avoir recours à l'illusion. N'est-ce pas ?

— En quelque sorte. La fossette gauche s'accentua ; sur l'autre joue se forma un pli léger. Mais n'allez pas crier sur tous les toits que je préconise le mensonge.

Je lui rendis son sourire. La répétition recommença là où nous l'avions laissée, au milieu d'une tirade de la Mort. Miss Hamilton insistait sur la proximité physique des protagonistes. Il me tenait sous son emprise, répétait-elle. Captif, mon regard ne le quittait pas. Tout en récitant, elle se rapprochait de moi. Nos corps en vinrent presque à se toucher. Un malaise me saisit. Malgré moi j'étais en alerte, de la tête aux pieds. Sans doute fut-elle sensible à la réserve qu'exprimait ma personne car elle s'arrêta.

Son embarras sautait aux yeux. Je me sentis soulagée.

— Faisons une pause, voulez-vous ? proposa-t-elle alors que la séance venait à peine de commencer. Que diriez-vous d'une tasse de thé au miel sauvage ? Les propriétés lénitives de cette boisson font merveille quand les acteurs sont sous tension.

— Avec plaisir.

Pendant son absence, j'examinai les lieux. J'inspectai le décor, aurait dit ma mère, plus précisément que je ne l'avais fait en présence des autres. Plusieurs vases attirèrent mon attention par leur élégance et leurs couleurs. Une collection de minéraux était exposée sur une étagère. Aux murs, des toiles, sans grand intérêt me sembla-t-il, représentaient Paris, la campagne française reconnaissable à ses clochers, la Rivière italienne. S'agissait-il de souvenirs rapportés de vacances ou de pays qu'elle rêvait de visiter ? Un détail me donna à réfléchir : l'absence de toute photographie familiale.

— Êtes-vous déjà allée en France ou en Italie ? demandai-je lorsqu'elle revint, les bras chargés d'un plateau.

— Non, bien sûr, mais je ne perds pas espoir. Cet été, j'ai le projet de partir enfin. Il est temps de casser ma tirelire.

— D'où venez-vous, Miss Hamilton ?

Quand elle estima le thé infusé, elle le versa, me tendit une tasse, prit la sienne et s'installa au fond d'un fauteuil.

— Je suis originaire de quantité d'endroits différents, pour mon malheur.

— Pour votre malheur ? m'étonnai-je. Votre père était-il militaire, exerçait-il une profession qui l'amenait à se déplacer sans cesse ?

— Pas du tout.

Elle aspira une gorgée du breuvage brûlant, très parfumé mais trop sucré à mon goût. Après m'avoir observée d'un air pensif, comme si elle hésitait entre la dure réalité ou la dissimulation, elle se décida à jouer cartes sur table. Toujours cette étrange confiance que lui inspirait l'élève Cinnamon Carlson.

— Je n'ai jamais connu ni mon père, ni ma mère. Je suis orpheline, Cinnamon. Une orpheline baladée d'un foyer à l'autre.

Je devins très rouge. Quelle idée, aussi, de poser à cette quasi-inconnue une question personnelle? Quelle mouche m'avait piquée?

— Veuillez m'excuser, je vous prie. Je n'avais pas l'intention de me montrer indiscrète.

Elle haussa les épaules.

— Vous ne pouviez pas savoir. Cette enfance singulière n'est sans doute pas étrangère à ma première vocation, le théâtre, dont l'échec a fait naître en moi le désir d'enseigner. Quand on participe à une pièce, surtout si elle tient l'affiche assez longtemps, la troupe devient un succédané de famille. On se connaît de mieux en mieux, on dépend les uns des autres, on se raconte tout, on s'entraide, on se chamaille. Ma propre expérience ne m'a pas permis d'arriver jusque-là, mais tous mes amis qui travaillent dans ce milieu affirment qu'il en est ainsi. À présent, j'ai fait une croix sur le passé. Je pense être un bon professeur; en tout cas, je me sens proche de mes élèves. Ils éprouvent de l'estime pour moi, je l'espère, et même une certaine affection. Je m'y emploie de mon mieux. En effet, je me sens très engagée dans mon travail. Là encore, l'absence de famille explique peut-être l'implication particulière que je ressens par rapport à vous tous.

La question fusa avant que je pusse la retenir.

— N'avez-vous jamais été mariée? N'avez-vous jamais été tentée de fonder une « vraie » famille?

Elle esquissa un sourire, mais le cœur n'y était pas. Ayant posé sa tasse, elle me regarda bien en face comme si la répétition, sous une autre forme, n'avait jamais cessé.

— À notre époque, on pourrait s'attendre à plus de tolérance à l'égard d'une femme de trente ans, toujours célibataire, sans même un homme dans sa vie ! Malheureusement, certains préjugés n'ont pas fini d'imprégner notre conscience sociale. Les « hors-normes » continuent d'attirer la méfiance et les critiques. Je ne suis ni sourde ni aveugle, je sais ce que l'on murmure derrière mon dos. Certains collègues plus âgés, certains membres du conseil du lycée m'ont suggéré sans équivoque de rentrer dans le rang. Est-ce ma faute si l'homme idéal ne s'est jamais présenté ?

Une fois, une seule, je suis allée jusqu'aux fiançailles. Au dernier moment, d'un commun accord nous avons décidé que notre union ne ferait pas long feu. Une preuve de sérieux, de lucidité de part et d'autre. Cette décision fut sans doute une chance, pour lui comme pour moi. Tant de gens se précipitent en aveugle dans une relation conjugale aussitôt rompue. Cette légèreté me scandalise. Le mariage n'est pas une plaisanterie, surtout si l'on envisage d'avoir des enfants. Il mérite réflexion. Que se passe-t-il ensuite ? Un divorce, ou la vie à deux devient un enfer. L'homme ou la femme – l'homme, le plus souvent – prend ses distances et trouve ailleurs ce qu'il n'a plus ou ne croit plus avoir chez lui.

Ce discours avait anéanti la chaleur du thé et ses vertus prétendument lénitives. Je me sentais glacée. Après un silence, elle ajouta :

— De deux choses l'une. On s'engage « parce que c'est lui, parce que c'est moi ». Si cette conviction intime n'est pas au rendez-vous, autant passer son chemin. La privation de relations durables avec de vrais parents m'a rendue prudente, beaucoup plus que la moyenne des femmes. Très jeune, j'avais appris à observer. J'en ai tiré mes conclusions, presque toujours décourageantes. N'allez surtout pas vous imaginer que la vie m'a rendue amère, ou pessimiste, ou je ne sais quoi de sinistre. Procéder à sa propre analyse réserve des surprises souvent cocasses. La plupart du temps, je pense plus à mon travail qu'à moi-même. Je ne vais pas au-devant des événements qui pourraient changer ma vie, il est vrai. Est-ce un crime ? Que le destin se charge de dénouer l'écheveau nommé Ella Hamilton.

— Ella ?

Mon professeur aspira un peu de thé.

— Ce prénom vous déplaît ?

— Pas du tout. Je me demandais seulement... qui vous l'a donné ?

— Je l'ignore. Quelqu'un, n'importe qui, à l'orphelinat. Ella : prénom destiné à une femme d'une séduction exceptionnelle. Qu'en pensez-vous ?

— C'est très flatteur.

— Je ne suis pas vilaine, loin de là. Toutefois ce prénom vous conviendrait mieux qu'à moi, Cinnamon.

Cette fois, j'oubliai de rougir. Toutefois j'avais chaud, très chaud tout à coup, et le thé n'y était pour rien. Je détournai les yeux. Une gêne si ostensible m'attira un rire facétieux.

— Vous êtes belle et talentueuse. Il faut vous habituer à recevoir des compliments, jeune fille. Dieu merci, vous ne ressemblez pas à la plupart de vos camarades, ces oies blanches qui ne profèrent pas trois mots sans ricaner. Vous êtes très mûre, pour votre âge. Et vous ne manquez pas d'aplomb. Malgré toute votre adresse pour dissimuler cette peur, je sais combien l'angoisse vous tient comme tout le monde, mais chez vous, elle est enfouie, sous clé, pourrait-on dire. Vous avez appris, toute seule, l'art de la maîtriser. C'est pourquoi je suis convaincue de votre succès à l'occasion de cette première expérience.

Vous allez monter sur les planches, interpréter un rôle difficile. Ce sera un triomphe, j'en suis sûre.

À nouveau, j'osai la regarder sans crainte. Nous avions fait connaissance, rien ne m'empêchait d'éprouver de l'amitié pour une femme si franche, si cordiale envers moi. Le mur de stupidité, d'incompréhension qui nous avait longtemps séparées, je l'abattrais d'un coup de pied. Pouvais-je me fier à elle ? Oui, me soufflait ma conscience. Ne pouvions-nous devenir de vraies camarades, en tout bien tout honneur ? Au diable les rumeurs. Si j'avais envie de lui donner l'accolade devant tout le monde, je le ferai.

— Reprenons notre travail, voulez-vous ?

— Certainement.

Nous recommençâmes la scène depuis le début. Suivant son conseil, je songeai à Dell et le visage viril de l'hypocrite se superposa au sien. J'entendais sa voix vibrante aux sourdes résonances. Nous n'étions qu'à quelques centimètres l'une de l'autre lorsqu'un éclair insolite nous fit sursauter. Dans un même mouvement, nous fîmes face à la fenêtre.

— Qu'est-ce que c'était ?

— Je l'ignore.

Elle ouvrit, se pencha, regarda de tous côtés.

— Personne. La réflexion du soleil sur le pare-brise d'une voiture qui passait dans la rue.

— Peu probable, Miss Hamilton. Le ciel est couvert.

Je la rejoignis. Personne, en effet.

— Quelqu'un se sera faufilé sous votre fenêtre.

— Quoi qu'il en soit, le curieux s'est envolé. Maudite interruption ! La scène avançait à merveille. Tâchons de nous remettre dans l'ambiance et reprenons, voulez-vous ?

Je la dévisageai, incrédule. Quelques instants auparavant, cette femme me reprochait gentiment d'être trop naïve. D'où lui venait cette innocence, ce sentiment d'invulnérabilité, alors qu'elle avouait elle-même n'être pas dupe des rumeurs qui circulaient sur son compte ? Sa conscience professionnelle, la conscience du devoir accompli, bien accompli, lui tenait lieu de rempart. Du moins le croyait-elle. Malgré son passé douloureux, ses déceptions, l'expérience acquise depuis de longues années, cette belle jeunesse dont elle avait voulu s'entourer lui inspiraient une confiance inébranlable. Je les aime, ils le savent; par conséquent, ils m'aiment, un peu, beaucoup...

Moi, j'avais la « chance » d'avoir une famille. Des parents, et même une grand-mère.

Comme une rechute, la pensée de l'épreuve qui nous attendait me rattrapa. L'épouvante se peignit sur mon visage, vite surmontée. La vengeance d'Iris Ainsley était en marche. Le *quatrième mur* ne nous protégerait pas. Était-ce à moi d'ouvrir les yeux de mon professeur ? Elle n'était pas disposée à me croire et nos rapports s'en ressentiraient peut-être. Je gardai donc pour moi mes craintes et mes certitudes. Cela devenait chez moi un réflexe.

Comme la réplique d'un tremblement de terre, le choc nous secoua deux jours plus tard. Je venais d'arriver. Comme je prenais la direction du vestiaire, je remarquai un attroupement devant le tableau d'affichage, disposé dans le couloir principal. La plupart des spectateurs s'esclaffaient. Il en arrivait d'autres, jusqu'à former une petite foule. À mon tour je m'approchai, le cœur battant.

À peine m'eurent-ils aperçue qu'ils s'écartèrent. Je m'avançai vers le tableau au milieu d'une double haie d'élèves goguenards, sachant très bien quel spectacle m'attendait. Épinglé assez haut pour ne pas être arraché par la première main venue, un agrandissement de la photo prise au moment où les rapports entre la Mort et sa victime, Miss Hamilton et moi, avaient atteint un point d'intensité maximal. Nos lèvres semblaient prêtes à se joindre.

SCÈNE INTIME ENTRE LA PROF ET SA FAVORITE, précisait la légende en majuscules énormes.

— Qui est responsable de cette saleté ? demandai-je d'une voix blanche de colère.

— Qui ? Mais c'est toi, cela nous semble évident.

Iris Ainsley s'était détachée de l'anonymat de la cohue. Elle se tenait derrière moi, à une distance de quelques mètres. Je fis volte-face. La haine avait tout envahi, une exaltation froide, quelque chose qui criait assez fort en moi pour que tous puissent l'entendre. Un frémissement nerveux passa comme un battement d'aile sous ma peau. À quoi ressemblais-je, en cet instant où rage et mépris avaient atteint leur paroxysme ? Mon regard ne la quittait pas. Les autres sentirent le danger, ils s'écartèrent. L'image fugitive d'un western me traversa, la scène du règlement de comptes, le duel final dans la rue principale de la ville dont les habitants claquemurés derrière leurs volets clos observent et se taisent.

— Misérable petite greluche, murmurai-je. Tu ne m'arriveras jamais à la cheville et la jalousie te fait perdre la boule. Tu déraillès, pauvre tocarde. Jusqu'où t'abaisseras-tu pour en arriver à des procédés aussi sordides ? Tu n'es plus rien, qu'un fantoche pathétique. La honte devrait te liquéfier sur place. Ôte-toi de mon chemin, espèce de cinglée.

— Une simple répétition exige-t-elle qu'on en arrive là ? coassa une fille, sans doute quelque courtisane fanatique.

Il s'éleva des rires clairsemés. Pas un instant, mes yeux ne déviètrent du visage blême de mon ennemie.

— Cette dégénérée n'a nullement besoin de répétitions pour mijoter une sale petite vengeance bien dégoûtante dans l'espoir absurde de salir la réputation d'un excellent professeur et celle d'une rivale qui l'a réduite à néant. Mlle Ainsley est pourrie jusqu'à la moelle, avec en prime la lâcheté chevillée au corps. Pas d'explication franche avec cette pitoyable gonzesse, mais des coups de griffes en douce. Vous tous, assez cloches, assez nuls, assez débiles pour la suivre comme des chiens, prenez garde d'égratigner son orgueil, prenez garde d'offenser la princesse à la bouche en cul-de-poule, sa cruauté pourrait bien se tourner contre vous.

Alors seulement je les dévisageai l'un après l'autre. Les sourires s'étaient effacés. Je ne rencontrai que figures renfrognées, sérieuses, et même inquiètes. Se sentaient-ils concernés par mon ultime avertissement ?

— Que se passe-t-il ? demanda la voix tonnante de M. Kaplan.

Autant donner un coup de pied dans une fourmilière. En l'espace d'une minute, ce fut la débandade. Chacun regagnait sa classe. Iris Ainsley hésita, me lança un regard de souverain dédain et fit comme les autres. Je restai seule pour accueillir le recteur.

Cette longue démonstration de force m'avait épuisée. Je devais être blanche comme un linge. Je n'avais qu'une hâte, retrouver mon banc et mon pupitre, jouer le rôle simple et naturel de l'élève à l'écoute d'un professeur, n'importe lequel.

— Iris Ainsley ou l'un de ses complices a pris cette photo alors que nous répétions une scène essentielle de la pièce, entre l'héroïne et son fiancé. Dell Johnson était absent. Miss Hamilton, chez laquelle nous avions pris l'habitude de nous retrouver en fin de semaine, avait pris sa place. Cette photo, vous en comprendrez sans peine la raison, monsieur le proviseur, n'a d'autre but que celui de nous compromettre, Miss Hamilton et moi.

Il contempla l'objet du délit, écarquilla les yeux. Je fus gratifié d'un coup d'œil furieux.

— Je comprends très bien. À présent, filez si vous ne voulez pas arriver en retard à votre cours.

Il s'en fut donner au factotum l'ordre d'apporter une échelle afin de débarrasser le tableau de la photo et de sa légende.

Le mal était fait, malheureusement. Notre professeur de littérature fut convoquée chez le proviseur. Il lui montra la photo et son commentaire. Sans doute fut-elle admonestée pour son imprudence. Quand vint l'heure de son cours, elle était encore très pâle, la mine défaite.

Elle m'inspirait une pitié que je n'osais manifester. Nous étions, l'une et l'autre, placées sous haute surveillance. Le moindre regard, geste ou parole de compassion eût été mal interprété. D'ailleurs elle ne fit allusion à rien. Contrairement à son habitude, elle se contenta d'un monologue, sans interroger personne. Les élèves concernés par le spectacle la retrouvèrent en fin de journée, à l'amphithéâtre. Elle nous attendait, debout sur l'estrade. De toute évidence, le sang-froid l'avait emporté. Elle accomplirait son travail jusqu'au bout.

— Vous êtes tous au courant de l'incident de ce matin, commença-t-elle. Un individu à l'esprit retors que je ne nommerai pas a imaginé cette farce malfaisante. Mon intuition ne m'avait donc pas trompée en écartant certains de vos camarades de cette distribution. L'auteur ou les auteurs de cet acte méprisable ont tout de même remporté une petite victoire. Sur les conseils de M. Kaplan, j'ai décidé de supprimer les répétitions du week-end à mon domicile. Notre travail n'en pâtira pas, j'en suis convaincue, après vous avoir vus à l'œuvre. Le succès de notre entreprise vous tient à cœur. Vous me l'avez montré et je suis fière de vous. De vous tous. (Après un silence, le menton crâneur, elle ajouta :) Nous avons des ennemis? Tant mieux! Montrons à ces imbéciles ce dont nous sommes capables.

Enfin, elle fixa son attention sur moi.

— Si j'ai pu mettre dans l'embarras ou blesser quelqu'une d'entre vous, par mon incapacité à prévoir la réaction malsaine que pouvait entraîner la jalousie dans certains esprits dépravés, qu'elle me pardonne. Je serai dorénavant beaucoup plus attentive, croyez-le bien. Aucune ombre ne doit obscurcir votre enthousiasme. Cette triste péripétie n'est rien, oublions-la. Travaillons avec plus d'ardeur, si c'est possible. Que cette pièce soit votre triomphe. Puis-je compter sur vous ?

— Entièrement ! s'écria Dell.

Les autres applaudirent. La répétition commença.

Chaque fois que notre professeur s'approchait de moi, ou m'effleurait le bras, la culpabilité s'insinuait. Je n'en éprouvais que plus de ressentiment pour Iris Ainsley et sa clique de bouffons, capables d'exercer sur moi une telle influence. Il fallait me ressaisir au plus vite. Si je laissais se faufiler entre le personnage et l'actrice ne fût-ce que l'épaisseur d'un cheveu, tout était perdu. Iris triompherait. Ma mère ne se remettrait jamais d'une telle débâcle. Pas plus que moi.

Remonter la pente se révéla plus difficile que prévu. En effet, la photo « compromettante » n'était qu'un début. À mon retour à la maison, je fus accueillie par l'aïeule dont l'expression d'effroi simulé ne pouvait cacher la satisfaction mauvaise. Un coup de fil anonyme m'avait dénoncée pour ce que j'étais, une créature dénaturée. Maman avait été mise au courant séance tenante. Grand-mère Beverly avait profité de l'occasion pour lui confier l'épisode Clarence. Une gamine dépravée, voilà ce que j'étais devenue au contact d'une mère qui me passait tous mes caprices, quand elle ne les encourageait pas.

Je trouvais Maman dans un état d'anéantissement inquiétant. Tous les progrès réalisés depuis son retour semblaient abolis.

Réfugiée dans sa chambre, elle m'attendait. Il me suffit d'un regard pour comprendre ce qui était arrivé. En pleine possession de ses moyens, Amber Carlson n'aurait jamais toléré la semonce de sa belle-mère. Nous n'en étions pas encore là.

— Le proviseur a-t-il appelé ? demandais-je.

— Mais non. Pourquoi l'aurait-il fait ?

Je lui racontai l'incident de la photo. J'expliquai pourquoi elle avait été prise, par qui, dans quelle intention.

Ma mère m'écouta sans m'interrompre. Puis elle me fit le compte rendu de la sortie de l'aïeule et des accusations portées par celle-ci. Elle en vint à ce qui lui tenait le plus à cœur.

— Tu ne m'as rien dit de ta liaison avec ce jeune homme. Pourquoi l'avoir dissimulée ?

— Quelle liaison ? répliquai-je. Nous nous plaisions, nous avions de l'amitié l'un pour l'autre. Je l'ai conduit dans le grenier. Belva et le capitaine Arnold ont commis l'acte de chair, comme dirait cette vieille taupe. Peut-être serions-nous tombés amoureux l'un de l'autre, qui sait ? Grand-mère, par son interruption spectaculaire, a veillé à ce qu'il n'en fût rien. Clarence était plus faible que je n'imaginais. Il a pris peur sur-le-champ. Le lendemain, à la suite du coup de fil et des menaces proférées par Grand-maman, ses parents l'ont expédié en pension. Sans doute ne le reverrai-je jamais. Quand tu es rentrée à la maison, il ne restait que des souvenirs en train de s'estomper. Tu n'étais pas très solide, à quoi bon te déranger avec cette broutille ? La pièce absorbait désormais toutes mes pensées. Il en est toujours ainsi. Rien ne compte pour moi que ton bonheur et le succès de notre spectacle.

Ma mère acquiesça, toujours aussi calme.

— Depuis que je vais un peu mieux, murmura-t-elle, n'as-tu pas éprouvé le besoin, un seul instant, de me parler de Clarence ?

— Peut-être aurais-je dû le faire. Grand-mère a présenté la scène du grenier sous un aspect redoutable, je n'en doute pas. En fait, quand elle a ouvert la porte, nous étions endormis sous le kilim. Encore une fois, Clarence n'avait pas l'envergure du capitaine Arnold. Je l'ai déjà presque oublié. Si mon silence t'a offensée, pardonne-moi.

— Ton père ne m'en a rien dit non plus. Sa mère a dû le mettre au courant, j'imagine.

Je la dévisageai, soucieuse. Nous avancions sur un terrain miné. La moindre parole imprudente de ma part pouvait nous faire basculer dans le drame, la révélation d'une autre « liaison », autrement plus grave.

— Rien n'est moins sûr. La vieille n'a pas toujours besoin de renfort, pour livrer bataille.

— Taylor n'a jamais fait allusion à la scène du grenier, lorsque vous étiez seuls ?

Je secouai la tête.

— Étrange, dit Maman. (Cette cachotterie entre la belle-mère et l'époux lui donnait beaucoup à penser.) Peut-être as-tu raison, après tout. Une ennemie autoritaire, convaincue d'avoir reçu la mission de régenter la terre entière. Toutes ces bizarreries autour d'un travail innocent, la répétition d'une pièce de théâtre... Tu as évincé la favorite, celle-ci cherche à se venger. Son acharnement me trouble. Tant d'hostilité accumulée autour de ma fille... Comment a réagi votre professeur ?

— Miss Hamilton a mis un terme aux séances dominicales. Sous la pression du proviseur, j'en suis convaincue. Elle tombe des nues, elle est bouleversée. J'ai plus de peine pour elle que pour moi. Elle est solide, pourtant, elle reprendra le dessus. La répétition de ce soir s'est déroulée dans d'excellentes conditions. Après ce coup de roulis, l'équipe se serre les coudes.

— Parfois, la méchanceté d'autrui passe les limites du tolérable.

Maman me dévisageait toujours. Quelle montagne, dans ce regard !

— Naturellement, ces ragots ne contiennent pas une once de vérité ?

J'étais à deux doigts d'éclater en sanglots.

— Comment cette hypothèse a-t-elle pu seulement te traverser l'esprit ?

Mon émotion était plus convaincante que tous les mots.

— Ma biche, à mon tour, je te demande pardon. La suggestion exerce sur nous un pouvoir inouï. Moi-même, après le sermon de ta grand-mère, je me suis interrogée sur nos rapports, sur mes méthodes d'éducation. Je n'aurais pas dû, Cinnamon. Je t'aime, je te connais à fond. Ton silence, à propos de ce garçon, a sans doute déclenché ces questions en cascade. Pour la première fois, tu faisais le choix de garder pour toi une décision importante, quoi que tu en dises à présent. Je suis ta mère. J'étais inquiète.

— Je les hais. Tous autant qu'ils sont ! m'écriai-je. Si j'en avais le pouvoir, je leur jetterai un sort.

Maman ne put s'empêcher de sourire.

— Ne t'inquiète pas. Les êtres malveillants se condamnent eux-mêmes à une existence de misère. Tôt ou tard, ils se détruisent.

J'acquiesçai, dubitative. Grand-maman Beverly ne semblait pas si mal lotie. Elle continuait de mener une existence de coq en pâte, avec la bénédiction d'un fils modèle. À une autre échelle, combien de dictateurs, de monstres gorgés du sang de leurs victimes, responsables de la misère des peuples, s'étaient éteints paisiblement dans leur lit, à un âge avancé ?

Ma mère me tendit les bras.

— Viens. Viens vite.

Son étreinte me fit le plus grand bien.

— Je t'aime. J'ai confiance en toi. (Puis, avec une pointe d'humour :) Pauvre Clarence, tout de même, exilé dans sa pension à cause de toi. Ainsi tu n'as pas l'intention de le revoir ?

— Tout est fini entre nous, je le crains. Nous étions d'excellents amis, nous aurions dû le rester. J'ai commis là une erreur manifeste, je m'en souviendrai.

— Je comprends très bien. Plus que tu ne penses.

Cette petite lueur énigmatique dans ses yeux me laissa perplexe.

De deux choses l'une : ou mon père – une fois de plus – ne fut pas mis au courant de l'incident, ou il décida de le passer sous silence. L'aïeule hasarda pendant le repas quelques remarques sibyllines qui restèrent sans écho. Son fils avait l'esprit ailleurs. Il ne desserra pas les dents, pour ainsi dire. Maman, bien sûr, ne fut pas sans le remarquer.

— Préoccupé, Taylor ?

— Moi ? Pas le moins du monde, répondit-il très vite, beaucoup trop vite.

Agacé, Taylor Carlson, par la question si naturelle posée par son épouse. Celle-ci le prit très mal.

— Tu ne peux pas continuer indéfiniment à me traiter comme une débile mentale, quelqu'un dont l'existence passe inaperçue. Je finirai par perdre toute consistance, en effet. Si c'est là ton objectif, autant le dire tout de suite.

Coup d'œil de Taylor Carlson à sa mère. Était-il gêné par sa présence ou cherchait-il de ce côté un conseil, un point d'appui avant de se tourner vers l'épouse soudain récalcitrante pour la rassurer d'un sourire. Les sourires de mon père sont irrésistibles, je crois l'avoir déjà dit.

— Les principaux indices boursiers sont en baisse. Tu n'as jamais manifesté d'intérêt particulier pour la haute finance et je n'ai pas l'intention de t'ennuyer avec mes soucis professionnels, surtout en ce moment, dans cette période de convalescence si délicate pour toi. Si tu veux le savoir, la crise se prolonge, les menaces de la FED[1] de hausser les taux ne font rien pour calmer le jeu. Mon

1. Réserve fédérale, banque centrale des États-Unis. *(N.d.T.)*

cabinet a déjà perdu quelques gros clients, les autres me mènent un train d'enfer.

— Le moment n'est-il pas venu d'orienter ta carrière vers des activités moins éprouvantes et toutes aussi lucratives ? répliqua Maman sur le ton le plus dégagé, comme s'il s'agissait d'une conversation amicale entre collègues. Tu avais envisagé de fonder ta propre agence de gestion de patrimoines. Cette lutte quotidienne que tes semblables doivent mener à Wall Street, véritable maison de fous considérée de l'extérieur, est éprouvante, dangereuse, tu le reconnais toi-même. À moins que tu n'y prennes plaisir ?

L'expression de mon père se fit tourmentée. Il prit l'air douloureux, songeur, de celui qui espère s'attirer la sympathie tout en s'apprêtant à débiter un énorme mensonge.

— Il fut un temps, il est vrai, où toute cette excitation me galvanisait. Les enjeux étaient souvent considérables, on se sentait investi d'une réelle responsabilité. Cette période faste me semble révolue, malheureusement. Sous prétexte que certains confrères, dans l'espoir de profits plus importants et plus rapides, ont pris des risques inconsidérés dans la gestion du capital qui leur était confié, notre profession est montrée du doigt, on nous accuse de tous les maux. Il est possible, en effet, que je change mon fusil d'épaule. D'ici peu.

Grand-maman toussota derrière sa main pour montrer le peu de crédit qu'elle apportait à ces belles promesses. D'un signe du menton, elle me signifia que le repas était terminé. Attendais-je le déluge pour débarrasser ?

Ma mère et moi échangeâmes un regard plein de choses, de mots, bref et significatif.

Télépathes, nous l'avions toujours été, plus ou moins. Or maman était intriguée. Un aspect de la situation lui échappait, sur lequel, naturellement, j'avais ma petite idée. Plus tard, elle me fit venir dans sa chambre.

— Y a-t-il un mystère que tous, y compris toi, cherchez à me dissimuler ? Cinnamon, je veux savoir la vérité.

Non. Je secouai la tête. Non et non. Jamais je ne pourrais me résoudre à lui décrire la scène que j'avais vue à New York.

— Ma colombe, ne me cache rien. L'angoisse qui vous consume est plus destructrice que la vérité, si terrible soit-elle.

J'acquiesçai, les yeux baissés. Lamentable, j'étais lamentable.

— Entendu. Laissons cette histoire de côté pour l'instant. Tu as autre chose en tête, le lycée, les examens, la pièce, les farces ignobles de tes camarades. (Maman haussa les épaules.) Pensons à ton avenir.

Je lui adressai un pâle sourire, ô combien pâle.

— Comme tu voudras.

La semaine précédant la représentation fut un tourbillon, une mêlée, un vertige. Trois soirées furent consacrées à des répétitions en costumes pour permettre la mise au point du décor, des éclairages, apporter une dernière touche aux déplacements. Nous commettions tant d'erreurs encore, j'appréhendais un désastre. Iris Ainsley tiendrait enfin sa revanche. Miss Hamilton ne s'en remettrait jamais, sa carrière serait brisée. Maman reprendrait le chemin de la clinique. Quelle lubie m'avait saisie de vouloir assumer un rôle au-dessus de mes capacités !

Notre professeur tenta de nous rassurer. Les maladresses commises pendant les répétitions en costumes étaient prévisibles, plutôt rassurantes, d'une certaine façon.

— Accumulons les fautes pendant que nous sommes entre nous. Soyons impeccables le soir de la représentation.

La veille du grand jour, un cauchemar me rendit aphone. Je montais sur scène, j'ouvrais la bouche pour émettre un gargouillis ridicule. Un éclat de rire général saluait cette piteuse apparition. Un éclat de rire exultant, strident, il enfonçait dans l'âme quelque chose d'indicible. Ma mère était en larmes.

Je m'éveillai en sueur, le cœur battant à se rompre. Comment se rendormir dans un tel état de nervosité ? De quoi aurais-je l'air, après une nuit d'insomnie ? Rompue de fatigue, titubante, je sauterais des répliques, je me cognerais contre des éléments du décor, je serais incapable de suivre les mouvements prévus, je sèmerais le capharnaüm sur scène. La sonnerie du réveil m'arracha en sursaut à un sommeil aussi bref que traversé de rêves stupides, de visions rudimentaires, toutes catastrophiques. J'avais les yeux injectés de sang, le teint terne. Mon premier réflexe fut de me recroqueviller sous les couvertures et d'y rester jusqu'au soir. Pari risqué. Si je manquais les cours, le proviseur pouvait décider, punition suprême, de me priver de scène en donnant le rôle à ma doublure. Les protestations de Miss Hamilton seraient de peu d'effet.

Maman avait fait l'effort de se lever pour prendre le petit-déjeuner avec moi.

— Ton jour est arrivé, ma tourterelle. Jusqu'au lever de rideau, tu te sentiras sur un nuage. La réalité te paraîtra lointaine et cotonneuse. Tu n'entendras pas grand-chose, tu ne prêteras attention à rien. Tiens bon, c'est l'essentiel. Garde confiance en toi. Tu seras récompensée au-delà de tes espérances.

Je contemplais cette femme, ma mère, à peine remise de l'une des expériences les plus traumatisantes de toute son existence. Souriante, elle m'exhortait à ne pas céder au découragement, à fuir toute tentation de me réfugier dans l'angle mort que chacun porte en soi. Sans mot dire, je me levai, je la serrai très fort. L'être que j'aimais le plus au monde.

Elle ne s'était pas trompée. Les cours me semblèrent plus interminables les uns que les autres. C'était à peine si j'écoutais le laïus des différents professeurs ; toutes les cinq minutes, je consultais la pendule dans l'attente de la cloche. Par bonheur, aucun examen n'avait été programmé ce jour-là. À l'heure du déjeuner dans la cafétéria, acteurs et techniciens en herbe se regroupèrent d'instinct, soudés par le même sentiment d'angoisse irraisonnée. Même Dell Johnson, notre star, avait conscience d'aborder un rôle inhabituellement périlleux. Nous cherchions le réconfort dans la confession sans fard du trac ressenti, de la nuit d'insomnie partagée par presque tous. La hantise du « trou », cet abîme dans lequel plonge l'acteur subitement privé de parole par l'oubli du texte, nous donnait le frisson.

Vieux routier de la scène, Dell reconnaissait ne pas être épargné par ces frayeurs de débutant. Il s'efforçait de prendre les circonstances de haut, mais sans forfanterie, avec humour.

— Ne vous bilez pas. Ce soir, à l'instant d'entrer en scène, le déclic se produira. Oubliée, la sainte trouille, comme un fardeau tombé à vos pieds. Vous serez les maîtres du monde, pleins à craquer d'orgueil et de joie.

Impossible, pensais-je. En ce qui me concerne, je n'y crois pas. Au terme de cette journée accablante, je rencontrai Miss Hamilton au détour d'un corridor.

— Rentrez vite chez vous, conseilla-t-elle. Prenez une heure de repos, allongée sur votre lit, les yeux clos. Respirez à fond, ne pensez à rien.

Nous avions tous rendez-vous une heure avant la représentation pour la séance de maquillage et d'habillage. Ensuite, pour la plupart d'entre nous, ce serait le saut dans l'inconnu. Pour se retrouver.

Ou pour se perdre.

À la maison, Maman avait repris en main la plupart des activités domestiques. Elle insista pour me faire avaler un repas léger, salade et fruit. Même Grand-maman Beverly assisterait à la représentation pour « s'assurer que tout ce temps et toute cette énergie n'avaient pas été gaspillés en vain ».

Maman, lorsque je quittai ma chambre pour descendre l'escalier d'un pas mal assuré, m'attendait dans le vestibule, aussi belle et dynamique que naguère. Admirable leçon de cran dont j'étais mieux placée que personne pour savoir combien il lui en coûtait, combien les apparences restaient fragiles. Si j'échoue, pensai-je pour la centième fois, je la renvoie à la clinique ! Perspective effrayante. Cette menace de souffrance me coupait les jambes. Je me cramponnais à la rampe.

— Tout ira bien, m'assura-t-elle. Le seul fait d'avoir été choisie, de participer à cette aventure constitue déjà une victoire. Tout ira bien, je le jure. À tout à l'heure, ma petite fée.

Elle m'enlaça. Mon père, toujours pas rentré, avait pris la peine de téléphoner pour annoncer qu'il était sur le chemin du retour. Miriam Levy, la chef-maquilleuse, devait passer me prendre. Tout en me dirigeant vers le portail, je me retournai pour adresser un dernier signe à la silhouette encadrée dans le rectangle de lumière. Obéissant aux consignes de Miss Hamilton, je humai à pleins poumons l'air du soir. J'allongeai ma foulée. Miriam arriva presque aussitôt.

Il régnait dans la salle de maquillage un tohu-bohu salutaire. Cette atmosphère survoltée n'engendrait pas la mélancolie. Miss Hamilton veillait à tout. Sous couvert de rectifier un détail ici ou là, elle distribuait encouragements et compliments. Vingt minutes avant le lever de rideau, notre professeur rassembla toute son équipe pour une dernière séance de réenchantement. Transformer cette horde d'étudiants apeurés, fagotés en acteurs, en magiciens capables de conduire les spectateurs sur le sentier de mille chimères.

— À tous, j'adresse mes remerciements les plus sincères. Du fond du cœur, indépendamment de ce qui arrivera tout à l'heure, je suis déjà très fière de mes comédiens. La différence entre talent et médiocrité n'est pas la perfection, pas du tout. Celle-ci n'existe pas, n'a jamais existé, elle est l'équivalent du grand méchant loup qu'on invoque pour faire peur aux enfants. La différence, c'est l'aptitude de corriger sans cesse ses défauts. Ceux-ci sont inévitables. Je vous ai vus à l'œuvre au cours de toutes ces répétitions. Ma gratitude vous est d'ores et déjà acquise. Des fautes, vous en commettrez. Rien de plus normal. Pas de panique, surtout. Enregistrez la peccadille, rectifiez-la le plus naturellement du monde. Le public n'y verra que du feu. À tous, je souhaite bonne chance. Merci encore de m'avoir consacré votre temps et votre ardeur.

Applaudissements discrets. Dans les coulisses, de part et d'autre du plateau, nous nous disposâmes par ordre d'entrée en scène.

— La salle est bondée ! cria un machiniste.

Un grand vide se forma dans ma poitrine. Je fus prise de nausée. Maman avait-elle eu raison d'insister pour que sa fille « n'aille pas au charbon le ventre vide » ?

Lever de rideau. Quelques clapotements saluèrent le très beau décor.

En piste !

Aussi surprise qu'un caneton découvrant qu'il lui suffit d'agiter les pattes dans l'eau pour traverser la rivière, je me lançai « sur les planches », cet espace prodigieux, cinglé par des spots éblouissants. Dell avait raison, chaque réplique prononcée sans hésitation accroissait mon assurance. La Mort, de son côté, faisait preuve de toute la puissance de séduction requise. Dell se surpassait. Contrairement à une idée reçue, le partenaire n'est pas toujours l'ennemi dont il faut combattre la présence. Ainsi que l'avait prévu Miss Hamilton, quand on est en état de grâce, les acteurs puisent dans la force les uns des autres, ils se mettent en valeur mutuellement. Les séances dans le grenier avec Maman y étaient sans doute pour quelque chose : j'avais l'impression d'avoir fait ce métier toute ma vie. La scène m'était aussi familière que ma propre chambre. Légère, j'évoluais comme si je marchais sur la lune. Pas un seul mot perdu, pas un seul déplacement hésitant, je trouvais tous mes repères avec un naturel inouï. Dell Johnson et Cinnamon Carlson dansaient le tango, avec une violence sombre.

Quand arriva le paroxysme de la pièce, la salle était sous le charme. Cette foule invisible, nous la tenions dans le creux de nos mains, mais son silence ravi me frôla comme une caresse fugitive. Je l'oubliai aussitôt, pour me concentrer exclusivement sur le rôle, les paroles décisives que nous allions échanger, la pirouette dans le tragique. À quel point j'enviais l'héroïne, son calme absolu, le sentiment de plénitude ressenti face à son destin. L'amour seul avait transformé cette charmante jeune fille en une force de la nature, un parangon de courage. Impétueuse, elle mit sa main dans celle de son amant, comme Don Juan dans celle du Commandeur. Pas de hurlements, pas de regret, mais le dénouement le plus voluptueux que l'on puisse rêver.

Un tonnerre d'applaudissements salua le baisser de rideau.

Pendant toute la soirée, mon regard avait fui le gouffre noir de la salle. À présent, tous mes camarades et moi, nous lui faisions face. Nous saluâmes, ainsi qu'on nous avait appris à le faire. Puis vint l'épreuve de l'exhibition individuelle. L'un après l'autre, nous défilâmes. Alors seulement je les vis, debout, subjugués. Je jetai un coup d'œil sur Miss Hamilton, cachée au bord de la coulisse. Son visage rayonnait, elle ressemblait à la petite fille qu'elle avait été naguère, découvrant son premier arbre de Noël.

Je la rejoignis pour jeter les bras autour d'elle.

— Merci, chuchotai-je.

— Non, Cinnamon. C'est à moi de vous remercier. D'avoir été telle que je l'avais imaginé. Pour vous, ce n'est que le commencement.

Ensuite, les familles et les amis furent admis dans les loges. Ma mère était superbe. Son visage délicat semblait illuminé de l'intérieur. Nous restâmes quelque temps à nous regarder sans pouvoir faire le moindre geste. Voilà ta récompense, me soufflait la petite voix. Mon père m'accablait de compliments, flatté malgré tout de s'entendre dire de tous côtés combien sa fille était géniale.

— Quel naturel ! Quel talent ! Vous pouvez être fier.

À l'arrière-plan, Grand-maman Beverly n'était pas mécontente de recevoir sa part de félicitations en qualité de membre d'une famille ayant accouché d'un tel prodige. Puis Maman me glissa à l'oreille :

— J'étais sans inquiétude. Nos amis, les esprits du grenier, m'avaient assuré de ton succès. Sais-tu qu'ils étaient là aussi ? Ils applaudissaient, même si j'étais la seule à les entendre. Tu as fait leur conquête.

Toute sa figure se fendit d'un grand sourire de bonheur. Je sentis la mienne chavirer dans une hilarité invincible.

Que la vie était belle, ce soir-là !

8

L'ÉPREUVE DU FEU

La foule se clairsemait. Miss Hamilton me posa la main sur l'épaule.

— Je voudrais que vous fassiez la connaissance de l'un de mes amis.

Mes parents et ma grand-mère s'étaient éclipsés pour me laisser le temps d'enlever maquillage et costume. Ils m'attendaient dans le foyer. J'étais en train d'ôter le fond de teint, face au miroir. Je me tournai pour découvrir, sur le seuil de la loge, un échalas d'une élégance méticuleuse, qui donnait à première vue l'impression d'avoir loupé son examen d'entrée aux pompes funèbres. Des yeux noirs, inquisiteurs, dans un visage mince au nez aquilin surplombant une bouche en lame de faucille. Le menton bien dessiné quoiqu'un peu en galoche, soulignait l'arrogance générale de la physionomie.

— Cinnamon, je vous présente Edmond Senetsky, un excellent ami.

Je la dévisageai, intriguée, puis ramenai mon attention sur le visiteur. Le ton employé par mon professeur trahissait l'importance du personnage à ses yeux. Sous son apparence de croque-mort haut de gamme, jusqu'à ses cheveux noirs, luisants comme la soie d'un huit-reflets, M. Senetsky n'était pas le premier venu.

Il tendit la main droite, fine, osseuse, dont l'annulaire s'ornait d'une bague rehaussée de diamants. Pas une alliance, sûrement pas. Mais un bijou de grande valeur.

Je me levai en hâte, serrai une main ni trop vigoureuse ni trop molle, qui lâcha la mienne très vite.

— Edmond est agent théâtral, Cinnamon. Il fut un temps où, remplie d'illusions, j'envisageais de lui confier la gestion de ma carrière.

Miss Hamilton laissa s'échapper un rire un peu tendu, rire de pudeur, sous lequel se dissimulait beaucoup de nostalgie. M. Senetsky resta imperturbable.

— Le pire service que l'on puisse rendre à quelqu'un, c'est de le bercer de faux espoirs, déclara-t-il sur un ton définitif. (Il toisa Miss Hamilton.) Le talent, on l'a ou on ne l'a pas. Dans ce cas, on se rabat sur la critique, ou sur l'enseignement.

Cette réflexion, inspirée par une méchanceté gratuite, me déplut aussitôt. J'effaçai mon sourire de courtoisie.

— Il a raison, Cinnamon, répliqua Miss Hamilton avec vivacité. L'enseignement n'est pas une déchéance, loin de là. On reporte ses espoirs sur ses élèves, on s'efforce de leur transmettre le feu sacré.

— Exactement, confirma Edmond.

Son accent le désignait comme étranger, bien qu'il s'efforçât de parler notre langue à la perfection. On aurait dit un acteur interprétant le rôle d'un Anglais distingué.

— Venons-en au fait, Cinnamon. Sans doute ai-je dû faire allusion devant vous à Mme Senetsky, la mère d'Edmond, ancienne diva de la scène russe, aujourd'hui directrice d'une école d'art dramatique parmi les plus prestigieuses du continent. Très difficile dans le choix de ses élèves, elle en recrute quelques-uns chaque année, pas davantage. Après avoir assisté à la représentation, Edmond pense que vous avez toutes vos chances.

— Je n'ai jamais rien laissé entendre d'aussi catégorique, rectifia l'agent, sans dissimuler son agacement.

Pour une débutante, Mademoiselle s'est acquittée de son rôle d'une manière passable.

— Passable ? se récria Miss Hamilton.

Une rougeur imperceptible colora les joues de M. Senetsky.

— En réalité, vous avez fait montre de qualités exceptionnelles, s'agissant de votre première représentation. Cela dit, ne vous faites pas d'illusions. Chaque année, ma mère n'accepte d'auditionner que le gratin, *la crème de la crème*[1]. C'est une chose de travailler avec ses condisciples dans le cadre de son lycée, une autre que d'avoir à s'imposer face aux meilleurs débutants d'une côte à l'autre des États-Unis.

— Continue à lui parler sur ce ton et tu vas lui saper le moral, le gourmanda Miss Hamilton.

— Si elle s'effarouche pour si peu, cette demoiselle n'est pas destinée à devenir actrice.

Il s'approcha de moi. Edmond avait des yeux en vrille sous des cils suffisamment longs et fournis pour me rendre jalouse.

— Laissez-moi vous dire ce qu'il en est vraiment. Cette vérité que, dans son enthousiasme, votre professeur a dû omettre de préciser, vaut pour le théâtre, le cinéma, la télévision, la mode, toutes les professions en rapport avec la représentation. Mademoiselle…

— Cinnamon, précisa Miss Hamilton. Cinnamon Carlson.

— Mademoiselle Carlson. Pour réussir, il faut compter trente pour cent de persévérance et trente pour cent de chance, se trouver là où il faut au moment opportun. Le reste repose sur le talent. Si vous êtes destinée à faire carrière, vous y parviendrez peut-être, en comptant sur votre bonne étoile. Sinon…

— Il me restera l'enseignement ? suggérai-je.

1. En français dans le texte.

Miss Hamilton eut la bonté de rire.

— Ou la vente des billets à l'entrée d'une salle de spectacle, rétorqua-t-il. (Puis, s'adressant à Miss Hamilton :) Tu auras de mes nouvelles d'ici peu, naturellement. (Il m'enveloppa d'un dernier regard.) Quant à vous, mademoiselle Carlson, bonne chance.

— Merci pour les trente pour cent, répliquai-je froidement.

Ma réponse l'amusa. Il ébaucha un sourire. Après avoir remercié Miss Hamilton de l'avoir invité à la représentation, il s'éclipsa.

Je regardai mon professeur.

— Brrrr ! Quelle douche froide, votre ami !

— Edmond est d'un abord plutôt réfrigérant, je vous l'accorde, Cinnamon. Il n'en est pas moins l'un des grands agents artistiques de la place. Quant au cours dirigé par sa mère, on se bat pour y être admis. Tous ses diplômés sont les mieux placés pour obtenir un premier contrat dans un milieu où l'esprit de compétition fait rage. Pensez-y, ma chère petite. Préparez-vous à passer une audition dans une quinzaine de jours. Je vous accompagnerai à New York, si vous le désirez. Je vais préparer un petit dossier sur le cours de Mme Senetsky. À votre intention, ainsi qu'à celle de vos parents.

— J'hésite, Miss Hamilton. En toute franchise, ma décision n'est pas prise.

— Parlez-en avec les vôtres. Je vais de ce pas dans le foyer rejoindre votre famille et lui toucher un mot de cette affaire, pour préparer le terrain. Edmond s'est donné, à tort ou à raison, la contenance du monsieur important face à une très jeune débutante. Un petit test pour jauger votre attitude hors plateau. Il sait à présent que vous ne manquez pas de sang-froid. J'étais à côté de lui lorsque vous êtes venue saluer. J'ai lu l'étonnement dans ses yeux, un intérêt sincère. Peut-être moins frénétiques que ceux des parents venus admirer leur progéniture, ses applaudissements n'en étaient pas moins éloquents. Edmond joue admirablement de son physique rébarbatif, mais ce n'est pas un ogre. Ne vous laissez surtout pas impressionner, vous avez été éblouissante, Cinnamon.

Elle me laissa à ma toilette, songeuse, désemparée. Je lui en voulais presque de ne pas m'avoir accordé assez de temps pour savourer mon triomphe naïf. La joie était retombée, déjà. Miss Hamilton n'avait pas eu le choix, bien sûr. Toujours à l'affût de nouveaux talents, un agent important lui avait fait le plaisir de se déplacer, juste pour *me* voir. Il repartait le soir même pour New York. L'entrevue devait avoir lieu maintenant ou jamais.

Que diraient mes parents ? Pour mon père, l'avenir de sa fille était tout tracé. J'entrerais à la New York University, je mettrais mes pas dans les siens. Toutefois, je n'avais pas encore envoyé ma demande d'inscription. Sans douter de son intérêt, j'étais impatiente de connaître la réaction de ma mère à la proposition de Miss Hamilton. Son enthousiasme serait-il aussi catégorique que celui de mon professeur ?

Dans le foyer, ne restaient que quelques retardataires. Assise sur un canapé de velours cramoisi très usé, l'aïeule s'impatientait visiblement. Quant à mes parents, ils discutaient avec Miss Hamilton.

Mon père vint à ma rencontre, il m'entoura d'un bras protecteur.

— Enfin, voici notre petite idole. Nous sommes évidemment très fiers, Cinnamon. C'est un peu comme si je découvrais chez ma fille des qualités insoupçonnées. Je suis fier et un peu confus.

Mon professeur semblait enchantée. Je surpris, fixé sur elle, le regard hostile, accusateur, de Grand-maman Beverly. Pour elle, du moins, la découverte du « talent » de sa petite fille n'avait rien, absolument rien changé.

— Je me sens un peu lasse, déclarai-je.

— Mon ange, qui ne le serait à ta place ?

Ma mère m'enlaça. Nous fîmes nos adieux à Miss Hamilton. Appuyée contre l'épaule maternelle, je me laissai guider en direction du parking. Ici et là, des applaudissements fusaient sur mon passage. Au fait, qu'étaient devenus Iris Ainsley et sa clique de lèche-bottes ? Avaient-ils seulement assisté à la représentation ?

— Miss Hamilton nous a parlé de ta rencontre avec Edmond Senetsky, dit ma mère, lorsque nous fûmes engagés sur la route.

Nous étions toutes deux assises à l'arrière. L'aïeule, en effet, ne supportait pas de s'y trouver, sous le prétexte qu'elle avait l'impression d'être en taxi. « Pourquoi, lui avais-je demandé un jour, n'as-tu pas l'impression toute simple d'être assise sur la banquette arrière d'une conduite intérieure anonyme ? » Cette idée ne lui souriait pas davantage.

— Attendons d'être mieux renseignés sur cette école, répliqua aussitôt mon père.

Grand-mère haussa ses frêles épaules.

— Absurde ! Quelle instruction recevra-t-elle, dans un établissement dirigé par une vieille femme ?

Remarque stupéfiante dans la bouche d'une septuagénaire qui ne cessait de prêcher le respect des anciens et de vanter le mérite de leurs méthodes d'éducation. Passant sous silence cet étrange paradoxe, je fis observer que la vieille femme en question était aussi une actrice de réputation internationale dont le cours était très prisé.

— L'offre est engageante, reprit ma mère.

— Maman, ne t'emballe pas. Elle recrute une poignée de nouveaux élèves chaque année. Je n'ai aucune chance.

— Cinnamon, pas de fausse modestie. Tu es douée, tu le sais. Tu en as donné la preuve. Nous en sommes tous conscients.

— Elle a raison, ne nous emballons pas, répliqua mon père dont le ton acerbe disait combien lui déplaisait la perspective de voir sa fille embrasser une carrière d'actrice.

Il consulta du regard sa mère qui se contenta d'un nouveau haussement d'épaules.

Ces regards de connivence entre la vieille et son fils... Je les avais toujours détestés, pris en aversion depuis quelque temps, cela pour une excellente raison. De la part de mon père, ce fut l'erreur à ne pas commettre. L'impression familière s'abattit sur moi : ces deux-là, assis à l'avant, préparent un nouveau complot contre nous. Contre ma mère et moi. Ma décision fut prise à l'instant même, moins sous l'empire d'un désir irrésistible de suivre les conseils de Miss Hamilton que pour relever le défi lancé par ce regard.

— Quoi qu'il en soit, si l'occasion se présente, j'aimerais essayer.

Maman chercha ma main et la serra. C'était sa manière secrète de me remercier. Aussitôt, je sus que mon choix était le bon. D'ailleurs, passé l'exaltation de la représentation proprement dite, les surprises et la perplexité qui avaient suivi, songeant au travail accompli sur scène, je sentais naître en moi un sentiment d'orgueil. Légitime ? L'avenir seul le dirait. Ce sentiment, tous mes camarades – Dell en premier lieu – pouvaient le ressentir. Mais aucun d'entre eux, que je sache, ne se destinait à devenir acteur. Ma mère me dévisageait, un peu narquoise. Rien de ce qu'éprouvait sa fille ne lui était étranger. Elle avait deviné la bataille intérieure, le triomphe de la fronde, couronnée par une satisfaction tard venue. Plus d'une heure après le baisser de rideau, Cinnamon Carlson n'était pas mécontente d'elle. Ma mère seule était à l'écoute du débat intérieur. Elle me félicitait de ma décision. J'étais heureuse.

Le lendemain, la seconde représentation se déroula dans des conditions encore meilleures. Succès foudroyant. La salle, debout, trépignait de joie. Quand vint mon tour de saluer, le délégué des étudiants monta sur scène pour m'offrir un bouquet de roses blanches et rouges. Mes parents étaient là. Grand-maman avait préféré passer la soirée devant la télévision en compagnie de Cary Grant. Comment lui en tenir rigueur ?

Lundi, la vie scolaire reprit son rythme normal, un peu précipité par l'approche des examens. Accolade de la plupart des élèves de ma classe, félicitations chaleureuses de tous mes professeurs. Je rougissais sous tant d'éloges accumulés sur ma personne. Assise au dernier rang, Iris Ainsley était d'une discrétion remarquable. À l'heure du repas, telles des souris réfugiées dans des trous d'ombre, elle et ses fidèles choisirent la table la plus reculée pour y tenir l'habituel conciliabule chuchoté, menus propos enragés d'impuissance. Personne ne leur prêtait attention, ils avaient sombré dans l'insignifiance. Comment avais-je pu les prendre au sérieux, redouter leurs manigances, m'inquiéter des conséquences éventuelles de leurs pauvres intrigues ?

Le groupe formé par les acteurs et les autres membres de l'équipe refusait de se dissoudre. Assis autour de la même table, nous apprenions à mieux nous connaître, bercés par les douces vagues de l'adulation générale. Mercredi matin, à la fin du cours de littérature, Miss Hamilton donna la réponse que j'attendais avec une impatience contrôlée. La confiance inébranlable de ma mère et de mon professeur m'avait empêchée de verser dans le pessimisme. L'audition aurait lieu dans une semaine, jour pour jour, dans une petite salle off-Broadway que Mme Senetsky louait chaque année pour la circonstance.

Malgré moi, ma main se ferma dans un mouvement convulsif sur la feuille contenant les détails pratiques, heure, adresse. Dans la mesure où j'étais encore mineure, il appartenait à mes parents de téléphoner pour confirmer le rendez-vous.

— Si vous y tenez, je vous accompagne, proposa-t-elle à nouveau. À moins que vous ne préfériez vous y rendre en famille. Je ne voudrais surtout pas faire figure d'intruse.

— Si je me rends à cette audition, ma mère ne verra aucun inconvénient à votre présence, j'en suis sûre.

— Allez-y, Cinnamon, je vous en prie. Si vous déclarez forfait, toute votre vie, vous resterez dans l'incertitude. Suis-je passée à côté de mon vrai destin ?

J'opinai, tout en m'efforçant de dissimuler ma nervosité. J'hésitai même, en arrivant chez moi, à mettre ma mère au courant. Je trouvai celle-ci dans sa chambre, comme à l'accoutumée. Elle lisait, avec un fond musical. La raideur de son maintien, les traits figés de son visage me mirent aussitôt en alerte. Ma mère était contrariée. Une nouvelle algarade avec l'aïeule ? Celle-ci avait-elle dit, ou insinué, quelque chose susceptible d'éveiller les soupçons de sa belle-fille ? Le cas échéant, avait-elle pris cette initiative de sa propre autorité, ou avec l'accord de son fils ?

À mon entrée, elle posa son livre.

— Bonsoir, trésor.

— Maman, tu es soucieuse. Je veux savoir pourquoi.

Elle acquiesça. Son sourire un peu forcé exprimait plus de vaillance que de sincérité. Un sourire de théâtre, en quelque sorte.

— Puis-je te cacher la vérité ? Ton père avait promis de nous emmener au restaurant, pour célébrer ton succès. Il vient d'appeler pour annoncer qu'une réunion importante le retiendrait jusqu'à dix heures. Grand-maman Beverly a préparé un de ses fameux pâtés à la viande.

La colère me saisit, une pierre tranchante au fond de moi. Avec quel plaisir j'aurais lacéré le beau visage paternel.

— Sortons, toi et moi, proposai-je. Allons manger une pizza et une salade.

— Tu en es sûre ?

— Sûre et certaine. (Maman me regardait, saisie par cette voix courroucée que je maîtrisais à grand-peine.) Laisse-moi le temps d'enfiler des vêtements plus décontractés et filons d'ici.

Cette décision prise à l'emporte-pièce provoqua un éclat de rire.

— Pourquoi pas ? Grand-mère ne se plaindra pas de notre absence. Que nous assistions ou non aux repas, si Taylor est absent, elle s'enferme dans sa solitude.

J'allai dans ma chambre ; ma mère descendit dans le salon pour informer l'aïeule de notre intention.

— Elle ne m'a honoré ni d'un regard ni d'une parole, dit-elle tandis que je mettais le contact. Un simple hochement de tête.

— Ses silences traversent le monde comme des rasoirs ouverts, murmurai-je. Elle s'y entend admirablement pour détester en silence.

— De temps à autre, elle me fait pitié. Elle n'a personne à qui se confier. Aucun des amis du vivant de Grand-Papa Carlson n'est resté en contact avec elle. Ses relations sociales se limitent à quelques tasses de thé prises en compagnie de rombières du voisinage avides de ragots. Son fils est toute sa vie, affirme-t-elle. Son énergie, pour l'essentiel, semble investie dans le devoir qu'elle s'est imposé de rivaliser avec moi. (Ma mère fit entendre un léger soupir.) Peine perdue, de plus en plus. Taylor Carlson se soucie aussi peu de son épouse que de sa mère.

Le moment était-il venu de passer aux aveux ? Avait-elle la force d'encaisser cette évidence grossière : son mari entretenait depuis de longs mois une liaison torride avec une blonde sophistiquée, plus jeune, peut-être plus belle ?

Balivernes que tout cela ! Ma mère n'était ni sotte, ni naïve. Si elle était de taille à supporter la vérité, *cette* vérité, celle-ci se serait imposée à elle après la cinquième « réunion de travail à laquelle je ne puis me dérober. Ne m'attendez pas pour dîner, je rentrerai tard ». Or jusqu'à présent, aucun doute, rien dont elle ne m'eût parlé ou que j'eusse pressenti en elle. Blocage complet.

Cette question, pourtant, l'autre jour : « Ne me cachez-vous rien ? – Non, avais-je certifié. Non. »

Parler, par conséquent, c'était prendre le risque de lui imposer un autre choc, aussi violent que le précédent dont elle n'était pas encore tout à fait remise.

Une fois de plus, je refoulai les mots qui me brûlaient la langue. Je les refoulai le plus loin possible.

Je la conduisis dans mon restaurant favori, qu'elle adopta sur-le-champ.

— Cela me rappelle ma jeunesse, déclara-t-elle, comme si sa vie était déjà derrière elle.

À peine installée, ma mère se mit à parler, de tout et n'importe quoi, dans un débit rapide, inhabituel chez cette femme si paisible. À cran, pensai-je. Maman est à bout de nerfs. Peu à peu, le récit s'ordonna, elle évoqua des souvenirs d'adolescence que je n'avais jamais entendus. Copains, copines, premiers amours. J'écoutais, un peu angoissée.

— Je n'ai jamais voulu jouer la comédie. Ce qui m'attirait, moi, c'était le chant. Ma tante Ethel, la sœur de Grand-maman Gussie, m'avait affirmé que l'on pouvait « trouver » sa voix, ou même la modifier, à condition de découvrir un lieu dont l'acoustique était parfaite. Un lieu où se répercutait l'écho des sons émis. Je découvris l'endroit idéal à moins d'un kilomètre de la maison, un ravin étroit où je me rendais souvent pour faire mes gammes. Mes piètres tentatives devaient effaroucher les oiseaux, les écureuils, jusqu'aux insectes. En fin de compte, j'entrai dans la chorale du collège. Je n'allai pas plus loin. Je n'étais pas destinée à devenir soliste, encore moins la diva de mes rêves.

« Ceux-ci agonisent lentement. Une mort en douceur, semblable à celle des fleurs de cerisier dont les pétales conservent leur douceur et leur carnation lorsqu'ils jonchent le sol, vite balayés par le vent.

« Garde-toi de passer à côté des bonheurs que la vie te réserve. Dans ton cas, il ne s'agit pas d'un fantasme. Tu possèdes un don, un vrai. Fais-le grandir en toi et surtout, personne n'a le droit de se mettre en travers de ton chemin. Fais-moi le serment de rester fidèle à toi-même.

Je m'exécutai bien volontiers. Puis je lui montrai la convocation remise par Miss Hamilton.

— Ainsi, elle est arrivée ! s'exclama Maman. La chance de ta vie.

J'aurais aimé partager son enthousiasme. Je n'avais que mépris pour cette Cinnamon hésitante, pusillanime.

— Je téléphonerai dès demain, promit ma mère.

— Mon professeur propose de nous accompagner, si nous le souhaitons.

Son visage s'assombrit aussitôt.

— Bien sûr. Si sa présence peut t'aider, je n'y vois pas d'inconvénient.

Je venais de commettre une gaffe. Miss Hamilton, décidément très perspicace, m'avait mise en garde à sa façon. Je ne voudrais surtout pas faire figure d'intruse.

— Ce n'est pas très important, Maman. Elle est excitée comme une puce, voilà tout. Miss Hamilton voulait devenir actrice, elle reporte tous ses espoirs sur moi. Curieuse vie que la sienne, pas très gaie. Elle est orpheline.

— Tiens ?

Entre deux bouchées de pizza enrobées de feuilles de laitue, je lui révélais ce que je savais sur le passé de mon professeur. Enfance trimbalée entre dix foyers, engouement pour le théâtre, désenchantement, entrée dans l'enseignement, dévouement sans faille pour ses élèves, reconnaissance d'un talent particulier chez la dénommée Cinnamon Carlson.

— Au fait, si elle est toujours célibataire à trente ans, c'est tout simplement qu'elle n'a jamais trouvé l'âme sœur. Dans ce domaine, comme dans celui du théâtre, l'expérience s'est employée à la décourager.

Je savais très bien où je voulais en venir. Maman le comprit-elle ? Elle me dévisageait, l'air plus serein.

— Décidément, cette femme semble à l'origine de tout. Il n'y a aucune raison de l'évincer. Si cela peut lui faire du bien d'assister à ton audition, qu'elle soit la bienvenue. D'autre part, en récusant sa présence, je donnerais l'impression d'ajouter foi à toutes ces rumeurs désagréables qui circulent sur son compte. Je me sentirais coupable envers elle.

J'opinai. L'affaire semblait réglée.

Le repas s'acheva dans les plaisanteries et la gaieté. Ma mère prenait autant de plaisir à écouter les derniers tubes diffusés par le juke-box que n'importe quelle camarade de lycée.

Ces deux heures passées ensemble hors de la maison furent parmi les plus agréables que nous ayons connues depuis sa sortie de la clinique. Nous étions sur ce point d'accord. Il fallut se résoudre à rentrer. J'avais un exposé de maths à préparer pour le lendemain. Maman reprit sa lecture. Son mari ne prit même pas la peine de s'en tenir à l'heure promise.

Il était onze heures et demie lorsque je l'entendis gravir l'escalier. Ses pas discrets frôlèrent ma porte, il entra dans la chambre conjugale. Le silence s'abattit sur l'étage comme une chape de plomb. Des trombes de colère et de tristesse m'emportèrent comme un fétu dans la tourmente. Je m'endormis.

Le lendemain, en fin d'après-midi, Maman m'accueillit avec une brassée de nouvelles. Comme promis, elle avait appelé le bureau de Mme Senetsky pour confirmer ma présence à l'audition. La secrétaire de la dame lui avait fourni un détail essentiel : je devrai présenter une scène de *La Mégère apprivoisée*. Naturellement, notre bibliothèque contenait toutes les œuvres du grand William. Ma mère avait déjà lu plusieurs fois la scène retenue.

— L'audition aura lieu samedi, m'annonça-t-elle. À dix heures précises.

— Samedi ! m'exclamai-je, déjà saisie d'effroi. Cela me laisse deux petits jours pour me préparer. Impossible !

— Ne t'affole donc pas. Toutes tes heures disponibles seront prises par nos répétitions. N'oublie pas d'informer ton professeur, elle aura peut-être des suggestions à faire.

Nous commençâmes le soir même, dans le grenier, dont les murs vigilants avaient enregistré mes premiers balbutiements de comédienne.

— Nos chers esprits doivent être associés à l'entreprise, précisa ma mère dans un murmure. Tu auras besoin de leur protection.

En effet, pensai-je. De quel droit mettrais-je en doute la confiance touchante de ma mère ? D'ailleurs les esprits du grenier avaient été les compagnons de mon enfance. Je les aimais autant qu'elle.

Dès la fin du repas, nous prîmes le chemin des combles. Notre absence se prolongea si longtemps que mon père, intrigué, fit l'effort de monter. Il regarda, écouta, l'espace de quelques instants. Souriant, il secoua la tête et s'en fut, refermant la porte aussi doucement que possible.

Vendredi soir, entre la poire et le fromage, l'aïeule décida de donner son avis. Négatif sur toute la ligne. L'angle d'attaque adopté pour exprimer ce désaccord révélait une fois de plus son adresse.

— Pourquoi ne serait-elle pas retenue ? commença-t-elle en me désignant d'un mouvement du menton, comme si c'eût été trop d'honneur que de m'accorder un seul regard. Toute cette harangue concernant le soi-disant esprit de compétition me semble plus relever du discours publicitaire éculé que de la vérité. J'ai lu les papiers. Les prix exigés pour entrer dans ce cours d'art dramatique sont exorbitants. C'est de l'argent fichu en l'air pour une fantaisie alors que cette gamine devrait entrer dans une école sérieuse, prestigieuse, comme l'a fait son père, d'où elle sortirait nantie de connaissances solides, avec l'assurance de trouver un vrai métier, bien rémunéré. Poursuivre cette aventure, c'est se lancer dans l'aléatoire, vous le reconnaissez vous-même.

— J'admire votre belle assurance, répliqua ma mère. Pour ma part, malgré toute la confiance que m'inspire le talent de Cinnamon, je ne suis pas certaine qu'elle fasse partie des élus. Les tarifs très élevés de ce cours sont le garant de la qualité de l'enseignement dispensé par Mme Senetsky, cet aspect du problème n'aura pas échappé à votre sagacité. Dans le cas contraire, au lieu d'être convoité par tant d'acteurs débutants, son établissement aurait fait faillite depuis longtemps. J'allais justement vous prier, dans l'hypothèse où votre petite-fille y serait admise, de céder une partie des actions que Grand-Père Carlson et vous-même aviez placées en son nom.

— Ce capital ne peut être mobilisé avant le vingt et unième anniversaire de l'intéressée, vous le savez aussi bien que moi.

— Sans doute, mais cette échéance était une grave erreur. Les jeunes gens ont besoin de capitaux pour financer leurs études. Quand la scolarité se déroule normalement, sans retard, ils n'attendent pas vingt et un ans pour entrer dans une grande école, généralement très coûteuse.

— Comme s'il s'agissait d'une grande école ! persifla Grand-maman Beverly. Le succès de l'autre soir lui a tourné la tête, cette petite veut s'offrir un caprice de star dont vous, sa mère, devriez être la première à la détourner, si l'avenir de votre fille vous importait vraiment. Ne comptez pas sur moi pour investir un centime dans cette folie.

— Mme Senetsky vaut son pesant d'or, insinua mon père d'une voix mi-figue, mi-raisin. Il faut en prendre son parti.

— L'élève admis est entièrement pris en charge, ne l'oubliez pas, insista Maman dont le ton se durcissait dangereusement. Pension complète, blanchisserie, autant de frais dont nous serions libérés.

— Pension complète ! rétorqua la vieille avec mépris. Avez-vous vu l'immeuble où sont logés les élèves ? Une vieille bâtisse dont aucun promoteur ne voudrait. Sa carrière était sur le déclin, elle a mis sur pied cette escroquerie pour boucler ses fins de mois, et vous me demander de tomber dans un panneau si grossier ?

C'en était trop, je montai au créneau.

— Tu pérores dans le vide, comme d'habitude, Grand-maman. Tu es d'une ignorance crasse concernant le théâtre. Cet art ne t'intéresse nullement et tu n'as jamais entendu parler d'une comédienne que les scènes du monde entier s'arrachaient. On vient de partout dans l'espoir d'être admis à son cours. Contrairement à ce que tu prétendais, je n'ai sans doute pas la moindre chance de retenir son attention.

— Tant mieux pour toi.

Ma mère semblait sur le point d'exploser. Après un regard à mon père, le nez dans son assiette, je compris qu'il n'y avait rien à attendre de lui, une fois de plus. Je décidai de calmer le jeu.

— En effet, répliquai-je d'une voix de sucre et de miel, les yeux braqués sur l'aïeule. Si j'échoue, je pourrai m'en féliciter, puisque mon rêve aura volé en éclats. Ma vie deviendra aussi vide et vaine que la tienne. Grand-mère, quelle plus grande ambition que celle de te ressembler un jour ? Peut-être en arriverai-je à une telle déchéance que nous deviendrons les meilleures amies du monde, qui sait ? À condition que tu vives assez longtemps.

Ma mère fronça les sourcils. Nous échangeâmes un long regard, un de ces regards de connivence, et partîmes d'un formidable éclat de rire. Dans un même mouvement, après avoir plié nos serviettes avec soin, nous quittâmes la table, laissant les deux acolytes dans la solitude d'une cuisine devenue irrespirable.

Arriva le samedi matin. Mon père s'éveilla, affligé d'une terrible migraine. Il avait juré de nous accompagner, puis toute la famille serait invitée dans l'un des plus agréables restaurants de Greenwich Village. Maman s'empressa de le libérer de cette corvée.

— Reste bien tranquillement au lit, soigne-toi. Ta femme et ta fille se feront une raison. Elles ont l'habitude de tes absences.

Il se laissa convaincre sans trop de résistance. L'aïeule, évidemment, s'empressa d'approuver cette sage décision.

— Nous devrions tous rester à la maison, affirma-t-elle.

— Comment ? s'exclama Maman. Vous ne venez pas avec nous ? Il fait un temps superbe. La perspective de quitter cette maison que vous détestez pour passer une excellente journée à New York ne vous tente pas ?

— Moi ? Je hais les grandes villes, vous l'ignoriez ?

Méfiante, elle dévisageait ma mère. L'espace d'un instant, il me sembla discerner dans ses yeux le vague espoir que l'invitation de sa belle-fille fût sérieuse. Et si ma mère avait vu juste : l'aïeule n'était-elle pas seulement une pitoyable vieille dame aigrie par la solitude ?

Ma mère avait insisté pour conduire. Je la guidai jusqu'au domicile de Miss Hamilton que nous devions prendre au passage. Pendant le trajet, mon professeur se remémora les différentes auditions données dans sa jeunesse.

— Tous les concurrents sont follement nerveux, précisa-t-elle. Si vous ne souffrez pas du trac, Cinnamon, c'est le signe que vous n'avez pas investi dans ce travail une part suffisante de vous-même. Affichez cette angoisse sans complexe, vous ne serez pas la seule. Quand viendra votre tour, elle s'évanouira, comme elle s'est dissipée la première fois face à votre public, la semaine dernière.

— Je m'en doute, approuva ma mère. La désinvolture ferait mauvais effet, de toute façon.

— L'artifice, s'il en existe un, reprit mon professeur, consiste à faire abstraction de l'endroit où l'on se trouve, la petite scène d'un théâtre dépourvue de décor. Ne songez qu'à votre rôle, à l'environnement fictif de la pièce. Nous l'avons étudiée en début d'année. Je garde le souvenir très vivace de vos lectures. Elle y était déjà remarquable, ajouta-t-elle pour le bénéfice de Maman.

— Il se trouve que Cinnamon, grâce à vous, connaît bien *La Mégère apprivoisée* et qu'elle aime cette pièce, en particulier le rôle de Kate. Une chance inespérée que le choix de Mme Senetsky se soit porté sur ce texte.

J'étais assise à l'arrière, bien sûr. Miss Hamilton tourna vers moi un visage radieux.

— Votre bonne étoile veille déjà sur vous, Cinnamon. N'était-ce pas une des conditions posées par le cher Edmond pour réussir dans ce métier ? Comme je vous envie !

Devinant peut-être que j'avais besoin d'un peu de recueillement (le livre ouvert sur mes genoux je récitai en mon for intérieur, les yeux fermés), ma mère et sa passagère m'oublièrent pour bavarder avec animation. De temps à autre me parvenait un titre de pièce, une date, le nom d'un auteur ou d'un comédien. Quand la voiture se gara dans une ruelle proche du théâtre, elles semblaient les meilleures amies du monde. Ce rapprochement que j'avais souhaité comme une conséquence naturelle de la situation me soulagea sans pour autant secouer la terrible appréhension de l'échec, de plus en plus vive à mesure que s'était rapproché le lieu du supplice.

Nous franchîmes les portes du théâtre, surprises de ne trouver personne. Où étaient donc les autres postulants ? Un assistant nous fit entrer dans la salle. Celle-ci était plongée dans l'obscurité. Sur scène, le faisceau d'un unique projecteur découpait une flaque de lumière.

— Edmond m'avait prévenu qu'il pourrait en être ainsi, chuchota Miss Hamilton. Il semble préférable à Mme Senetsky que les autres candidats n'assistent pas à l'audition. Elle a besoin d'être seule.

— Seule ? Mais il n'y a pas âme qui vive ! s'exclama ma mère.

— Vous faites erreur, répliqua une voix de femme, voix puissante de *mezzo* venue semblait-il d'une loge située dans le fond. Là, assise dans la pénombre, presque indiscernable, était assise la grande prêtresse dont dépendait mon avenir. Ses cheveux gris étaient relevés en un chignon retenu par un grand peigne noir, à l'espagnole.

— Madame Senetsky ? questionna Miss Hamilton.

— Qui d'autre ? Veuillez prier votre élève de monter sur scène immédiatement. Au théâtre, tout est affaire de promptitude. Il devrait en être ainsi dans la vie.

— Pourquoi se dissimuler ainsi dans l'ombre ? murmura Maman, décontenancée.

— Cinnamon, c'est à vous, déclara Miss Hamilton avec douceur. Respirez à fond. Oubliez-nous. Oubliez la personne assise là-bas qui vous écoute et vous observe. Oubliez tout. Ne songez qu'à Shakespeare.

Elle s'installa sur le second siège d'une rangée médiane, ma mère prit place à côté d'elle.

— Ne pourrait-elle au moins nous accueillir ? murmura-t-elle.

Ce furent les dernières paroles que j'entendis. Je m'avançai vers la scène comme vers l'échafaud. Mon cœur ne battait pas le branle-bas dans ma poitrine, il semblait s'être ratatiné sur lui-même, crispé comme un poing. Respirer à fond, j'en étais incapable. J'avais le souffle court, saccadé. Pourquoi me mettre dans un tel état pour une seule spectatrice alors que j'avais passé haut la main l'épreuve de mille regards, aussi critiques, plus dangereux en raison de leur ignorance ? Ma mère n'avait pas tort. Cette femme aurait pu avoir la courtoisie de se présenter. Ce retrait hautain, quelle fatuité de sa part ! Rien n'avait été fait pour me rassurer, me donner une impression de bien-être. Pour qui se prenait cette Mme Senetsky ? Avait-elle seulement remporté un seul Oscar ? Sa gloire n'était plus qu'un souvenir, la plupart des gens ignoraient son nom. À commencer par Grand-maman Beverly, fan de Cary Grant.

Je gravis les marches d'accès au plateau. Alors seulement, il me fut possible de respirer à fond. Je fermai les yeux. Tu es Kate, une petite-bourgeoise de l'ère élisabéthaine. Tu vas donner à cette pimbêche une démonstration de ton savoir-faire, tu vas donner le meilleur de toi-même et tu seras Kate jusqu'au bout des ongles, à tel point que son chignon lui tombera sur le bec et qu'elle se repentira de nous avoir traitées, ma mère, mon professeur et moi-même, comme de vulgaires va-nu-pieds.

— J'attends ! cria la voix de stentor.

Si ce rappel à l'ordre était destiné à me faire défaillir, prendre la fuite, piquer une crise de nerfs, elle en serait pour ses frais.

Autant fouetter un cheval emballé.

— Attends toujours, murmurai-je.

J'entrai dans le cercle de lumière.

— *Fie, fie…*

J'avais de l'affection pour Kate. Je n'étais pas loin d'admirer son emportement, cette méfiance enseignée par la vie, jetée à la face du monde, des hommes en particulier. Il ne me déplaisait pas davantage qu'elle fût en fin de compte conquise et se laissât convaincre d'aimer Petruchio. À la fin de la pièce, ils forment un couple exemplaire dont l'affection ne s'éteindra jamais. Je n'aurais pu rêver mieux pour moi-même.

Miss Hamilton et ma mère saluèrent mon intervention d'applaudissements nourris. Je demeurai quelque temps plantée dans le cercle de lumière, dans l'attente d'un commentaire quelconque, venu du fond de la salle. Le silence se prolongeait.

Le projecteur s'éteignit.

— Que le diable l'emporte…

À la lumière parcimonieuse des veilleuses, je rejoignis les deux spectatrices. À tâtons, nous regagnâmes la sortie. Aucune trace de Mme Senetsky.

— Je n'y comprends rien, dit ma mère. Où est-elle passée ? Qu'attend-elle de nous à présent ?

Miss Hamilton haussa les épaules.

— Je suis aussi surprise que vous. Pardonnez-moi, je ne sais que dire.

— Tout de même, on ne traite pas ainsi des gens que l'on a convoqués, insista ma mère. Hello ? Si vous êtes là, prenez au moins la peine de répondre. Deux minutes plus tard, voyant que rien ne se passait, elle prit le parti d'en rire.

— Allons-nous-en.

Nous nous retrouvâmes sur le trottoir, clignant des yeux sous le soleil éblouissant.

— Cinnamon, tu étais parfaite, dit ma mère. Si cette personne était digne de sa réputation, elle aurait dû s'en apercevoir.

— Je partage entièrement votre avis, murmura Miss Hamilton. J'appellerai Edmond pour tenter d'obtenir quelques éclaircissements.

Maman lui posa la main sur l'épaule.

— N'en faites rien, je vous en prie. Les méthodes de Mme Senetsky témoignent d'un manque absolu de savoir-vivre. À moins qu'elle ne soit sadique. Ma mère me jeta un regard entendu. Avec les années, il arrive que la méchanceté prenne le dessus chez certaines personnes. Mortifier les autres devient un plaisir. Trouvons une gargote agréable, allons voir une exposition. Nous sommes en vacances, profitons-en !

Tout se passa pour le mieux. Le restaurant était accueillant, chaleureux, bon marché. Maman remonta ses cheveux en un chignon serré pour se livrer à une imitation plutôt réussie de Mme Senetsky, sans oublier la voix d'outre-tombe et l'accent slave. L'une et l'autre rivalisaient d'efforts pour atténuer ma déconvenue.

Tout en leur sachant gré de leur attention, je m'interrogeais sur l'étrange malaise éprouvé, seule, dans ce halo de lumière. Pour la première fois de ma vie, j'étais montée sur une véritable scène de théâtre. Dans des conditions particulières, certes, mais je n'aurais pas été plus gênée si un médecin m'avait laissée toute nue dans son cabinet, pour ne plus revenir. Pendant le trajet entre le domicile de Miss Hamilton et la maison, Maman et moi décidâmes de garder pour nous les surprises de cette journée. Nous n'allions pas offrir à l'aïeule, à mon père, le plaisir de penser qu'ils avaient raison.

Nous n'avions nulle envie d'entendre Grand-mère chanter à satiété ses propres louanges.

Vis-à-vis de mon père, nous optâmes pour la prudence. J'avais fait de mon mieux pour donner bonne impression, toutefois mes chances d'être admise dans cette école restaient minces. Ses maux de tête persistaient, il monta se coucher sitôt après le repas.

Le lendemain, Maman reçut un coup de fil de Miss Hamilton. Renseignement pris auprès du fils, il n'y avait pas lieu de s'inquiéter outre mesure. Sa mère considé-rait comme superflues les plates civilités qu'elle pourrait échanger avec la famille ou les amis des candidats. Seules comptaient à ses yeux les qualités dont celui-ci ou celle-ci feraient preuve en scène. Aussi avait-elle pris l'habitude d'arriver en avance et de s'éclipser purement et simplement entre chaque audition. Edmond n'avait pas manqué de rappeler que les postulants se bousculaient pour profiter de l'admirable pédagogie maternelle. Le jour où j'avais eu l'insigne honneur d'être vue et entendue par Mme Senetsky, six auditions s'étaient succédé, en plus de la mienne.

La semaine suivante, j'envoyai mon dossier d'inscription à la New York University, ainsi qu'à d'autres établissements publics recommandés par notre conseiller d'orientation. La préparation des examens de fin d'année accaparait désormais tout mon temps. Le théâtre s'éloignait lentement de mes préoccupations pour prendre sa place définitive parmi les doux rêves de jeunesse dont le souvenir cesserait peu à peu de me faire souffrir. Sujet que j'évitais soigneusement d'aborder avec Maman. Le silence de celle-ci en disait assez long.

Pauvre Miss Hamilton, qui avait reporté sur moi tant d'espoir. Son regard m'interrogeait, chaque fois que j'entrais dans sa classe. La réponse déchiffrée sur mon visage était toujours la même : rien, aucune nouvelle. Mon audition avait été bonne, sans doute, mais pas assez pour rétenir l'attention de Sa Sérénissime. Avant d'être le mien, cet échec serait celui de mon professeur, c'était ainsi qu'elle le ressentirait, je n'en doutais pas. L'indifférence de Mme Senetsky serait durement éprouvée par mon professeur. De même serait-il plus difficile à ma mère de tirer un trait. Plus difficile qu'à moi-même. Peut-être, en effet, n'avais-je pas la foi. Peut-être cette vieille actrice embusquée dans sa loge l'avait-elle deviné.

Tout bien considéré, Grand-maman Beverly avait exprimé en termes brutaux une réalité que ni ma mère ni moi n'étions disposées à accepter. Surtout énoncée par une personne qui avait accumulé les erreurs toute sa vie et nous vouait toutes deux aux gémonies. Quel fantasme avait bercé sa propre adolescence ? Me demandais-je parfois, non sans curiosité. À quoi songeait-elle aujourd'hui, quand venait l'instant fatidique de poser la tête sur l'oreiller ? Quels souvenirs lui tenaient lieu de somnifères ? Avait-elle seulement été heureuse, quelques années, quelques mois ? Son fils, probablement, par sa beauté, son intelligence, son dévouement, avait comblé la plupart de ses vœux. Du passé, désormais. Son fils lui était devenu un étranger, comme à sa femme, comme à sa fille. Même si elle continuait de recevoir certaines confidences. C'était sa punition, en quelque sorte, pour l'avoir si ardemment monté contre nous. En avait-elle conscience ? Éprouvait-elle le moindre regret ?

— À son âge, cette femme est plus à plaindre qu'à mépriser, répétait volontiers ma mère, encline à la compassion, bien davantage que ne l'était sa fille.

Sans doute une conséquence de la lutte qu'elle avait dû mener contre les forces du mal acharnées à sa perte. Un cœur accessible à la miséricorde était l'aboutissement de ce triomphe. Si je lui racontais la scène abominable aperçue dans cette maudite brasserie de Wall Street, Maman puiserait-elle dans sa nouvelle réserve de courage l'énergie nécessaire pour excuser un mari odieux ? Je la croyais désormais capable d'un tel exploit. Raison de plus pour garder bouche cousue. Je n'étais pas prête, moi, à pardonner.

Elle nourrissait des soupçons, bien sûr. Chaque jour, mon père devenait plus distant. Je redoutais l'aveu qui ne manquerait pas d'ébranler une famille déjà si fragile et risquait, malgré ses dispositions généreuses, de pousser ma mère aux pires extrémités.

Puis la lettre arriva. Cette lettre allait placer chacun d'entre nous face à ses responsabilités et provoquer un petit raz-de-marée. Il aurait pu nous engloutir tous les quatre. Il n'en fut rien.

La lettre.

Ma mère m'attendait dans le salon. À peine me trouvai-je dans le vestibule qu'elle me héla. J'entrai. De loin, elle me tendit le rectangle blanc.

— La voici, Cinnamon.

— Pourquoi ne pas l'avoir ouverte ?

— Elle t'est adressée, mon ange. C'est à toi de le faire.

Je décachetai l'enveloppe d'un grand coup d'ongle. Elle contenait trois feuillets. Le style mordant, lapidaire du texte d'introduction avait été dicté par Mme Senetsky, cela tombait sous le sens. Il correspondait si bien à l'image qu'elle avait su donner d'elle-même.

Chère Mademoiselle Carlson,

Vous êtes admise à l'École d'art dramatique à compter du 7 juillet, à dix heures du matin.

À cette date, tous les frais d'inscription annuels auront dû être acquittés.

Vous trouverez ci-joint la liste des vêtements et linges nécessaires à la constitution de votre trousseau, ainsi que le règlement intérieur de l'établissement.

Toute infraction, même minime, à notre discipline, entraîne l'expulsion immédiate de l'élève. Les frais ne sont pas remboursés.

Le contrat devra nous être retourné, signé par un parent ou un tuteur, dans les deux jours suivant la réception de cette lettre.

Sincèrement,
Madame Senetsky

Je remis le tout entre les mains de ma mère. Après avoir lu, celle-ci partit d'un grand éclat de rire. Il s'arrêta très vite, comme une corde coupée en deux. Le visage de Maman arborait une expression de gravité troublante.

— A-t-on jamais vu créature plus incohérente ? murmura-t-elle. Elle nous traite comme si nous n'existions pas, pour te reconnaître en fin de compte digne d'entrer dans le saint des saints.

— Que dois-je faire, Maman ?

— Quelle question ! Y aller, bien sûr. N'est-ce pas ce que tu souhaitais, dans le secret de ton cœur, depuis cette fameuse audition ? Si je me trompe, dis-le-moi dès maintenant. Il nous reste deux petits jours.

Je me laissai choir dans un fauteuil. Sans y prendre garde, j'adoptai la posture classique du désarroi le plus extrême. Ma mère, quand je levai les yeux, souriait sous cape.

— Je ne sais pas. Je ne sais plus. En toute sincérité, je suis perdue.

— Cette décision va engager ta vie entière. Tu peux, ce n'est pas moi qui t'en empêcherai, entrer à la New York University, suivre l'exemple de ton père, ainsi qu'il le souhaite, nous le savons l'une et l'autre. Il suffira pour s'en convaincre d'observer sa réaction quand nous lui apprendrons la nouvelle. Es-tu prête à t'engouffrer dans cet univers ? Je t'aiderai, et tu peux compter sur Miss Hamilton. Veux-tu, au contraire, passer les quarante années à venir en compagnie d'individus dont l'argent est le maître mot, l'unique ambition la recherche de profits toujours plus grands pour leurs clients ou les actionnaires de leur entreprise ? Taylor était un brillant sujet, comme on dit. Sa carrière est enviable, si l'on entend par là des revenus bien supérieurs à la moyenne. Son métier le passionnait, jusqu'à ces derniers temps tout au moins. A-t-il l'air d'un homme heureux, comblé par l'existence ?

Ma mère parlait d'or, elle lisait en moi comme dans un livre ouvert.

— Mme Senetsky, si désopilante ou déconcertante qu'elle puisse être, t'offre la chance de ta vie, ajouta-t-elle dans un murmure. Ne la laisse pas s'échapper.

J'appelai Miss Hamilton. La spontanéité de sa réaction me remit un peu les idées en place. Elle fondit en larmes, des larmes de joie. Ma mère, quand elle le sut, en fit autant, et je me laissai gagner à mon tour par cette absurde crise d'attendrissement. Nous venions à peine de surmonter cette défaillance, à grand renfort de reniflements, quand mon père fit son entrée.

— Que se passe-t-il, grand Dieu ?

Ma mère lui tendit la lettre.

Il eût mieux valu pour lui qu'elle n'arrivât jamais. Son regard, son visage, sa voix n'en faisaient pas mystère. Les jours avaient passé, et ma non-inscription à l'école de Mme Senetsky était pour lui une affaire classée, heureusement classée.

— Parfait, marmonna-t-il. (Puis, jetant un coup d'œil rapide sur sa fille :) Parfait, répéta-t-il.

— Est-ce là tout ce que tu trouves à dire ? s'insurgea ma mère.

— Cinnamon a désormais le choix entre différentes options. C'est une perspective plutôt rassurante pour une jeune fille qui se trouve au seuil de la vie.

— Options ? se récria Maman. Ressaisis-toi, Taylor, tu n'es plus à Wall Street. Il ne s'agit pas d'opérations boursières, mais de l'avenir de notre fille.

Il opina, le regard lointain. Son embarras faisait peine à voir. Même à la clinique je ne l'avais jamais vu aussi gauche, emprunté, mal dans sa peau.

— J'en suis conscient. Je me félicite du fait que plusieurs possibilités s'offrent à elle. Cela mérite réflexion. Cinnamon a le droit d'hésiter avant de s'engager pour la vie. Pesons le pour et le contre, réfléchissons à tête reposée. Ai-je dit quelque chose de si monstrueux ?

Ma mère secoua la tête, comme elle l'aurait fait devant un cas désespéré.

— Taylor, ta mère t'a tellement bourré le crâne de fausses idées... Ne peux-tu t'en défaire une fois pour toutes ?

— Grand-maman Beverly n'a pas toujours tort, répliqua-t-il. Considère le passé de certains grands acteurs. Ils ont commencé par exercer une profession très différente. La compétition est rude, vous le reconnaissez vous-mêmes. Pourquoi Cinnamon ne voudrait-elle pas, avant de se lancer dans un métier si hasardeux, accumuler quelques solides diplômes qui la mettraient pour toujours à l'abri du besoin ? Tout en poursuivant des études sérieuses, rien ne t'empêcherait de t'emballer pour le théâtre et d'engranger une belle expérience de spectatrice. Si, dans deux ou trois ans, ton inclination pour la scène reste intacte, tu passeras une nouvelle audition.

Le tour était joué. À l'entendre, c'était aussi simple que de boucler sa ceinture avant le décollage.

Derechef, ma mère secoua la tête. Elle avait l'air navrée.

— Pourquoi avoir attendu le dernier moment pour exprimer ton hostilité, Taylor ? Pourquoi avoir gardé le silence dans le foyer du lycée, lorsque Miss Hamilton nous a révélé l'existence de cette école ? Pourquoi ne pas avoir donné ton opinion alors que Cinnamon répétait le rôle de Kate, ou même avant qu'elle ne se rende à cette fichue audition ? Et tous ces jours depuis lors, n'as-tu pas trouvé le courage de dire à quel point te répugnait l'idée que ta fille envisage une carrière d'actrice ?

Mon père semblait au supplice.

— En toute franchise, votre compte rendu de l'audition m'a semblé plutôt négatif. Pas plus que vous, je ne m'attendais à l'arrivée de cette lettre.

Il brandit l'objet que Maman lui arracha des mains.

— Tu n'avais pas confiance en Cinnamon, grave erreur de ta part. (Elle lui tourna le dos.) Je vais préparer le dîner. Grand-mère n'est pas rentrée de sa visite chez le dentiste.

Sur le visage de mon père, le déclic soudain de l'inquiétude.

— Elle avait rendez-vous à quatre heures, n'est-ce pas ? Pourquoi ce retard ?

— Peut-être s'est-elle arrêtée en route pour acheter un nouveau dessus-de-lit, grommela ma mère avant de s'éloigner.

Je regardai mon père. Jamais je ne lui avais vu un tel air de chien battu et cette lassitude du fond de l'être qui transforme chaque petit mouvement en un effort surhumain. Il était très pâle, les paupières cernées de bistre. Je le suivis des yeux tandis qu'il gravissait les marches, songeant qu'il n'arriverait jamais au sommet. Il y parvint, exhala un soupir et disparut en direction de la chambre.

Comme je prenais à mon tour le chemin de la cuisine, un choc énorme ébranla le palier. L'espace de quelques secondes, je demeurai pétrifiée. Puis je m'élançai quatre à quatre. Ma mère avait entendu, elle aussi.

— Ce bruit, qu'est-ce que c'était ? cria-t-elle depuis le vestibule.

Mon père gisait sur le plancher, à quelques pas de la chambre. Il était tombé sur le côté, sa jambe droite tressaillait alors qu'il tentait tant bien que mal de se redresser, cramponné d'une main à l'un des barreaux de la rampe.

Je hurlai.

— Papa !

Un nom que je n'avais plus employé depuis une éternité. Je me précipitai auprès de lui. Ma mère me rejoignit en un clin d'œil.

— Taylor, ne bouge pas. Reste tranquillement allongé. Réponds-moi si tu te sens capable de parler. Que s'est-il passé ?

— Un étourdissement, bredouilla-t-il. (Sa main se crispa sur sa poitrine.) J'ai mal.

— Ne bouge surtout pas, répéta ma mère. J'appelle une ambulance. Cinnamon, ne le quitte pas. Fais-le basculer sur le dos, en douceur.

Elle se rua dans la chambre. Je l'entendis décrocher le téléphone, appeler le service des urgences. Agenouillée derrière mon père, je soulevai sa tête, la posai dans mon giron. Je lui caressai la joue. Ses paupières battaient faiblement.

— Tout va bien, fit-il dans un souffle. Ne t'inquiète pas.

Mes yeux déjà rougis par les larmes versées avant son arrivée s'embuèrent à nouveau. Son visage devint flou. Cette journée qui voyait le couronnement de mes espoirs avait soudain une odeur de désastre. Non, tout n'allait pas bien. Pas bien du tout. Grand-maman Beverly n'était toujours pas rentrée.

Les lèvres exsangues de mon père formèrent des syllabes. Je me penchai, j'entendis mon nom, un fantôme de nom.

— Cinnamon, j'ai tant de regrets. Cinnamon, je suis fier de toi. Fier de cette lettre. Nous trouverons l'argent nécessaire.

Épuisé, il se tut. Ses yeux se fermèrent.

— L'ambulance sera là dans un instant, avec le matériel de réanimation, lança ma mère. (Elle venait de raccrocher.) Comment va-t-il ?

— Je n'en sais rien.

Dix secondes plus tard, Maman était assise à côté de son mari. Elle avait apporté de l'eau de Cologne pour lui rafraîchir les tempes et le front, balayant par la même occasion les mèches collées par la sueur. À quand remontaient, entre eux, ces humbles gestes d'intimité et d'affection, me demandai-je. Après quoi, elle lui prit les mains.

— Je suis là, Taylor. Je ne te quitterai pas. Tiens bon. Je serai forte, aussi forte qu'il le faudra. Ne crains rien, ta fille et ta femme te protègent.

Les paupières de l'homme frémirent, palpitèrent, s'entrouvrirent.

— Pardon, chuchota-t-il.

Paroles de contrition. Quelle valeur fallait-il leur accorder ?

Épilogue

Mon père avait la vie dure, il survécut. Toutefois, les insuffisances cardiaques révélées par cette crise furent jugées assez sérieuses par les médecins pour justifier l'implantation d'un stimulateur. Comme il fallait s'y attendre, Grand-maman tenta de reporter sur sa belle-fille toute la responsabilité du drame. Aucune accusation directe, bien sûr, mais des traits enduits de curare sifflaient à travers toute la maison.

— Il n'y a là rien d'étonnant, fit-elle observer après avoir pris connaissance du diagnostic à demi rassurant de l'hôpital. Le pauvre était accablé de soucis. Dieu merci, il est solide. Sans cela, la malveillance et l'entêtement de certains l'auraient enterré depuis longtemps.

Ma mère, pensai-je, allait perdre son sang-froid. J'étais loin du compte et m'en voulus de l'avoir sous-estimée.

— Des tourments, j'en ai eu ma part, il me semble, répliqua-t-elle. Dans ces circonstances horribles, contrairement à ce que l'on pouvait attendre d'un père ou d'un mari normal face à la perte d'un enfant, au désarroi de son épouse, votre fils a montré une absence de solidarité scandaleuse. Je ne m'étendrai pas sur votre propre insensibilité ou pire, votre satisfaction secrète de voir ainsi vos abominables prophéties se confirmer de façon si cruelle. C'est une affaire entre vous et vous-même. Elle ne me concerne en rien et franchement, c'est le cadet de mes soucis.

Aujourd'hui, c'est au tour de Taylor d'avoir des problèmes. Je ne me vengerai pas en feignant une indifférence que je suis loin de ressentir. Mais pour ce qu'il en est des soucis que votre fils sut se créer en dehors de chez lui, et sur lesquels vous êtes sans doute mieux renseignée que moi, vous n'attendez tout de même pas que j'en prenne une once de responsabilité ?

Je considérai ma mère avec stupeur. Jamais encore elle n'avait exprimé avec autant de froide véhémence ce qu'elle avait sur le cœur. Qu'elle eût envisagé le pire, la trahison de l'époux, il n'était plus permis d'en douter, mais sa réaction me rassurait. Ce n'était pas là l'attitude d'une femme prête à s'effondrer sous prétexte que son mari entretenait une liaison. La mauvaise santé de l'infidèle lui fournissait l'occasion de reprendre la situation en main. Elle entendait profiter de l'occasion et le faisait savoir sans ménagement. Ce n'était que justice, pensais-je. Je la soutenais à fond dans cette entreprise de reconquête.

Il n'en demeurait pas moins que sa tirade enflammée instaurait un nouveau rapport de forces entre les deux femmes, un changement irréversible dont l'aïeule devrait tenir compte.

Il n'est pire sourd que celui qui ne veut entendre. C'était le cas de Grand-maman ; il fallut lui mettre les points sur les i.

Le traitement de mon père n'était pas achevé, nous étions installées toutes les trois autour de la table du dîner. Grand-mère venait de lâcher une nouvelle insinuation, ce devait être la dernière. Maman posa ses couverts et lui fit face.

— Beverly, commença-t-elle, et ce début inhabituel annonçait la gravité des propos qui allaient suivre. Il est temps, je crois, que vous envisagiez votre déménagement. Vous n'aurez aucun mal, je pense, à trouver un domicile plus à votre convenance.

L'aïeule l'observa, son visage émacié, encore séduisant, partagé entre l'étonnement et la désespérance. Ses lèvres minces esquissèrent un sourire.

— Vous ne parlez pas sérieusement. Avec un mari malade sur le dos et le départ de votre fille, mon aide vous sera plus que jamais nécessaire.

— Moins que jamais, au contraire. Voyez-vous, Beverly, Taylor et moi éprouvons la nécessité de nous retrouver en tête à tête. Nous sommes las des interventions extérieures, nous avons besoin de calme. Vous avez toujours considéré cette demeure comme une ennemie personnelle. Reconnaissez-le, vous n'êtes pas heureuse entre ces vieux murs. Et vous ne faites rien, c'est le moins que l'on puisse dire, pour dissimuler votre ressentiment. Il empoisonne la vie de tout le monde.

Installée dans une maison en conformité avec vos goûts, peut-être envisagerez-vous l'existence sous un jour plus souriant. N'ayez crainte, vous serez souvent invitée. La mère de Taylor sera toujours la bienvenue ici.

J'admirai l'orgueil de Grand-maman. Proprement mise à la porte, elle n'avait d'autre choix que celui de s'incliner en évitant l'humiliation par une pirouette.

— Je devrais vous prendre au mot et vous infliger cette leçon, vous l'auriez bien méritée. Débarrasser le plancher et vous mettre, un peu tard, devant le fait accompli. Vous comprendrez alors combien votre mari a besoin de sa mère. Débordée de travail, vous regretterez l'aide que vous méprisez aujourd'hui.

— J'en prends le risque, répliqua Maman, implacable.

L'aïeule quêta de mon côté un soutien que je lui refusai, les yeux lâchement baissés.

Elle fit entendre un soupir à fendre l'âme. Sa décision était prise.

— Je vois ce qu'il me reste à faire. Dès demain, je me renseignerai auprès d'une agence pour savoir si un pavillon est encore disponible dans le lotissement où

Mme Saks vit depuis plusieurs années. Le jardinage m'a toujours tentée ; c'est une activité salubre.

— Votre choix me paraît excellent, approuva Maman d'une voix radoucie.

Elle reprit ses couverts, l'incident était clos.

Pas tout à fait pour Grand-maman Beverly.

— Comment espérez-vous convaincre Taylor ? Le choc provoqué par mon absence n'est pas recommandé, dans son état…

Ma mère lui adressa son plus gracieux sourire, rayonnant de sincérité.

— Je compte sur votre aide, naturellement. Nous lui dirons qu'après mûre réflexion, ce déménagement vous est apparu comme la meilleure solution. Nous n'habiterons qu'à quelques centaines de mètres les uns des autres. Le bouleversement n'est pas si grand. Tout comme moi, vous avez à cœur de lui éviter une nouvelle contrariété. Pourquoi ne pas m'accompagner demain à l'hôpital ? Vous saurez le convaincre avec intelligence et doigté, j'en suis sûre.

Lèvres pincées, l'aïeule opina du bonnet. Peu après, d'une voix sourde, elle fit entendre son ultime rodomontade, l'arme des vaincus :

— Il vous a épousée contre mon gré. Il en subira désormais toutes les conséquences.

— Ni plus ni moins que chacun d'entre nous, Beverly. Il arrive toujours un moment où la vie nous fait payer nos actions passées.

Je retins mon souffle.

L'aïeule se leva, très droite. Elle nous considéra tour à tour, l'œil perçant. Sans bruit, elle quitta la cuisine. Ce fut à peine si nous entendîmes grincer les marches de l'escalier sous son poids léger. Pas de télévision, ce soir.

Deux jours plus tard, elle vidait les lieux. Le lendemain, Taylor Carlson réintégrait son domicile. Si douloureuse que fût pour lui l'absence de sa mère, cette pièce vide dans la maison, cette chaise vide autour de la table, il ne fit aucun commentaire. Le soir même, avant le dîner, il prit sa voiture pour lui rendre visite.

— La moindre des choses, fit observer ma mère sans s'émouvoir. J'aurais fait la même chose à sa place.

Malgré tout le tohu-bohu des dernières quarante-huit heures, elle n'avait pas oublié de renvoyer le contrat, signé, à Mme Senetsky.

La révélation faite par mon père concernant les contraintes financières qu'entraînerait mon inscription dans cette école, deux fois plus coûteuse que n'importe quel établissement privé, avait engendré chez moi un vague sentiment de culpabilité. Les frais annexes ne manqueraient pas d'alourdir encore la facture. Ma mère semblait inconsciente de ce problème que je ne songeais même pas à soulever devant elle. Allais-je mettre mes parents sur la paille pour le plaisir de recevoir la divine parole de Mme Senetsky ?

Une semaine après le retour de mon père, toujours en congé de maladie, alors que je rentrais du lycée, je l'aperçus dans l'herbe, en train de prendre le soleil sur une chaise longue. Maman était encore au supermarché. J'allais m'installer à côté de lui.

Il semblait endormi, pourtant ses yeux s'ouvrirent aussitôt.

— Salut, jeune fille.

— Salut, Papa.

— Comment se passent ces dernières semaines. Beaucoup de travail ?

— Bachotage à longueur de journée.

— Rien de plus excitant pour l'esprit d'un adolescent que la préparation des examens de fin d'année. Pour ma part, je l'ai toujours ressenti ainsi. (Il me jeta un regard matois.) Surtout quand le succès est assuré.

Après un long silence, d'une voix calme, posée, il enchaîna sur un sujet bien différent. Il parlait comme un homme soucieux de s'acquitter d'un devoir et pressé d'en être soulagé.

— Vois-tu, Cinnamon, tandis qu'on m'emportait vers la salle d'opération, j'étais la proie d'une horrible peur.

— Peur de mourir, Papa ?

— Peur de mourir sans avoir eu le temps de te confier quelque chose qu'il m'était impossible de divulguer à ta mère. Je redoutais les conséquences qu'aurait pu avoir sur elle une telle confession. Je les redoute encore.

Nous y voilà, pensai-je. Arme-toi de courage. Vaine résolution. J'étais avec lui comme sous le regard invisible de Mme Senetsky, le souffle coupé.

— Il y a quelques mois, j'ai commis une faute, une grave faute professionnelle. Je me suis placé dans une situation impossible dont j'ai eu toutes les peines du monde à me dépêtrer. Il n'est jamais agréable de reconnaître ses torts. J'ai honte, mais tu es en âge d'apprendre que ton père n'est pas aussi parfait que tu l'aurais souhaité. La perfection n'est pas de ce monde. Un enfant a souvent une trop bonne opinion de ses parents. Rien de plus traumatisant pour lui que de découvrir l'imperfection, le mensonge, la faiblesse des êtres qui lui sont chers et dont il dépend totalement.

« Tu n'es plus une enfant. Tu vas quitter la maison et faire ton entrée dans le monde. Par la grande porte, encore, même si ce n'est pas tout à fait celle que j'aurais voulue pour ma fille. À quoi bon le nier ? Nous le savons tous deux. Ce monde est glacé, Cinnamon. Les amis sont rares, personne ne fait de cadeau à personne. Là-bas t'attend une meute grondante, acharnée, contre laquelle tu livreras une bataille incessante. Mon métier m'a enseigné la lucidité. je lui dois au moins cette vertu. Elle a son revers, l'absence absolue d'illusions.

On ne pouvait mieux me mettre en garde contre les horreurs qui allaient suivre. À quoi devais-je m'attendre que je ne savais déjà ?

— La vie n'est pas une partie de plaisir, je suis déjà au courant. En grande partie, en tout cas.

— Tandis que j'étais absorbé dans les obligations, fonds de pension, produits dérivés, ta mère assumait seule, ou presque, ton éducation. Elle a fait de toi une fille forte, courageuse, plus intelligente, plus réfléchie que la plupart des adolescentes du même âge. Je lui rends grâce de ce miracle. Je suis conscient de mes effroyables manquements. En tant que père, en tant qu'époux. Ces années sont perdues à jamais.

Nouveau silence. J'attendais, prête à tout. L'aveu le plus pénible ne venait-il pas d'être fait ? Péché avoué est à moitié pardonné, dit-on. Voire. L'adolescente réfléchie n'était pas disposée, pas encore, à tirer un trait sur toutes ces années « perdues à jamais ».

Les yeux fixés sur le lointain, mon père reprit sa confession, de la même voix sereine.

— Pour en revenir à l'erreur commise il y a quelques mois, je me suis servi de l'argent confié par une cliente à des fins spéculatives. Le coup semblait sûr, les dividendes rapportés auraient dû être considérables. Tout se serait bien passé sans l'intervention de la Food and Drug Administration [1]. La compagnie sur laquelle j'avais tout misé fut priée de retirer du marché la plupart de ses produits. Effondrement des cours. Cette descente aux enfers entraîna pour ma cliente des pertes colossales. Je dus l'en informer.

— Une femme ?

— Veuve, richissime. C'était le pire fiasco de toute ma carrière. J'étais prêt à tout, emprunter sur ma police d'assurance, hypothéquer la maison, trouver un second travail. Je m'attendais à tout, sauf à la réaction qu'eut ma cliente, à l'originalité de la solution proposée. Mal-

1. Organisme de contrôle fédéral chargé de veiller au respect des normes en matière de santé publique. *(N.d.T.)*

gré l'énormité des sommes englouties dans cette opération lamentable, son train de vie n'était pas menacé. Elle me tenait dans le creux de sa main. Elle pouvait faire sauter ma licence, obtenir la fermeture de mon cabinet, me jeter à la rue. J'étais à sa merci. Ta mère, à l'époque, ne songeait qu'à l'enfant à venir, elle n'était pas en mesure de supporter l'annonce d'une catastrophe, ni de me porter conseil. Ai-je fait preuve d'égoïsme vis-à-vis de mon épouse, de ma famille, en choisissant, seul, d'accepter les conditions proposées par cette personne ? Je t'en laisse juge.

— Que voulait-elle, Papa ?

— Poursuivre un fantasme dont je serais le partenaire docile et consentant. Faire de moi son jouet, en quelque sorte. Nous devions, aussi longtemps qu'elle le souhaiterait, feindre la comédie de la passion. Cette femme deviendrait l'idole à laquelle je consacrerais l'essentiel de mon temps disponible. Ai-je raison de pousser l'aveu aussi loin, m'adressant à ma propre fille ? Sur le moment, en toute sincérité, j'ai eu l'impression de m'en tirer à bon compte. Au fil des mois, je parvins à reconstituer le capital perdu, à me libérer de cette extravagance. Satisfaite, elle desserra son étau pour jeter son dévolu sur quelque autre victime, je n'en doute pas. Non sans humour, elle continue de s'adresser à nous, pour la gestion d'une partie – plus modeste – de sa fortune.

Je n'en croyais pas mes oreilles. Ce récit édifiant cadrait mal avec le baiser torride échangé par-dessus la table, au fond d'une alcôve, à deux pas de son bureau. Que fallait-il croire ? Cette cliente excentrique était non seulement veuve (l'honneur restait sauf, de son côté), mais jeune et ravissante, détails que mon père avait soigneusement omis de préciser.

— Pourquoi m'avoir raconté cette histoire ? lui demandai-je enfin.

— Sans doute ne l'aurais-je jamais fait si le destin ne m'avait placé devant l'éventualité d'une mort aussi brutale qu'inattendue. J'ai voulu soulager ma conscience. L'autre jour, quand elle m'a rendu visite à l'hôpital, Grand-maman Beverly a prié ta mère de nous laisser seuls pendant quelques instants. Pour la première fois, elle m'a révélé l'accusation d'adultère que tu avais portée contre moi. Ainsi, ma fille était au courant. Est-ce trop de demander que de m'expliquer les circonstances de ta découverte ?

En jeune fille avertie des réalités de l'existence, je n'avais pas l'intention de lui faire de cadeau, pour reprendre sa propre expression. Au contraire, je voulais me montrer aussi franche qu'il l'avait été, mais en omettant à mon avis un détail de poids : sa cliente était belle et cela avait été un plaisir.

— Tu n'étais jamais à ton bureau, tu rentrais à des heures impossibles... Il fallait vraiment que Maman eût l'esprit ailleurs pour ne se douter de rien... ou s'en désintéresser. De mon côté, l'hypothèse d'une liaison ne m'est pas venue à l'esprit, pas une seconde, avant d'en avoir la preuve. Je songeais à de graves problèmes financiers, bien sûr. Que veux-tu, j'étais naïve. Sans doute accordais-je à mon père plus de crédit qu'il n'en méritait. Sur ce point, nous sommes d'accord. Il n'est pas souhaitable que les enfants, devenus grands, continuent à croire aux contes de fées.

Je marquai un temps d'arrêt, pour lui permettre d'appréhender toute la gravité des paroles prononcées. Puis j'enchaînai :

— Un jour, alors que Maman était entrée à la clinique, j'ai séché les cours.

— Je m'en souviens.

— Accompagnée de Clarence Baron, mon meilleur ami, je me suis rendue à New York. Depuis le hall de ton immeuble, j'ai appelé ta secrétaire pour prendre rendez-vous avec toi. Pas de chance, m'a-t-elle répondu, il vient justement de sortir. Son associé pourrait-il vous renseigner ? J'ai raccroché. Dissimulés dans la maison de la presse, nous t'avons vu sortir de l'ascenseur et pris en filature. Clarence trouvait la situation plaisante.

La personne en question t'attendait dans une brasserie à deux rues de distance. Jeune, blonde, très élégante, jolie. Nous sommes restés à l'extérieur, bien sûr, mais sous un certain angle, on voyait très bien ce qui se passait à l'intérieur de votre alcôve.

Je n'en dis pas plus. Il connaissait la suite.

Sa réponse fut inattendue, mon père aurait tenu tête au diable en personne. Seule, Grand-maman Beverly avait su exercer de l'ascendant sur lui.

— Ce rendez-vous, j'en ai gardé un souvenir précis, dit-il, pour une raison bien particulière. Tu ne me croiras jamais, pourtant j'avais l'impression d'être observé. (Son rire déferla doucement.) Amber, avec cette maison, ses esprits… pas de doute, elle dispose là de puissants alliés.

Moi, je ne riais ni ne souriais. Il n'y avait pas là matière à plaisanterie, j'étais bien placée pour le savoir. Comme mon silence se prolongeait, il fit l'effort de se tourner vers moi.

— Faisons la paix, Cinnamon. Cet épisode n'est pas le plus glorieux de mon existence, j'en conviens. Il s'achève, n'en parlons plus. Dois-je te remercier d'avoir gardé le silence vis-à-vis de ta mère ? Tu l'as fait pour elle, non pour moi. J'imagine quels tourments tu as endurés, entre un père indigne, une mère qui sombrait dans le malheur, une aïeule peu compréhensive. Le mépris dont tu m'accablais, j'en étais très conscient ; je le ressentais avec d'autant plus de force qu'il était mérité. Qu'aurais-je fait si ma femme ne s'était pas rétablie aussi vite, grâce à toi ? Je l'ignore, je préfère ne pas y songer.

Il avait réclamé la paix. Pour l'avenir du couple que l'éviction de Grand-maman et l'évanouissement de la rivale allaient reconstituer, c'était la seule solution. L'affaire de l'hypothèque resterait à jamais énigmatique. Songeant à ma mère, je lui saisis la main.

— Au plus fort de la tourmente, malgré ma colère, tu restais mon père. Un être que j'étais incapable de haïr.

— L'aurais-tu fait que j'aurais compris. Ta mère et moi, nous allons enfin nous retrouver, d'une certaine façon. Elle est belle, intelligente, et l'autorité qu'elle manifeste depuis peu suscite mon admiration. L'idée qu'un mensonge subsiste entre nous me gêne, mais je ne vois guère d'utilité à lui imposer une nouvelle souffrance.

Il quémandait mon avis. Cette petite lâcheté laissait présager les difficultés que le couple devrait surmonter pour trouver son second souffle.

— Cela ne me regarde pas, déclarai-je. C'est une question à régler entre toi et Maman.

Il opina, l'air sagace.

— C'est bien ce que je pensais. Une fille réfléchie, très perspicace pour son âge. Tout compte fait, je ne suis pas mécontent de ton entrée dans cette école. Tu y apprendras la modestie, conclut-il avec un sourire.

— Il reste la question financière. Ce n'est pas une bagatelle.

— Ne t'inquiète pas. J'ai réussi, non sans mal, à convaincre Grand-mère de mettre à ta disposition une partie des fonds placés à ton nom.

— Elle accepte ?

Mon étonnement provoqua chez lui un véritable accès d'hilarité.

— En réalité, ta mère avait vu juste, une fois de plus. Ce déménagement lui a fait le plus grand bien. Elle est plus heureuse, plus détendue. Mieux disposée envers le genre humain. Même envers toi, c'est tout dire. Je ne saurais trop te conseiller d'aller lui rendre une petite visite. Tu lui dois bien une heure de ton temps. Extasie-toi sur l'aménagement intérieur de sa nouvelle demeure et n'oublie pas de la remercier.

— Naturellement, je n'y manquerai pas. Au fait, que penses-tu de notre maison ? Éprouves-tu, toi aussi, de l'antipathie pour cette architecture d'un autre âge ?

Il prit un temps de réflexion.

— Antipathie, le mot n'est pas exact. Ta mère l'a choisie, je l'ai achetée par affection pour elle. Cette vieille maison dont tout le voisinage affirmait qu'elle était hantée m'inspirait un peu de frayeur. Les relations intimes que ta mère prétendait entretenir avec les esprits des morts n'étaient pas faites pour me rassurer. Peut-être m'ont-ils frappé, en effet, je ne le saurais jamais. En conclusion, cette maison ne se contente pas d'avoir des murs et un toit. Elle est vivante, elle exerce une influence sur ses habitants. (Mon père haussa les épaules.) Il faut savoir se faire adopter. Je m'y emploierai.

Il se leva, plus lestement que je n'aurais cru. Cette conversation l'avait sans doute libéré d'un fardeau.

— Amber va bientôt rentrer. Je veux être là pour l'accueillir, déballer les courses. Nous parlerons de choses et d'autres. On ne s'ennuie jamais avec elle, tu le sais mieux que moi.

— Repose-toi encore un peu. Aussi longtemps que je serai là, j'aiderai Maman de mon mieux.

— Pas question. C'est mon travail, désormais.

L'espace d'un instant, nous demeurâmes l'un en face de l'autre, satisfaits, émus. C'était comme si nous avions retrouvé la mémoire. Enfin, le père et la fille se reconnaissaient.

L'initiative me revenait. Je courus vers lui. Ses bras se refermèrent autour de moi. Avait-il les yeux fermés ? Les miens, hermétiquement clos, cherchaient à retenir ces quelques secondes de bonheur.

— Je t'aime, toi, Cinnamon. Je suis fier d'être ton père. (Il me chatouilla l'oreille.) Ne t'endors pas sur tes premiers lauriers. Va, cours, vole ! Qu'il en soit toujours ainsi.

Après un dernier baiser sur le front, il se détacha de moi, s'éloigna vers la maison.

Je savais ce qu'il me restait à faire. Gravir la colline à toute vitesse. Me recueillir devant les tombes. Entre elles et moi, il n'était pas besoin de mots. Puis j'arrachai la branche plantée un soir de fureur, je creusai le sol où j'avais enfoui mon fétiche, le collier offert par Taylor Carlson à sa fille. Le charme avait opéré. J'essuyai le bijou avec un mouchoir. Sans hésitation, je le remis autour de mon cou, bouclai le fermoir. Ayant rebouché le trou, je lançai le bout de bois aussi loin que possible.

À nouveau, je fis halte auprès des Demerest. Cette fois, mes lèvres balbutièrent.

— Merci. À bientôt. Je ne vous oublierai jamais.

Je m'élançai vers la grande et vieille maison où m'attendaient des parents idéaux.

Je m'élançai vers l'avenir où m'attendaient triomphes et désillusions. Un combat de tous les instants.

Demain, sur d'autres scènes, j'incarnerai d'autres rôles.

Sous les feux de la rampe.

7505

Composition Chesteroc Ltd
Achevé d'imprimer en France (Manchecourt)
par Maury-Eurolivres
le 10 janvier 2005.
Dépôt légal janvier 2005. ISBN 2-290-32402-7

Éditions J'ai lu
84, rue de Grenelle, 75007 Paris
Diffusion France et étranger : Flammarion